さよなら嘘つき人魚姫

汐見夏衛

CONTENTS

SAYONARA USOTSUKI NINGYO HIME

BY SHIOMI NATSUE

装画　みっ君

序章　人魚の泡

ある日突然、不思議な出会いが訪れて、予想もしなかったような出来事が起こって、劇的に何かが変わる。つまらない日々から救われる。灰色だった世界が、きらきらと色鮮やかに輝き出す。

そんな奇跡のような何かを、まるで聖夜の贈り物が届く日を指折り数える子どもみたいに、本当は心のどこかでずっと待ち焦がれていた。

でも、そんな不確かな奇跡をまっすぐ信じられるほどに幼くは、もういられなかった。

大人と子どもの狭間《はざま》で、静かな絶望の底で身動きもとれないまま、死の薫りにどうしようもなく惹《ひ》かれていた。

死という言葉は、まるで真っ暗な海の中から見上げた月明かりのように優しい光を孕《はら》み、熟した果実のように甘美な薫りを放っていた。

死を思うことが、救いようのない日々の中で、唯一の癒やしだった。

だから、もう、死んでしまってもいいと思った。

「じゃあ、一緒に死のうか」

そう声をかけると、君は「いいね、名案だ」と小さく笑った。

「ふたりなら、きっと、怖くない」

人波に逆らい、涙岬《なみだみさき》に向かう。

涙岩《なみだいわ》の傍《かたわ》らに並んで立ち、足下で砕ける波を見下ろす。

「生まれ変わったら……」

そんな意味のない会話を交わしながら、左手で君の手を握り、右手でポケットの中を探る。

ひやりと重たい、それの存在を確かめる。

しっかりと握りしめ、「行こう」と声を上げた。

「せえの……」

息を合わせて、手を繋《つな》いだまま、ふたり同時に地面を蹴った。

海面に叩きつけられる。水と泡に全身を包まれる。一気に深く深く引き込まれる。

飛び込んだ勢いが少しおさまり、ゆっくりと身体が沈み始めた。

海の底へ、落ちていく。

繋いでいた手を離す。

ぐっと唇を噛みしめながら、ポケットのナイフを取り出す。

もう片方の手を君のほうへと伸ばす。

君も同じように、こちらへ手を伸ばしていた。
頭上の水面から降り注ぐかすかな月明かりを反射してきらめく、透明な何か。
指先が触れ合った。
その一瞬を逃さずに、つかみとる。
果てしなく続く深い青が、君の瞳に映っていた。

「――人魚姫は、もう、おしまい」

SAYONARA USOTSUKI
NINGYO HIME

一章　人魚の鱗

◆楽園になれなかった鯨

薄曇りの空の下で、鯨はひどい腐臭を放っていた。

嘘《うそ》か本当かは知らないが聞いたところによると、この巨大な死骸《しがい》はどうやら十日ほど前に沖合を漂っているところを漁船に発見されていて、昨日の夜のうちにひっそりとこの海岸へと流れ着いたらしい。

いくら海辺の町とはいえ、もちろんこんな事態は初めてのことで、住民たちの間では朝から漂着鯨の話題で持ちきりだった。

このあたりはいつも、波や風に乗ってきたごみやら放置されている漁具やらの生臭さと、網にかかって打ち捨てられた海藻や雑魚などの饐《す》えたにおいに覆われている。だから町の人々は海の臭さには慣れっこだ。

でも、そんな僕らでも眉をひそめずにはいられないくらい、突如現れた体長二十メートル近くもありそうな鯨の腐敗臭は、まさに強烈だった。鼻をつまんでもわずかな隙間から入り込んできて鼻腔《びこう》に突き刺さるような、近くにいるだけで全身の皮膚にこびりついてとれなくなりそうな、とにかく逃れようもない臭気だ。

死んだ生き物というのはこんなに臭いのかと、僕は若干の吐き気をこらえながら思う。できることなら一刻も早くこの場から離れたい。

じゃあそうすればいいじゃないか、と言われるかもしれないが、僕は何も好きこのんで死んだ鯨をじっくり観察しているわけではない。いちおうこれは学校の授業の一環なのだ。

物好きな生物教師が、四時間目の開始と同時に「たまには課外活動に行こうか」と言い出した。行き先を知らされないまま連れ出された場所が、この巨大な死骸のある砂浜だった。どこへ何をしに行くと言われずとも、海に近づくにつれて風に乗って漂ってくるにおいから、辿り着く前に教師の魂胆は分かりきっていた。

彼はおおかた、ショッキングなものを見せれば生徒たちの心に強い印象を残すことができて「いい授業」になるはずだ、とでも考えてこんな馬鹿げたことを思いついたのだろう。命の授業とかいうやつか。全くもって安易で軽薄な思考だ。

溜め息ついでに視線を足下に落とした。

色褪《いろあ》せて黄ばんだような曇り空の下、それなのに砂に落ちた僕の影は、雲間から射す陽光のせいか妙にくっきりと浮かび上がっていて、現実感が稀薄になる。まるで安物のドラマのセットの中で不自然に強い照明を浴びているような、覚束ない感覚に陥る。

僕はまた小さく息を吐いて、目を上げた。

見たこともないほど巨大な死の塊。視線を流しても、頭のあたりに立っている僕からは、尾びれの影を見ることすらできない。こんな大きな生き物が、本当に生きていたのか、という不思議な感慨に包まれた。あまりにも巨大すぎて、海を泳ぐ姿はおろか、呼吸をしている姿すら想像できない。僕らと同じ哺乳類《ほにゅうるい》だとはとうてい思えなかった。見知らぬ星からやってきた未確認生物だと言われたほうがまだ納得できる。

寄せては返す波に洗われる胸びれを見つめながら、とりとめのない考えの合間を漂っていると、突然すぐ近くから「なあこれさ」と声が聞こえてきた。反射的に目を向けると、クラスメイトの後藤《ごとう》の鳥の巣頭が真横にあった。

「ザトウクジラかなこれ？　ザトウクジラ」

彼の問いにもちろん答えを持たない僕は、無言のまま視線を戻す。鯨の種類なんて僕が分かるわけもない。何種類いるのか知らないが、シロナガスクジラくらいしか聞いたことがないのだ。

「あーあーやっぱザトウクジラだなこれ多分、腹に畝《うね》があって胸びれにも瘤《こぶ》があるもんな、あれフジツボなんだよあの瘤。そんで身体のサイズ的にもうんうん、これ多分ザトウクジラだ、まあ専門家に聞いてみなきゃ絶対とは言えないけど俺の見立てとしてはザトウクジラだなこれ」

心底どうでもいい。興味がない。

夢中になると周りが見えなくなるタイプらしい後藤は、僕の無反応など気にする様子もなく、早口でまくし立てる。どうせ返答を必要としないのなら、そもそも話しかけないでほしかった。

「ザトウクジラってさ歌うんだよ、歌だよ歌、すごくね？　ただの鳴き声とかエコーロケーションじゃないよ、あっザトウクジラはナガスクジラ科だからっていうかヒゲクジラだからそもそもエコーロケーションはしないんだけど、まあとにかくさザトウクジラの歌ってのは比喩じゃなくてちゃんと歌なんだよ、旋律があって複雑な階層構造を持った歌なんだ、流行《はや》り廃《すた》りとかもあってさ、そんで何曲かレパートリーがあって何時間も歌い続けるんだよ、すごいよなびっくりだよなー」

僕はやはり前を向いたまま何も答えない。鯨が歌おうが歌うまいが、僕には全く関係も関心もなかった。

海岸にはクラスの生徒たちだけでなく、付近の住民と思われる野次馬がたくさんいた。わざわざ車で見に来ている人もいる。どこから噂を聞きつけたのか、地元テレビ局の取材らしきものまで来ていて、大きなカメラが二台こちらに向けられていた。

みんな暇なんだな、と思う。少しでもいつもと違う出来事が起こるとわらわら集まってくる。そしてみな一様に、高揚したように隠しきれない笑みを浮かべ、話し声もやけに大きい。彼らの注目を一身に集める鯨は、流れ着いたペットボトルやビニール袋などがあちこちに散乱している小汚い砂浜の波打ち際に、ぐしゃりと横たわっている。この炎天下で、今朝僕が通りがけに見たときよりもさらに腐敗が進んでいるようだった。皮膚はところどころ剥がれ落ち、胸びれや尾びれは溶けたように形が崩れている。

「なあなあなあ、でさ、見てみろよ腹んとこ！」

後藤がまた興奮した口調で話しかけてくる。僕は黙って眉をひそめた。

「腹めっちゃ膨れてるの分かる？　あれってさ腐った体内でガスが発生して膨張してるんだよ、そんでこれしばらくしたら爆発しちゃうんだよ」

「えっ、うっそ、爆発⁉」

近くで聞いていたらしい女子のひとりが、唐突に大袈裟な声を上げた。

ちらりと目を向けて確かめると、『嘘つきかまってちゃん』の綾瀬水月《あやせみづき》だった。

後藤は後藤なりに人から反応を得られたことが嬉しいらしく、にやにやしながら続ける。

「そうそう爆発爆発！　人間でもそうだけどさ、体内のガスの圧に身体が耐えられなくなると爆発しちゃうんだよバーンッて！」

「へええ、爆発かあ。すんごいね」

綾瀬が鯨に近づいていく。その目はきらきらと輝いていた。

ここにも物好きがひとり。よくこんな臭いものに近づけるな、と僕はこっそり唖然《あぜん》とした。

「そんで爆発するとさ、もちろん腐敗した肉片とか飛び散っちゃうわけ、外国では飛んできた鯨の欠片《かけら》がぶつかって車が潰れたりとかあったらしいよ、びっくりだよな」

後藤がぺちゃくちゃ喋《しゃべ》りつづけながら彼女の後についていく。うるさいふたりが離れてくれたことに、僕は内心ほっとした。

「ええっ、車潰れちゃうの⁉　やばっ、すごいね鯨！」

「だから爆発しないように前もってナイフとかで鯨の腹に穴開けてガス抜きすんの、風船みたいにプシューッてさ」

「えーっ、何それ本当に⁉」

彼女がひときわ大きな声を上げた途端、後ろから叫び声が上がった。

「綾瀬うるせーって！」

声も態度もでかいクラスの支配者のような女子、松井《まつい》だ。取り巻きの男女たちも、「マジうるさい」「黙れよ」などと口々に綾瀬を非難する。

彼女はぱっと振り向き、へらりと笑って「えへへ、ごめーん！」と答えた。

「あっちもそっちも騒がしいなあ。みんなちゃんと鯨の観察してるのか？」

生物教師の沼田《ぬまた》がぼやく声が聞こえた。さっきまで砂浜の端で生徒たちを眺めていたはずなのに、いつの間にか僕の真横に立っていて少し驚く。ゆったりと羽織った白衣がばたばたと風に翻っている。

「そろそろ一回集まるか。いちおう授業らしいこと喋っとかないとなー」

沼田の言葉に付近の生徒数人が振り返り動き出すと、他の生徒たちも気がついてぞろぞろと集まってくる。僕はそっとその場を離れた。集団に囲まれるのはごめんだ。

「鯨とかイルカが座礁《ざしょう》したり漂着したりって実は別に大して珍しくもなくてさ」

せっかく喧騒《けんそう》を避けたのに、再び後藤が話しかけてきた。思わず溜め息を洩《も》らしたが、彼は気にしない。

「えっ、そうなの？　珍しくないの？　私初めて見たけど」

綾瀬まで近づいてきて、さらにもうひとつ息を吐いた。どうしてこのクラスはこうデリカシーのないやつが多いんだろう。しかもうるさいし。本当に面倒だ。

「珍しくないよ、だって日本だけでも一年に何百件ってあるんだぜ、そんでちゃんとどうやって対応するかガイドラインもあるんだ、廃棄物処理場に運ぶか、運ぶの無理なら砂浜に穴掘って埋めるか、燃やしちゃうか」

聞きたくもないのに耳に入ってくる言葉。僕は黙って死骸を見つめる。

この鯨はこれから埋葬されるのか、火葬されるのか、はたまた廃棄物になるのか。どちらにせよ、海の生き物のあるべき死に様ではない。

彼は死に方を誤ったのだ。本来なら藻屑《もくず》となって海に還《かえ》るはずだったのに、灰になるにせよ埋められるにせよ、永久に地上に縛りつけられることになってしまった。

「ゲイコツセイブツグンシュウってのがあってな」

突然そんな声が耳許で聞こえて、僕ははっと我に返った。

変人と名高い生物教師が、またいつの間にか僕の隣に立っている。まるで忍者か何かみたいだ。というかどうして僕に寄ってくる。生徒は四十人もいるのだから、僕ではなくもっと他の、教師と気安く喋ることに優越感を覚えるタイプの人間に話しかければいいのに。例えば松井のような。

そんな僕の憂鬱《ゆううつ》をよそに、沼田は言葉を続ける。

「ゲイコツっていうのは、鯨の骨ってことな。グンシュウは群れ集まる、な。『鯨骨生物群集』。鯨の骨に集まってきた生き物たちのコロニーってことだ」

生徒たちの視線が集まる。僕はそっぽを向いた。

「先生先生、俺それ知ってる知ってる、去年深海探査のドキュメンタリーで見た!!」

後藤が声を上げると、沼田は「さすがだなあ」と笑い、他の生徒たちは「後藤うるせー」と文句をたれた。

「コロニーって意味分かるか、羽澄《はすみ》」

突然名前を呼ばれて、僕は軽く眉根を寄せる。答えずにいると、沼田はにやにやしながら僕の顔を覗き込んできた。

「おーい、聞こえてるか？　授業中だぞー、質問だぞー、指名だぞー」

「……植民地、生活共同体」

ふうっと息を吐いてからぼそぼそ答えると、沼田が満足げに頷く。

「そうそう、英語ではそう習うよな。あと、他にもこんな意味がある。動物や植物が多数集まって生活している場所。つまり鯨骨生物群集っていうのは、海底に沈んだ鯨の死骸を中心として形成される、たくさんの生き物の集まりってことだな」

「ねえねえ、ヌマセン」

沼田に駆け寄ってきたのは松井だった。

「なんでわざわざ死体に集まるの？　キモくない？　臭いし汚いし。私なら絶対近づかないんですけどー」

水中だからにおいはそれほどしないけど、と答えてから、沼田が続ける。

「深海っていうのは、太陽光が届かない暗黒世界だ。光がないってことは、光合成ができないから酸素が薄いし、水温は低いし、そのうえ水圧は高い。人間なんてぺしゃんこになるくらい高圧っていう、とにかく生命にとっての悪条件が揃った厳しい環境なんだ」

こっわー、と声が上がる。

「深海では普通の生物は生きられない、つまり餌になる生き物がほとんどいないってことだ。数年に一度しか餌にありつけないこともザラにある」

「マジで!?　何年も飯食えないってこと!?　死んじゃうじゃん！」

ひとりの男子の叫びに、後藤が嬉しそうに答えた。

「それでも生きてられるように進化したんだよ。例えばダイオウイカとかダイオウグソクムシとかさ、ほんのちょっと食べただけで何百日、何年間も生きられるんだよ、代謝《たいしゃ》が遅くてゆっくりゆっくり消化するんだ、こないだもニュースになってたじゃん水族館のさ、餌食ってないのに五年も生きてたダイオウグソクムシ。すげーよな生命の神秘だよな」

沼田は「よく知ってるなあ」と頷き、さらに続けた。

「深海の生き物はいつも飢えてるだろうな。そんな苛酷な世界に降ってきた栄養たっぷりの鯨の死骸は、まさに天の恵みだ。そりゃあみんな一斉に食いつくさ」

僕は横たわる鯨を見つめながらゆっくりと瞬《まばた》きをした。脳裏には、乾ききった大地に降る雨の映像が浮かんでいた。

「海底に沈んだ巨大な死骸は、大型生物に食われて、中型生物に食われて、小型生物に食われていく。何年もかけて肉を剥ぎ取られて、骨を溶かされて、その残り物や食べかすは、微生物やバクテリアに分解される。そうやって鯨の骨の周りには、他のどの環境とも違う特殊な、独特な生態系が発達する。何百種の生き物が繁栄する豊かなコロニーになるんだ。深海のオアシスってとこだな」

僕は今度は目を閉じて想像する。

広大な海を自由に泳ぎ回り、海面に飛び上がり、潮を吹き、時には歌を歌いながら、悠々と生を謳歌《おうか》する巨大な鯨。

それがいつしか死んで、仲間たちの鎮魂歌に包まれながら——鎮魂歌なんて歌うのかは知らないが——水中をゆっくりと沈んでいく。ゆっくり、ゆっくり落ちていく。

深海の底に辿り着くと、それから何年も何年もかけて、大小さまざまの生き物たちに、跡形もなくなるまで食い尽くされる。

そうして、沈降した鯨の死骸は、真っ暗で冷たくて息苦しい死の世界における、唯一の命の楽園になる。

再び目を開くとそこには、巨大な死骸が静かに横たわっていた。他の生物の糧《かて》になることも、海底の楽園になることもできなかった、哀れな生き物。

鯨の身体は傷だらけだった。いくつかの大きな傷と、無数の細かな傷。

傷といっても生々しさは皆無で、命あるものが血を流した怪我《けが》というよりは、使い古され擦りきれた革製品の傷《いた》みのような、どこか無機質な印象を受けるものだった。おそらく生きていたときに負った傷ではなく、死後ただの海を漂う物体となって波に揉《も》まれ、浮遊物や岩にぶつかり、表皮が傷ついた結果なのだろう。

「痛かったかなあ」

ふいに言ったのは、少し離れたところに立って僕と同じように死骸を見上げていた綾瀬だった。

もしかしたら話しかけているつもりなのかもしれないが、僕は独り言だと判断して無視した。

「死ぬときも、死んだあとも、痛くなかったらいいなあ……」

彼女の声はか細く、すぐに波音にかき消された。

死んだあとはどうなっても痛くはないだろ、と僕は心の中だけで呟く。

「学校に戻ったら感想メモ書いてもらうからなー。ちゃんと何書くか考えながら観察しろよー」

沼田がのんびりと言うと、松井たちが不満そうな声を上げた。

「えー、感想メモ？　めんどくさーい」

「俺だってめんどくさいよ、四十人分読んでコメントするの大変だからな」

「じゃあ無しでいいじゃん！」

「課外活動とはいえいちおう授業なんだから、感想くらい書かないと、ただの散歩になっちまうだろ」

沼田が疲れたように言った。

僕は話半分で聞きながら、じっと死骸を見つめ続ける。

この鯨は海のどのあたりで死んだのだろう。そしてどれくらいの時間、どれくらいの距離を漂流してきたのだろう。もしかしたら僕が一生行くことのないような遙か遠くの海で生きていた鯨なのかもしれない。

正しい死に方をしていれば、その皮も肉も骨も全てが、何千何万という命をつなぐ糧になるはずだったのに、なんの因果かこんなごみまみれの砂浜に流れ着いてしまった。そしてちっぽけな人間たちに遠巻きに眺められ、臭いだの汚いだの早く処分しろだのと騒がれ、腐乱した全身をテレビカメラで隅々まで撮影され、夕方のニュースあたりで死後の姿を放映されるのだ。あまりに理不尽で、哀れだ。でも、もう死んでしまっているのだから、鯨にとってはきっとどうでもいいことだろう。

「さて、そろそろ戻るか」

沼田の言葉で、生徒たちはぞろぞろと砂浜を引き返し始めた。僕は彼らの数メートル後方をゆっくりと歩く。

集団の最後尾は綾瀬だった。腰まである無駄に長い髪が、潮風にあおられてばさばさと躍っている。それをぼんやり見ていると、ふいに何か光るものがきらりと宙を舞い、僕の足下に落ちてきた。

反射的に拾い上げ、手のひらにのせて観察する。いびつな丸い形の、青紫がかった半透明の欠片だった。直径三センチほどの大きさで、厚さは一ミリほど。指先でつまんで太陽の光に透かしてみると、淡い虹色に煌《きら》めいた。

なんだこれは、と首を傾げたとき、

「それ、私の鱗《うろこ》」

思いの外近くで声がして、目を上げると綾瀬の顔があった。妙に嬉しそうな笑みを浮かべている。

「私、人魚だから、鱗があるの」

彼女はスカートごしに軽く脚を叩いて、にっと笑った。

「今は諸事情により人間の姿をしてるけどね。海に入ったら人魚になるんだよ」

またか、と僕は内心溜め息をつく。なんだったたか、たしか『伝説の人魚の末裔《まつえい》』か。もちろん自称で、そして嘘だ。お得意の虚言癖がまた出た。付き合っていられない。

「おーい、綾瀬、羽澄。置いてくぞー」

沼田の声が飛んできて、「やばっ」と振り向いた彼女は、僕に向かって手を突き出した。

「鱗、返してくれる？」

僕は黙ったまま、白く薄い手のひらに半透明の欠片をのせた。

「ありがと」

綾瀬はにこりと笑い、「行こっ」と手招きをした。僕はそれをあえて無視し、彼女の横をすり抜けて集団に追いついた。面倒な人間とは距離をおくに限る。

それでも彼女は性懲《しょうこ》りもなく僕の横に並んで、「鯨って本当に大きいね」だとか、「波の音っていいよね」だとか、無意味なことを話しかけてくる。

彼女はお喋りで社交的なわりに、虚言癖のせいで疎《うと》まれて親しい友人もいないようなので、話し相手が欲しくてたまらないのだろう。それならそれで、同じくお喋り好きなはみ出し者の後藤とでも話していればいいのに、どうしてわざわざ人間嫌いの僕につきまとうのか。全くもって理解できない。

「あっ、ねえねえ、あれ見て」

綾瀬が唐突に言い、すっと腕を上げた。反応してやるつもりなどなかったのに、反射的に彼女の指を目で追ってしまった自分が腹立たしい。

「私のご先祖様ね、あそこから飛び込んだんだよ」

彼女が指差したのは、砂浜の向こうにある涙岬《なみだみさき》だった。

岬と呼ばれてはいるが、実際は長さ百メートルほどの小さな突端で、海岸線の中でも少し奥まった部分から沖のほうへとまっすぐに突き出している。高さ十メートル以上もある崖になっていて、その裾の岩場からこちらの砂浜へとゆるやかにつながっていた。

そして涙岬の先端には、このあたりの住民から〈人魚《にんぎょ》の涙《なみだ》〉だとか〈涙岩《なみだいわ》〉だとか呼ばれている、雫のような形をした岩があった。

そんな夢見がちな名前がつけられたのは、この町に〈人魚伝説〉という昔話が言い伝えられているからだ。何百年も前に、この町の漁師に恋をした人魚が陸に上がってきて、でも恋は叶わず、悲しみのままに岬から海に飛び降りて泡になった、とかいうどこかで聞いたような話だ。

綾瀬はそれを念頭に、自分は人魚の末裔などという荒唐無稽な法螺《ほら》を吹いているのだろう、と僕は推測している。伝説の人魚が自分の祖先だと言いたいのか。中二病にありがちな、自分の人生に数奇な運命が用意されているとか、自分には隠された特殊な能力があるとかいう妄想のひとつだろう。

そもそも伝説の通りなら人魚は若くして恋に破れて自殺しているのだから、子孫などいるはずもない。

そんなことを考えていた僕に、彼女がまた「ねえ、羽澄」と声をかけてきた。

「怖くなかったのかな?」

彼女は涙岩のあたりを見つめながら呟いた。わざわざ僕の名前を呼んだわりには、独り言としか思えない小さな声だった。

「あんな高いところから海に飛び込むなんて、怖かったよね、きっと」

飛び込むことよりも生きていることのほうがずっと怖かったんだろう、と僕は心の中で答えた。もしも万が一、人魚の昔話が現実にあった出来事だとしたら、だが。

〈人魚伝説〉なんてものはもちろん嘘で、誰かが遊びで作った御伽噺《おとぎばなし》の類《たぐ》いだろうと僕は思っているのだが、役場の人だか商工会の人だかが、これを観光客を誘致する材料にしようと必死になっているらしい。町の入り口には『人魚の町』という馬鹿でかい看板がそびえ立ち、至るところに『哀れな人魚の悲恋物語』とかいう立て札があったり、和菓子屋で『涙岩もなか』とかいう銘菓が売られていたりするが、全く胡散臭《うさんくさ》いことこの上ない。僕が他の土地の住人だったら、この町に来た途端引き返すと思う。

でも、誰が言い出したのか数年前から突然、SNSを中心に『涙岩を撫でながらお願いをしてから海に飛び込むと、来世自分の望むものに生まれ変われる』とかいう根拠のない噂が真《まこと》しやかに囁《ささや》かれるようになったらしく、わざわざ遠方からこの場所に自殺しにくる人が増えているのだという。噂は噂を呼ぶもので、『恋人と一緒に涙岬から飛び降りると、生まれ変わっても恋人になれる』だとか『涙岬で愛を誓い合った恋人同士は永遠に一緒にいられる』だとかさらに尾ひれがついていたりするようで、デートがてらカップルで訪れる人たちまで現れた。

「ねえ羽澄。生まれ変わるなら何がいい？」

綾瀬がまた唐突な質問を投げかけてくる。一度も答えていないのに繰り返し話しかけるそのバイタリティーを、もっと他のことに向ければいいのに。

僕は彼女の声を振り払うように早足で歩き出し、ばらばらになり始めた列のうしろについて学校に向かった。

◇嘘がつけない瞳

学校の窓から見える外の世界は、いつも海でいっぱいだ。

海面に反射してちらちらと躍る光、磯《いそ》のにおいを含んだ風、絶え間ない波の音。海岸の砂や海水の塩分をのせた潮風が常に窓から入り込むせいで、いつだって机はざらざらしているし、肌はべたべた、髪はごわごわ。

この町に住んでいて海から逃げるのは、とても難しい。

配布された進路希望のプリントを机にのせ、指先で少し動かすと、ざりざりと音を立てた。だからというわけではないけれど書く気が失せて、そのまま鞄の中にしまい込む。家で書こうと思ってそうしたのだけれど、たぶん書かないだろう。だって、書いても意味がない。

頬杖をついて外を見ていると、突然前方から「おいこらケータイやめろ‼」と怒鳴り声が飛んできた。

我ながら大袈裟《おおげさ》なほど肩が跳ねる。私は勢いよく立ち上がり、さらに小さく跳び上がり、

「わあっ！　びっくりしたー！」

と声を上げた。その拍子に椅子を倒してしまう。跳ね上がった椅子の脚が机にぶつかり、不快な金属音が鳴り響いた。

大声の主である担任と、机の下に隠したスマホが見つかって叱られているらしい男子のほうに集まっていたクラスメイトたちの視線が、今度は一気に私の上に注がれた。全身の肌で感じる、嫌悪や呆《あき》れ、苛立《いらだ》ちの浮かんだ目。

「綾瀬うるっせえ！」

「いちいちリアクションでかいんだよ！」

私はへへっと笑って髪を撫でながら、「ごめんなさーい」と頭を下げた。みんなの目がすっと戻っていく。

「かまちょウゼー」

そんな捨て台詞のような囁きがどこからか届いた。でも、別に誰の言葉だろうと気にならない。どうせクラス全員が思っていることだから。

ふうっと息を吐いて、私は再び椅子に腰を下ろす。

左側の窓から吹き込む風で、黄ばんだ白のカーテンが揺れ、前席の男子の薄い肩をさらり

と撫でた。

彼の名前は、羽澄想《そう》。クラス一の変わり者。ちなみに二番目は後藤正己《まさき》。

そういえば、と気がつく。彼だけは、怒鳴り声を上げた先生のほうも、叱られている男子のほうも、わざとらしい叫び声を上げた私のほうも、ちらりとも見なかった。

いくら他人に興味がないとはいえ、普通なら反射的に見てしまうものじゃないか？　と不思議に思って観察していると、彼の左耳から黒い線のようなものが伸びていることに気がついた。イヤホンだ。

もしや、音楽鑑賞中？　今、思いっきり授業中なんですけど。いくらホームルームとはいえ、イヤホンで音楽聴くって、ちょっとすごい。

彼は少し俯《うつむ》き加減に首を傾げている。どうやら机の上を見ているようだ。でも、そこには何もない。空っぽの机をじっと見つめる静かな背中。

「ね、ね、何聴いてるの？」

右耳のほうに向かって訊《たず》ねたけれど、彼は微動だにしなかった。無視か。まあいつものことだけど。

それでもこうも毎回無視されると、これはもうどうやっても何らかのリアクションをもらわないと終われない、という気持ちになる。

頑《かたく》なな肩を遠慮なくつかんで、ねえねえ、と揺すると、羽澄がゆっくりと振り向いた。

全くの無表情。その目は私を見ているようで、見ていない。私を通り越して、隣のクラスの黒板あたりに焦点が合っていそうな瞳。いや、もしかしたら、隣のクラスを越えて、校舎の壁も通り抜けて、海か空を見ているのかも。

私は気にせず彼に問いかける。

「どんな音楽聴いてるの？　バンド系？　アイドル系？」

「……………」

「あ、米津玄師《よねづけんし》とか好きそうだよね羽澄って、いかにも」

「……………」

「そういえば米津玄師ってさあ、前は違う名前で活動してたんだって！　なんだったかなあ、ロク？　ナナ？　キューだったかな？」

反応は、一ミリもない。眉が上がることも、頬がぴくりとすることも、口許が歪むこともなく、完全な無反応。せっかくボケたんだから突っ込みくらいしてくれてもいいのに。

しばらくして、彼は無言のまま前に向き直った。ゆっくりでもなく、ぱっとでもなく、本当に『何事もなかったかのように』、ただ蚊の羽音か何かで振り向いて、何もいないと確認して目的を果たしたかのように、すうっと向き直った。

これだけしつこく話しかけたのに無反応って、逆にすごい。私が話しかけると、みんなうざったそうな目で見るのに、それすらない。

「綾瀬、さっきからうるさいぞ！　私語は慎むように！」

羽澄ではなく担任からお叱りの声が飛んできた。私はまた肩を震わせ、椅子の上で小さく跳び上がってから、「はーい、ごめんなさい！」と右手を上げて敬礼する。みんなが溜め息をつくのが聞こえた気がした。

前をちらりと見ると、相変わらず彼は身動《じろ》ぎひとつせず机の上を見ていた。

羽澄想は、〈変人〉だ。私個人の見解ではなく、誰もがそう言っている。

誰ともつるまず、誰とも話さず、視線すら合わせない。うちのクラスだけでなく、他クラスの人と会話しているのも見たことがない。いつもひとり、朝から放課後までずっとひとり。あまりにも喋らないので、私は初め、病気か何かで声を出せないのかなと思っていたのだけれど、授業で先生から指名されたときはいつもちゃんと質問に答えているので、ただの性格の問題らしい。

たぶん、誰ともつるまないクールな俺かっこいい、って感じなんだと思う。若気の至りとか、中二病ってやつ。

だから私は彼のことを密かに、二年C組の一匹狼、と呼んでいる。

「じゃあ、ここからは委員長に頼むな」

担任の声で、私は羽澄についての思考から我に返った。担任に代わって学級委員長が教壇に上がる。

「生徒議会で合唱コンクールについてプリントが配られたので、今から読み上げます。あと、金曜のホームルームで曲を決めるので、歌いたい曲を各自考えておいてください。全員一曲ずつ希望出してもらうので、そのつもりで」

教卓に手をついてクラスを見渡しながらにこやかに語る委員長を見て、私は思わず前の席に目を向けた。羽澄は相変わらず俯きがちに音楽を聴いている。委員長が一瞬彼に視線を当てて動きを止めたような気がして、私は勝手に少しはらはらした。

羽澄はたった一度だけ、みんなの前で、授業での回答以外で口を開いたことがあった。四月の半ば、遠足の班決めをしたときのことだ。

どこのグループにも入らずひとりぽつんと座っていた彼に、委員長が『まだ決まってないなら、俺らのグループに入ろうよ』と声をかけた。

羽澄はもちろん答えなかったし、席を立つこともなかった。視線を向けることすらしなかった。完全な無視だった。

それでも委員長はめげることなく、笑顔を保ったままで、あれこれと言葉を変えて自分たちのグループに誘い続けた。面倒見のいい彼らしいと思う。

しばらくして羽澄は小さく溜め息を洩らし、ゆっくりと目を上げて、委員長をじっと見据えて答えた。

『自分の体面を保つためだけに僕に声をかけるのはやめてくれ』

きつい言い方だったけれど、冷たくはなく、ただただ静かな声だった。

あまりの言い草にクラスのあちこちから驚きの声が上がり、それから誰もが怒りに眉をひそめた。

うちのクラスの委員長は、野球部の新キャプテンで成績もよく明るく朗らか、リーダーシップのあるザ・主人公みたいな人で、学年中の人気者だ。みんなから慕われている。

そんな彼を羽澄はこけにしたのだ。どう考えても、わざとクラスのみんなから嫌われようとしたとしか思えない。

その出来事をきっかけに羽澄は（おそらく彼の望み通り）一瞬にしてクラスの嫌われ者になった。みんな彼に話しかけないし、視線も向けない。完全に透明人間扱い。二年C組の生徒なら彼を無視するべき、という〈空気〉が教室中に漂っているのだ。

だから誰も彼には接触しない。周りのことなんておかまいなしに我が道を行く（たぶん、みんなが羽澄に話しかけないことに気づいてすらいない）後藤正己と、なんとしても羽澄の反応を引き出したいと意気込んでいる私以外は。

「じゃあ、これでホームルーム終わり。綾瀬、羽澄、このあとちょっと職員室まで来てくれ」

連絡を終えた委員長が教壇から下りると、担任がこちらを見て言った。その瞬間、みんながひそひそと話す声が耳の中に忍び込んでくる。

「やばっ。すごい組み合わせ」

「二のCの問題児ふたり組じゃん」

「何やらかしたん？　あいつら」

私は声のほうへ顔を向けて口を開く。

「えー、なんにもしてないと思うけどなあ。なんだろー？」

「お前に訊《き》いてねーよ！」

即座に突っ込みが返ってきて、私はえへへと頭をかいた。

チャイムが鳴り、みんなが一斉に動き出す。

羽澄は学生鞄を持ってゆっくりと立ち上がり、クラスメイトたちの合間を縫うように後ろのドアへと向かった。

「あっ、待って待って羽澄、私も行くー！」

声をかけたけれど、もちろん彼は足を止めない。

私は急いであとを追って、廊下に出た彼の真横について歩く。

「ねえねえ羽澄、なんの話だろうね？」

「………」

「私、呼び出されるようなことなんて、なんもしてないと思うんだけどなあ。羽澄はなんか心当たりある？」

「………」

「あっ、あれかな、『もっとキョーチョーセーを持てー！』とか怒られるのかな」

「………」

「私、小学校のときからもう千回くらい言われてるんだよね、キョーチョーセーとシャコーセー。なんでみんなと同じようにできないんだーって。それが分かんないからキョーチョーセーがないんじゃんねえ」

「……」

だめだ、鉄壁の守り。私、ただ大声で独り言言ってるやばいやつみたい。

隣を見上げると、俯いた横顔があった。長い前髪に隠れていて表情は全く見えない。でもたぶん無表情なんだろうな、と分かる。薄い唇はきっちりと引き結ばれていた。

窓を背にして逆光になっているせいか、そのほっそりとした姿は今にも陽射しに白く溶けて消えてしまいそうに見える。本当に透明人間になってしまいそうな気がした。

「羽澄」

思わず声をかける。もちろん答えはなかった。

結局私は、職員室に着くまでずっと無視され続けた。


「ふたりとも、部登録の紙、まだ出してないよな？」

キャスター付きの椅子に深く腰かけた担任が、私と羽澄を見上げ、机を指でとんとんと弾《はじ》きながら言った。

「あー……部登録……」

そうだった、と思い出して、私はえへへと頭をかいた。

「まさか忘れてないと思うけど、今日が最終提出期限だからな」

「ですよねー……すみませーん」

謝る私の横で、羽澄は相変わらず全くの無表情を貫いている。

まさか彼もまだ部登録を終えていなかったとは意外だった。彼は変わり者ではあるけれど、課題や提出物はいつもきっちり出している。

「ふたりとも、去年とは違う部活に入るのか？　同じならすぐに出せるだろう」

「あ、そうですね、私は変わろうと思ってて……」

羽澄をちらりと見ると、なんの感情もない瞳で先生に軽く頷き返していた。

うちの高校は、一、二年生は全員部活動に入らなければならない、という謎ルールがある。毎年四月に登録用紙が配布され、四月末までに提出する決まりになっている。入りたい部活動の顧問に入部願を渡して登録用紙に印鑑をもらい、担任に提出するという流れだ。

でも私はなかなか入部先を決められなくて、担任に直談判して五月まで延長してもらっていた。どうやら羽澄も同じ状況だったらしい。

「じゃあお前たち、今から顧問の先生んとこ行って、印鑑もらって持ってくること。五時までな、遅れたら反省文だから頑張れよ」

「はーい、分かりました」

「用紙は持ってきてるか？　なかったら予備を渡すけど」

「あ、持ってます」

「羽澄は？」

名前を呼ばれて、彼はやっと口を開いた。

「……あります」

久しぶりに羽澄の声を聞いた。

高くもなく低くもなく、柔らかくて澄んだ感じがして、とても耳に心地よい声をしている。

せっかくいい声なんだから、もっと喋ればいいのに。

「そうか。じゃあ、待ってるからな。頼んだぞ」

担任が「行ってよし」と言って前に向き直った。

私は「行って参りまーす」とおどけて頭を下げる。

隣で羽澄も小さく会釈をして、それからすたすたと出入り口に向かって歩き出した。私も慌ててあとを追う。

「失礼しましたー」

職員室を出たあと、私はすぐに羽澄に声をかけた。

「ねえねえ、何部に入るかもう決めた?」

「…………」

無言のまま早足で歩く彼の横に追いつき、言葉を続ける。

「私はねえ、写真部か園芸部か生物部で迷ってるんだけど」

「…………」

「あっ、そういえば羽澄って去年園芸部じゃなかった? どうだった? 園芸部。何回か花壇に水まいたりしてるの見た記憶があるんだけど」

一年のときは私たちは違うクラスだったけれど、体育の授業が合同だったので、なんとなく顔も名前も知っていた。私のクラスの真横に花壇があって、朝や放課後に土いじりをする彼の姿を何度か見かけたことがあった。

「運動部とかだと帰り遅くなるでしょ、下手したら朝練もあるし、拘束時間が長いのは嫌なんだよね」

「………」

「だから、園芸なら楽そうでいいかなーって思ってるんだけど、どうかなー？」

はあ、と羽澄が小さく溜め息を吐き出す。

反応が返ってくるだけでも珍しかったので、少し期待してしまう。でも、やっぱり彼の唇は薄く開いただけで、それきり動かない。

「ねえねえ、はーすーみー。なんでこんなに話しかけてるのに全然返事してくれないの？」

次の瞬間、驚いたことに彼は、感情を欠片も感じさせない横顔のままで、突然「実は」と口を開いた。

自分から声をかけておいてなんだけれど、まさか本当に答えが返ってくるとは思っていなかったので、私はびっくりして足を止めてしまった。

つられたように羽澄も歩みを止める。そして、なんと、こちらを振り向いた。

夏の夜みたいに涼しげな切れ長の瞳が、じっと私を見つめて言った。

「実は僕も、人魚の末裔なんだ。人間の脚と引き換えに声を魔女にとられたから、喋れないんだよ」

予想だにしなかった言葉に、私は一瞬動きを止めた。

「……は？　喋れるじゃん」

呆気《あっけ》にとられてそう返すと、彼は私以上に呆れた顔で答えた。

「……そこは話を合わせてよ。自分のこと棚に上げて……」

肩をすくめて大きな溜め息をつく。

それきり私も彼も口を閉じたので、奇妙な沈黙が流れた。

何か言わなきゃ、と焦って口を開きかけたとき、彼が「僕も」とふいに言った。

「……楽そうだと思って園芸部に入ったんだけど、思ったより当番が多くて面倒だったから、今年は違う部に入ろうと思ってる」

またもや予想外のことを彼が言い出したので、私は再び言葉に詰まってしまった。まさかこんなに丁寧に答えてくれるとは。

「……なんだよ」

私は唖然として羽澄の顔を見つめる。自分から訊ねておいてなんだその反応は、とでも言いたげに軽く眉をひそめていた。彼がこんなに人間らしい表情を浮かべるのを見たのは初めてだ。

渡り廊下の真ん中で、無言で見つめ合う。数秒後、私は「あー」と口を開いた。

「……いや、うん、うんうん、そっかそっか、ありがと！」

図らずも作ってしまった変な間を埋めるように、私は声を高くする。

「当番が多いのは嫌だから、やっぱ他のにしようかな！」

彼は静かに視線を前に向け、また歩き出した。私も肩を並べて足を動かす。

きっとそのまま無言の時間が戻ってくるだろうと思っていたのに、意外にも彼は再び話し始めた。

「……夏休みも何回か登校して、水まきやら草取りやらしないといけないんだ。他にも色々……よく分からない活動をさせられる。ひとりでやるならまだいいけど、三人一組とか、全員参加とか、とにかく誰かと一緒にやらされるから、それがうざったい。……綾瀬もそういうの苦手だろ」

「えっ」

私はまた驚きに目を丸くする。自分の性質について触れられるとは思ってもみなかった。

「えー、えっ？　いや、そんなこと……ないけど」

なんとか言葉を絞り出したけれど、彼はじっとこちらを見つめ返すだけだった。

羽澄ってこんな顔なんだ、と今さらながらに思う。だって彼はいつも俯きがちで、どんなに話しかけても無視されてばかりだったから、まともに顔を見る機会すらなかったのだ。

意外、と言ったら失礼かもしれないけれど、とても綺麗な目をしている。勝手な想像だけれど、羽澄は夜の海みたいな暗い目をしていると思っていた。でもそこにあったのは、透明な湖のような印象を受ける瞳だった。

「……そう」

彼がさして興味もなさそうに小さく頷いた。

「うん」

答えた私の声は、みっともないほど掠れていた。

澄んだ眼差しが私を見ている。

心の奥底まで、見透かされているような、気がした。

背筋にぴりっと電流が走る。

「……でも、ほんと、あれだね！」

それを振り払うように、私は甲高く続けた。

「部活ってさ、入ってみなきゃ分かんないみたいなところあるよね！　宝くじ的な⁉　開けてみなきゃ分かんないみたいな⁉　私もさ、活動少なくて楽そうだなって思って、去年は天文部に入ったんだけどね、普段はいいんだけどたまーに夜に学校に集合して天体観測とかあってさ、そういうの面倒でね、ほらまさか夜まで部活させられると思わないじゃん、めんどいじゃん」

羽澄は何も言わずに黙ってこちらを見ている。そのまっすぐな視線に、胸の奥のほうで何かがざわざわと騒ぎ出した。

「……いや、別にいいんだけどね、夜の外出もまあ……うん。でもほら、なんだろう、えーと……あれだ、いつもと違うのが楽しいっていうみんなのテンションがなんかね……いや、違うくて」

どうしよう、言葉がうまく出てこない。

いつもならこんなことはないのに。いくらでも垂れ流すことができるのに。

どうしてだろう。羽澄の瞳に見つめられると、彼と視線が交わると、まるで何かに喉をゆるゆると絞められているみたいに、言葉が身体の奥のほうに引っ込んでしまって、影も形もとらえられなくなってしまう。得意なはずの口から出任せも言えなくなる。

私は無意識のうちに窓の外に目を向け、彼の眼差しから逃れた。ゆっくりと深呼吸をする。そうすると少しずつ調子を取り戻すことができて、いつものように言葉が流れ出してきた。

「……天体観測って、学校の屋上で望遠鏡とか使ってやるんだけど、一台しかないから順番待ちのとき暇でさあ。それで寝転がって星空見てたらね、なんとなんと！　流れ星が落ちてきちゃってー！」

ああ、よしよし、これが『私』だ。ぐらついていた気持ちが安定してきて、思い切り両手を広げて語る。

「いくら天体観測してたってまさか星が落ちてくるなんて思わないでしょ？　びっくりだよね。しかもそれがさあ、よりにもよって私の真上に落ちてきたの！　ドーンッて！　ほんっとびっくりだし痛くてー！　手のひらサイズで可愛くて、ぴかぴか光っててすごく綺麗だったんだけどさ、思いっきりお腹に直撃だもん、痛いよトラウマだよそりゃー。それでさ、いやもう天文部はないなーって。だから今年は変えようと思ってるんだけど、どこがいいかなーとか……」

意味も意図もない言葉がすらすらと止めどなく溢れる。

ほっとした。大丈夫、大丈夫。私はちゃんと喋れる。

羽澄からの反応はない。でも、もう気にならなかった。気にしないことにした。振り向いたら、またあの瞳に出会ってしまう。

「園芸はなしでしょー、あとは写真か生物。どっちかなあ。なんか写真とか撮れたらかっこいいから写真にしよっかなー」

空の真ん中をのんびりと流れていく雲を見つめながらぼやくと、背後で羽澄が「あのさ」と声を上げた。思わず振り向いてしまい、少しだけ目を逸《そ》らす。

「んー？　なんでしょう？」

「……カメラ、持ってるの？」

「んっ？　カメラ？　持ってないよ」

すると羽澄は突然ポケットからスマホを取り出し、何やら操作し始めた。ラインでも届いたのだろうか。

しばらくして、彼はスマホの画面を私に向けた。

「えっ、なになに、見ていいの？」

彼が小さく頷いたので、私はその手許に目を移す。

そこには大手通販サイトのページが写っていた。商品画像は、黒いカメラ。一眼レフとかいう名前だっけ、やけに大きいレンズが本体から飛び出しているあれ。

そして商品名の下に価格が提示されている。目を凝らして、私は思わずすっとんきょうな声を上げた。

「……はっ、はちまんっ⁉」

「これ、初心者用だって」

「初心者用がはちまんえんっ⁉」

「みたいだね」

「ま、じ、で⁉」

彼の長い指が画面をスクロールし、関連商品が並んでいる部分が写し出された。

八万五千円、九万八千円、安いものでも五万円台。

「たっっか！　高い！　えっえっカメラってこんなに高いの⁉」

「らしいね。大変だね」

羽澄は他人事《ひとごと》のように言った。

スマホから目を上げてちらりと表情を窺《うかが》ってみると、その薄い唇はかすかに口角が上がっている。

どうやら笑っているらしい。小馬鹿にしたような、という笑い方の見本みたいなやつ。

私はまた視線を落とした。

「まじかー……いや、無理無理、無理だこれはさすがに無理、一万円とかでも無理だって、買えない買えない。カメラやばー、やばいね高いんだねカメラって。てかやっぱカメラないと入部できないかな？」

「そりゃそうでしょ。バッシュ持ってないのにバスケ部入るみたいなもんじゃない？　論外だね」

「だよねえ、そりゃまあそうだよね……写真部はないな。ってことは生物部かー」

「良かったね、決まって。それじゃ」

そう言って羽澄はくるりと踵《きびす》を返した。思わず「えっ」と声が洩れる。

「えっえっ、ちょっと待って待って羽澄！」

反射的に呼び止めると、うざったそうな顔が振り向いた。

「なに」

深い溜め息とともに彼は言った。

「羽澄は何部に入るか決めた？」

さっきは答えをもらえなかった問いを、繰り返す。なんだか今度は答えてくれそうな気がした。

彼はまた深々と息を吐いて、それから口を開いた。

「なんでもいいだろ。綾瀬に関係ある？」

「いやっ、あのー……」

頭の中に、まだ形にならない曖昧《あいまい》な思考がぐるぐると渦を巻く。

どうしよう。思わず引き止めてしまったけれど、なんの話をすればいい？

いくら考えても、うまく言葉が出てこない。口を半開きにしたまま、私、どうして呼び止めちゃったんだろう、と自分でも不思議に思う。

羽澄はひどく迷惑そうに、そしてどこか怪訝《けげん》そうに、じっと私を見つめ返していた。

不審そうな顔を見て、珍しいなとまた思う。さっきの小馬鹿にしたような笑いといい、いつも無表情な彼がこんなに感情を面《おもて》に出しているなんて、本当に新鮮だ。

もしかしたら私は、嬉しかったのかもしれない。どんなに話しかけても無視をしていた彼が、初めて答えてくれたことが。私の存在に反応してくれたことが。表情を変えてくれたことが。だから無意識のうちに引き止めてしまった。

そんなことを考えている間も、羽澄は無言を貫いている。黙ってないで何か言ってくれればいいのに、と自分の無計画な行動を棚に上げて思う。

こんなに長い沈黙は、どうにも居心地が悪い。居たたまれない。背中のあたりがそわそわして、胸の奥がざわざわする。

『わーっ、見て！　ＵＦＯが飛んでる！　しかも太陽が緑色に光ってるよ！』

とかなんとか言って、あやふやにしてしまいたくなった。それか、『なーんちゃって、呼んだだけー。びっくりした？』とおどけてみせるとか。

でも、それはだめだめ、と思い直す。そんなことをしたら、せっかく反応を見せてくれた彼が、またシャッターを下ろしてしまう気がした。

せっかくつながりかけている糸を、ここで断ち切ってしまいたくない。

「……あのさ」

気がついたら私は、自分でも思いもよらないことを口にしていた。

「一緒に生物部に入ろうよ」

◆海はいつだって退屈で憂鬱だ

どうしてこんなことになってしまったんだろう。

もう何度目かも分からない嘆きが、また溜め息を押し出す。

深海に沈んだ鯨のように、極力他人と関わらず、不必要な会話は一切せず、ただただ静かな日々を送りたいと思っていたはずなのに。今の僕の状況は、正反対の方向へとひた走っているような気がする。

自らの失態が招いたこととはいえ、僕はまだこの展開を受け止めきれず、表情には出さないものの困惑と動揺に包まれていた。

無意識のうちに、もうひとつ息を吐き出す。

「溜め息つくと幸せが逃げるって、よく言うよね」

廊下の数歩先を行く綾瀬が、左側の窓に向けた顔に光を受けながら言った。

だから溜め息をつくな、と非難されるのを予想して内心辟易《へきえき》する僕に、彼女は横顔のまま続ける。

「誰が言い出したんだろうね。溜め息ついたことない人なのかな。そんな人いるのかなあ」

意表を突かれて思わず彼女をじっと見つめる。なんだか感情の抜けたような顔をしていた。

これだ、と思う。これのせいだ。教室ではおよそ見せないような顔。

『一緒に生物部に入ろうよ』

そんな理由も意図も分からない不審な誘いをかけてくる直前、彼女は普段と全く違う表情をしていた。言葉を探すような、でもうまく見つからなくて焦っているような、少しひきつった顔をしていて、しまいには笑顔も消えた。

いつもの彼女はへらへらとした笑みを崩さず、のらりくらりと相手をかわすように適当な言動ばかり繰り返しているのに、あのときは全く違う態度だった。

彼女の全身を覆い尽くす鱗が一枚剥がれて、その下に隠されていた素肌がわずかに見えたような、そんな気がして僕は血迷ったのだ。いつもなら無視か、否と即答するところを、少し硬直してしまった。

沈黙は彼女に肯定と解釈され、彼女は『やったー、さあ行こう』とすっかりその気になってしまった。

そうして今、僕は綾瀬と一緒に生物室に向かっている。どうしてこんなことに、とまた僕は小さく息を吐いた。

そもそも初めに彼女の言葉に応えてしまったのが間違いだったのだ。普段通りに無視し続けようと思っていたのに、園芸部にしようなどと言い出すから、柄にもなく仏心を出してしまったのがよくなかった。

あの部活では、同学年に妙に溌剌《はつらつ》としてやる気に満ち溢れた暑苦しいやつがいて、さんざんな目に遭った。籍だけ置いて幽霊部員になるつもりだったのに、フェードアウトするタイミングを逸してしまった。というのも、当番を回避しようとすると『部員全員の愛情がないと植物はちゃんと育たない！』と不可解な主張をされて強制的に頭数に入れられ、『花に音楽を聞かせると綺麗に咲くらしい、みんなで歌おう！』などとソース不明な情報を持ってきて合唱部まがいのことをさせられたり——クラシックのCDでも流しておけばいいと言ってみたら、生の声のほうがいいに決まってるとかなんとか根拠もない思い込みで否定された——しかも周りの人間も楽しそうに巻き込まれていて、協調性のない僕にとっては苦痛でしかない部活だった。

それで、僕とは別の方向で周囲と馴染めない綾瀬にもおそらく向かない部だろうと考えて、一言だけ、園芸部はやめたほうがいいということだけでも伝えようと、口を開いてしまったのだ。

それをきっかけにずるずると会話を続けてしまい、そこからのいつもと違う彼女の表情に調子を崩してしまったとはいえ、果ては同じ部活に入ろうという誘いにまで乗ってしまった。一生の不覚だ。

「生物部の顧問って、たしか沼田先生だよね」

僕の憂鬱の元凶である綾瀬は、いつの間にか調子を取り戻し、僕の返事も待たずに次々と話しかけてくる。

「羽澄、沼田先生好き?」

この状況へのささやかな抵抗として、無言を貫く。

そもそも僕は教師に対して好きも嫌いもない。どうでもいい。ちゃんと過不足なく授業をしてくれて、必要最低限の情報伝達をしてくれれば、こちらとしてはなんの問題もない。好きだの嫌いだのと個人的かつ主観的な評価をする対象ではないのだ。まあ、頼んでもいないのに「どうして友達と話さないんだ?」などという余計なお世話を焼いてくる教師はうざったいと思うが。

「私は沼田先生好きだなあ、あんまりやる気ない感じがいいよね」

僕が何ひとつ答えないのに、相変わらず綾瀬は気にせず喋り続けている。

本当に変わっている、と考えてから、いや違うのか、と思い直した。

彼女はそもそも、相手から答えが返ってくることを期待していないのだ。話しかけているように見せかけて、実質ほとんど独り言なのだと思う。なぜかは分からないけれど。

綾瀬という人間は、初めから理解しがたい行動が多かった。

四月の始業式の日、ホームルームで自己紹介が行われたときのこと。

『綾瀬水月です。ここだけの話、私は伝説の人魚の末裔です』

みんなが所属している部活だとか趣味だとかを話していく中で、彼女はそんな訳の分からない自己紹介をした。担任も含め教室にいた全員が言葉を失い、目を丸くして彼女を見つめた。僕も、聞き間違いだろうかと自分の耳を疑いつつ、ちらりと彼女を見た。

『人魚なのでもちろん陸上は不慣れで、歩くのはうまくなってきたんですけど走るのがまだちょっと苦手で、あと人間の脚と引き換えに魔女に歌声をあげちゃったので歌も歌えないんですけど、気にしないでください』

そうして彼女は入学初日に『中二病の痛いやつ』というレッテルを貼られた。

理解不能な奇行はその日だけに止《とど》まらなかった。不自然なほどに常に笑っていて、口を開けば滅茶苦茶なでたらめばかり、しばしば本当に足を引きずって歩いてみせたり、大袈裟に転んで自分で大笑いしたりと意図的に周りを振り回して、相手が苛立ちを見せてもやっぱりへらへら笑って謝るだけで、それが神経を逆撫でする。

すぐに『嘘つきかまってちゃん』というレッテルも追加され、クラス中から疎まれて口汚く罵られているのをよく聞いた。

でも、今も僕の反応を確かめもせずにひとりで勝手に喋り続けている彼女の姿を見ていると、どう考えても『かまってほしくて嘘をついている』ようには思えなかった。むしろかまわれたくないのではないか、とさえ感じる。

だとしたら、綾瀬はなぜ嘘ばかりついているのか。その裏にどんな秘密があるのか。なんだかとても嫌な予感がした。こんな不可解な人間と同じ部活に入ったりしたら、とんでもなく面倒なことに巻き込まれてしまうのではないか。

「……やっぱり、他の部にする」

僕は足を止め、前を行く背中に告げた。

彼女は驚いたように振り向き、「えーっ、今さらなんで⁉」と叫んだ。

「……生物とか好きじゃないし」

別に言い訳をする義理もないと思うが、ここまで黙ってついてきてしまったという負い目もあり、適当な言い逃れをした。彼女は不服そうに口を尖らせる。

「でも去年は、別に土いじり好きじゃないけど園芸部に入ったんでしょ？　じゃあ今年も、好きでもなんでもない部活入っても一緒じゃん」

僕はぐっと言葉に詰まる。彼女はさらに言《い》い募《つの》った。

「ていうかさ、昨日の課外授業のとき、羽澄すんごい熱烈な視線で鯨見てたじゃん！　みんな臭い臭いって言って砂遊びとかしてたのに、羽澄はずっと近くで見てたよね？　てことは生き物好きなんでしょ？　生物部向いてるよ絶対！」

別にあれは鯨が好きだから見ていたわけではなく、ただ単に腐臭を放つ巨大な死骸というものが物珍しかったから少し近づいてみて、そのあとは考えごとをしながらぼんやりしていただけだ。

それに、生物部なんて園芸部以上に頻繁に当番がありそうだ。植物相手なら雨が降れば水やりは不要だが、動物だとそういうわけにもいかないだろう。生物部でどんな生き物を飼っているかは知らないが。

さて、どうやってこの場を乗り切ろう。やっぱり無視して立ち去るのがいちばんか。そんなことを考えていると、ふいに綾瀬が「……あのね」と低く呟くように言った。思わず目を上げる。

「私……実は病気なの」

唐突な単語に、は？　と声が飛び出しかけたが、なんとか口をつぐむ。

彼女は、沈痛な面持ち、という表現を絵に描いたような表情を浮かべていた。僕は彼女の真意を測りかねて無言で見つめ返す。

「……病気なの」

彼女が繰り返す。そしてちらりと僕の顔色を窺う。これは、何か反応しろよということか。

「病気なの」

三度目の催促に、僕は仕方なく訊ね返した。

「病気って？」

綾瀬は我が意を得たりといった調子でにんまりと笑い、「実はね」と声を高くする。

「人魚病って言ってね、ほら私、人魚姫の末裔だからさ。人魚の血が入ってるタイプの人間だけ罹《かか》る病気だから聞き慣れないと思うんだけど、ていうか知らないよね？　たぶん。でもね、本当にそういう病気があるの。それでね、私、人魚病になっちゃったから、余命四ヶ月なの。四ヶ月後には死んじゃうの。だから、お願い聞いてほしいな」

「……はあ」

我ながら気の抜けた声だった。

彼女が息をするように嘘をつく人間だというのは重々承知していたが、ここまで荒唐無稽な、しかもある種質《たち》の悪い嘘をつくとは予想していなかった。

よりにもよって死ぬだのなんだのという嘘は、いくらなんでも不謹慎だ。別にもともと期待なんてしていなかったが、見損なったという気持ちが湧き上がってくる。

綾瀬はどうやら、どこぞの小説や映画の見すぎらしい。余命わずかな天真爛漫《てんしんらんまん》な少女が、人付き合いの悪い偏屈な少年を自分の事情に巻き込んで振り回す、そんな何十年も前から使い古されたストーリー展開を、僕を利用して現実にしようとしているのか。

でも残念ながら僕は、他人の妄想に付き合ってやるほど善人ではない。他を当たってほしい。ご丁寧に振り回されてくれる心優しい物好きも、探せばひとりくらいはいるだろう。

僕はそう言って踵を返した。

「……お大事に」

「ちょっとー！」

途端に大声で呼び止められる。無視して歩き始めたが、ぱたぱたと慌ただしい足音が追いかけてきた。

「ねえねえ、ねえってば！　はーすーみ！」

本当にうるさい。どうして僕にかまうんだ、わざわざばればれの嘘をついてまで。

彼女の考えていることが全く分からない。別に理解したくもないが。

「一緒に部活入ろうよー」

それでも無視して歩き続けていると、いきなり背後から「うう」と呻《うめ》くような声が聞こえてきた。思わず振り向いてしまう。

綾瀬は深く俯いていた。垂れた前髪の下から、きつく噛みしめられた唇が覗いている。

その唇が、微《かす》かに震え始めた。

「……い」

聞き取れないほどに小さな掠《かす》れ声。

「え？」と訊き返すと、彼女は俯いたまま両手で顔を覆った。

「ひどい……」

華奢《きゃしゃ》な指の隙間から、涙に滲《にじ》んだような声が溢《こぼ》れ落ちる。

「ひどいよ、羽澄……」

その声は、もう間違いようがないくらい、弱々しく震えていた。

「余命わずかなか弱い女の子の、一生に一度の、最初で最後のお願いなのに、聞いてくれないなんて……」

ううっと嗚咽《おえつ》が洩れ聞こえてくる。

その瞬間、条件反射で「ごめん」という言葉が口から飛び出した。

別に僕は謝るようなことはしていない。同じ部活に入ろうと誘われて、嫌だったから断っただけだ。ひどいことなんてしていない。余命四ヶ月などというのは彼女のお得意の嘘だということも、この涙声や嗚咽だってどうせ嘘泣きだということも、もちろん分かっている。

でも、それでも、こんなふうに泣かれてしまうと謝らずにはいられなかった。たぶん、子どものころから染みついている習性だ。

「ごめんって……何も泣くことないだろ」

困り果てて、というか呆れ果てて、とにかく目の前の涙をどうにかしようと、謝罪を重ねた。

それでもさめざめと泣き続ける彼女に、無意識に機嫌をとるような口調になってしまう。

「泣き止んでよ……なんでもするから」

何も考えずにそう口にしてから、しまった、と思った。

なんでもする、は言いすぎだ。いつもの癖で、思わず言ってしまった。自分でもどうしようもない悪癖。

でも、いくら後悔しても遅かった。

僕の言葉を聞いた瞬間、綾瀬は顔を上げた。もちろん涙なんて一粒も光っていないその目は、嬉しそうに細められていた。

「なんでもしてくれるの？　じゃあ、一緒に生物部に入ろう」

僕は深い溜め息とともに肩を落とした。

こうなったら仕方がない。とにかく顧問のところまで行って話をして、あとでやっぱり入部するのはやめると言えばいい。もしも認められなければ、今度こそ断固として幽霊部員になる。

そんな決意を胸に、引きずられるようにして向かった先は、第二校舎の最上階だった。

ひと気がなく、薄暗く、埃《ほこり》っぽい廊下のいちばん奥に、生物室がある。

「沼田先生、いらっしゃいますかー？」

ドアを開けながら綾瀬が言う。でも、中には誰もいなかった。

「あれ、いないなあ。会議とかかな？」

「先生がいないと今日中に判子もらえないから生物部はだめだな。じゃあ僕はこれで」

切り口上に言ってそそくさと帰ろうとする僕の手首を、彼女ががっしりとつかんだ。

ひんやりと冷たい手だ。そうか人魚だから冷たいのか、と一瞬考えてしまい、そんな自分の思考に呆れた。

「ちょっと！　諦めたらそこで試合終了だよ！」

ありきたりなフレーズを恥ずかしげもなく口にしつつ、彼女は僕をぐいぐいと引っ張って部屋の中に引きずり込む。

意に反して彼女のペースに巻き込まれてしまう。嫌な予感がどんどん現実のものになっていく。

「そういえばさあ、羽澄覚えてる？　部活動紹介のとき、生物部は毎日活動してるって言ってたよね。てことは先生たぶん用事でどこか行ってるだけだよ。ここで待たせてもらおう」

「……はあ」

また溜め息が洩れてしまった。綾瀬が変人だというのは知っていたが、こんなに押しが強く面倒な人間だとは思わなかった。

もうどうとでもなれ、と投げやりな気持ちに襲われていたとき、彼女が「わっ」と声を上げて窓のほうを指差した。

「見て見て羽澄！　水槽があるよ！　いつもこんなの置いてないよね。なんだろう、メダカかな？」

仕方なく目を向けると、窓際の長机の上に、両手にのせられるほどの小さな正方形の水槽が置かれていた。彼女は僕の手首をつかんだまま窓辺に向かう。

「あ、メダカじゃないね。なんか青い魚。きれーい！　これ、熱帯魚かな？」

しゃがみこんで水槽を眺める綾瀬の隣で、僕も少し腰をかがめ、中の魚を観察する。

両手ですっぽりと包み込めそうなその魚は、見たこともない青色——青の絵の具を薄めずにそのまま塗りたくったような色をしていた。

群青《ぐんじょう》よりももっと濃い、瑠璃色と言うのだろうか。夜の海みたいな深い青。確かに、目を瞠るほど美しかった。

「わー……見れば見るほど綺麗。こんな綺麗な色の魚、見たことない」

「……人魚のくせに魚には詳しくないみたいだね」

皮肉っぽく言うと、綾瀬はむっとしたように唇を尖らせた。彼女が僕のほうを見ようと顔を仰《あお》向《む》けた拍子に、長い髪がさらさらと音を立てる。

「人魚だけど、このへんの海しか知らないもん。このへんにはこんな色の魚いないもん」

確かに、この町の海で泳いでいる灰色の地味な魚たちとは全く違う、いかにも鑑賞用という感じの派手で華やかな印象の魚だった。

「それに、色だけじゃなくて、形も変わってる。尾びれがすごく大きい」

彼女の言葉に、僕もその魚のひれに目を向けた。

海の中を漂う薄いベールのようにゆったりと揺れている丸っこい尾びれは、魚の胴体よりも大きく見えるほど豊かに広がっていた。

美しい青色と相まって、中世ヨーロッパあたりの貴族のドレスのような、高貴で優雅な印象を受けた。

もしも本当に人魚がいるのなら、その泳ぐ姿はこんなふうなのかもしれない、となんとなく想像する。

「それ、ベタっていうんだ」

突然声が降ってきて、僕らは同時に顔を上げた。いつもの白衣を着た沼田先生が背後に立っていた。

「ベタ、ですか？」

綾瀬が訊ね返すと、先生は頷いた。

「そう、ベタ。闘魚《とうぎょ》って呼び方もある。熱帯魚だよ」

「へえー、初めて聞きました」

「まあ、グッピーやエンゼルフィッシュほど有名じゃないからな。そいつは正式にはショーベタ・ロイヤルブルー・フルムーンっていう種類だ」

「名前まで綺麗ですね。こんな青い魚初めて見たんで、珍しくて観察してたんです」

「そうかそうか、好きなだけ見て行ってくれ」

人間たちの騒がしさなどどこ吹く風で優雅にひれを揺らしている魚をぼんやり眺めていると、ふいに黒板の横にある準備室につながるドアが開いた。

「あれっ羽澄と綾瀬？　羽澄と綾瀬じゃん」

さらに騒がしい声が聞こえてきたので振り向いてみると、後藤がこちらへ向かってくるところだった。またもや面倒なやつが出てきた、と僕はひそかに項垂《うなだ》れる。

「なになになに、君らうちの部に入るの？」

「あっうん、後藤って生物部だっけ？」

綾瀬が応じると、後藤はにんまりと頷いた。

「そうだよ俺、去年からずっと生物部」

「そうなんだ。羽澄ともどもこれからよろしくね」

まだ入部届も出していないのに、彼女は決定事項のように告げた。

「そっか、お前ら入部希望だったのか。部員が少なすぎて瀕死《ひんし》の部活だから、大歓迎だぞー」

先生までそう言うので、隙を見て逃げようと思っている僕としては、どんどん外堀を埋められていくような絶望的な気持ちになる。

「先生、話戻りますけど、ロイヤルブルーってかっこいい名前ですね」

綾瀬が水槽に目を戻して言った。

「ああ、綺麗な青色をしてるだろ、これが名前の由来な」

先生は非常に満足気かつ自慢気に笑って頷いた。

「ベタのブルー系は赤が少し入ってることも多いんだけど、こいつは全身、完全な青。だからロイヤルブルー。あと、フルムーンっていうのは、尾びれ背びれが大きくて、まるで満月みたいに丸く広がるってことだ」

そこで後藤が「はいはい先生！」と挙手をして口を挟んだ。

「ベタって確かあれですよね、コップとかガラス瓶とかで飼えるから飼育が簡単で初心者向けって言われてますよね？」

先生が「あー、いや」と首を傾げる。

「それはたぶんトラディショナルベタの話だな。こいつはショーベタっていう、少し違う種類。ショーベタはコンテストで美しさを競うために品種改良されてて、トラベタほど丈夫じゃないから、水質も気をつけてやらないといけないし、コップ飼いはあんまり良くない。水が少ないと汚れやすいからな。かと言って泳ぎ回る魚じゃないからあんまり広い水槽でも落ち着かなくてストレスがかかるから、これくらいの水槽がちょうどいいんだと。アクアショップの店員の受け売りだが」

「へえ、なるほどなるほど」

「ベタっていう魚は呼吸器官が発達してて、なんと口から空気を取り込むことができるんだ。だから他の熱帯魚みたいに酸素を送り込むエアレーションをしなくてもよくて、コップでも飼えないことはない、ってわけだ。その点は確かに飼育が楽で、初心者も手を出しやすいんだけどな、飼えないことはないってだけで、あんまり狭いのも可哀想だろ」

「へえーなるほどなるほどー口呼吸かー」

後藤は大げさなほどに何度も頷いた。

「いやー生き物って本当に奥が深いですよねマジで、知れば知るほどそれぞれ趣向を凝らして色んな進化を遂げてるもんなあ、多様性だよなあすげえなあ」

動物の話になると、彼は本当に言葉が止まらなくなる。ほとんど息継ぎもしないまま、次の質問に移った。

「そんで先生、このひれが大きくて綺麗なのはやっぱりあれですか、クジャクのオスの飾り羽みたいなものですか、メスに対する求愛のためですか」

「いや、ベタがひれを大きく開くのは、主に敵を威嚇《いかく》するときだ」

敵を威嚇、と僕は心の中でこっそり反芻《はんすう》した。

身体の小ささに見合わないほどの巨大なひれを纏《まと》い、自分を大きく見せることで、周りを牽制《けんせい》しているということか。

縄張りを守るために必死に威嚇している姿を見て、人間はその美しさに酔いしれているのだと考えると、なんだか魚が哀れに思えてくる。

「この子、水槽に一匹だけで寂しくないんですか？　他の子も一緒に入れてあげたら楽しいんじゃないですか」

ふいに綾瀬がぽつりと言った。先生は「いや」と首を振る。

「いや、一匹だけのほうがいいんだよ。ベタは縄張り意識が強くて気性が荒い魚だからな。自分の縄張りに他の魚が侵入すると、激しく威嚇、攻撃するんだ。特にオスベタなんて、同じ水槽に入れられると、どちらかが死ぬまで闘い続けてしまうくらいだ。『闘魚』と呼ばれる所以《ゆえん》だな。だから基本は単独で飼育するんだよ。ちなみにメスベタはオスベタほど縄張り意識は強くなくて、ひれもオスよりは小さくて短いし、他の魚と混泳《こんえい》もできるらしい」

「へえ……こんなに綺麗なのに、気性が荒いんですか」

「まあ、見てくれと性格ってのは必ずしも合致しないからな。人間だって同じだろ、周りからどう見えるかっていうのと本人の内心は全く違うこともあるからな」

先生が小さく笑って言うと、綾瀬は「それもそうですねー」とへらへら笑った。

「それにしても熱帯魚って、なんでこんなに派手な色してるんですかね。赤とか黄色とか青とかネオンカラーとか、白と黒のしましまとか水玉とか、ニモみたいなオレンジと黒とか、本当にカラフルっていうか。みんな目立っちゃってすぐに敵に見つかって食べられちゃいそう。危ないですよね」

「ああ、普通はそう思うよな。でも、熱帯の海ってほら、珊瑚礁《さんごしょう》があってかなり色鮮やかだろ。だから、捕食者に見つからないように珊瑚礁に身を隠すような生き物は、派手な色とか模様をしてたほうがかえって保護色、カムフラージュになって目立ちにくいんだよ」

「あー、言われてみればそうかも」

こくこくと頷きながら相づちを打った綾瀬が、水槽に向き直ってガラスにそっと手を当てた。魚をじっと見つめて、独り言のように小さく呟く。

「……みんな、死なずにすむ方法を必死に考えながら、なんとか生き延びようと頑張ってるんですね……」

先生や後藤には聞こえなかったかもしれない。僕は聞こえていたけれど、何も言わなかった。

「さーて、コーヒーでも飲むか」

先生が軽く伸びをしながら言って、準備室に入っていった。それからひょっこり顔を出して、

「みんなこっち来いよー」

と声をかけてくる。なぜ準備室に僕らを呼んだのか、その意図が分からず、眉をひそめて思わず首を傾げると、後藤がどうやら察してくれたらしく「あっそうそう」と声を上げた。

「沼田先生、部活のときいつもコーヒー淹《い》れてくれるんだよ」

それはまたずいぶんと親切な教師だ。僕は小さく頷き、ついでなのでいちばん知りたかったことを訊いてみることにする。

「何人くらいいるの、部員は」

「さあどうだろ、たぶん、二、三十人とか？　登録はされてるみたいだけど部活には誰も来ないから、いつも俺ひとりでやってる」

「へえ……」

そんなやりとりをしながら準備室に入ろうとしたとき、ふと、綾瀬がついてきていないことに気がついた。

怪訝に思って振り向くと、彼女はまだ水槽の前に座り込んで青い魚を見つめていた。

綾瀬、と声をかけようと思ったけれど、やっぱりやめた。

「そのへん適当に座っといてくれ」

部屋の端にあるシンクの前に立つ先生が、コーヒーミルのハンドルを回しながら、古びたテーブルセットの置かれているあたりを顎で示した。コーヒー豆を挽《ひ》くがりがりという音が小気味よく響いてくる。

僕は「どうも」と答えたものの、部屋の中心まで入る気になれなくて、入り口のあたりに佇《たたず》んだ。慣れた様子でソファに座った後藤に、小さく訊ねる。

「後藤はいつもひとりで何してるの」

「何っていうかまあ自由？　やりたいことしてればいいって先生が言うから好きにしてるよ。そこの棚に教材のＤＶＤがあるから向こうのテレビで見たり、自分で持ってきた好きな本読んだり」

答えながらも彼は鞄から取り出した本を読み始めたので、僕は手持ち無沙汰に目を泳がせ、結局コーヒーを淹れる先生の手もとに視線を落ち着かせた。

挽いた豆をドリッパーに移し、ポットのお湯を細く、ゆっくりと注ぎ入れる。サーバーに落ちた琥珀色《こはくいろ》の液体から立ち昇る香りが部屋に充満し、ふわりと鼻腔をくすぐった。

「ていうか羽澄って俺の名前知ってんだね」

ふいに後藤が言った。僕は少しだけ視線を戻す。

「……まあ、同じクラスだし」

「そっかそっかー。初めて会話してるしなんか感動しちゃってるよ俺」

僕はどう返せばいいか分からず、少し口をつぐんでから答えた。

「……いつも答えにくい話ばっかり振ってくるから、なんて返せばいいか分からなかったんだよ」

そのときちょうど先生が「はいよ」とコーヒーの入ったカップを持ってきてくれたので、

「ありがとうございます」と受け取った。少し迷って、部屋の隅のパイプ椅子に腰かける。輪の中に入るのは苦手だ。

「先生、ひとつ質問です！」

熱帯魚の観察に満足したのかやっと部屋に入ってきた綾瀬が、無駄に元気よく先生を呼んだ。

「おお、なんだ」

「熱帯魚の世話当番は、どれくらいの頻度ですか？」

それは僕も知りたいことだった。活動している部員が少ないのなら、もしかすると週に何度もやらされるかもしれない。それは困る。

すると先生は「はあ？」と嫌そうに顔をしかめた。

「世話当番？　そんなのやらせられるか。下手なことされて具合でも悪くなったら一大事だからな。というか、あの子は別に授業や部活のために飼ってるんじゃなくて、俺の大事な家族なんだよ。勝手に餌やりなんかするんじゃないぞ」

予想外の熱量で語られて、綾瀬は目を丸くして「えっ、はい、すみません」と謝った。後藤がおかしそうに笑いながら言う。

「先生たまにあの子連れてくるんだけどさ、俺熱帯魚って飼ったことなくて最初のとき世話してみたいって頼んだけど、ソッコー断られたんだよ。それからなんか警戒されちゃっててさー種類とか特性とか聞いたのも今日が初めてだし」

コーヒーを配り終えた先生が後藤の隣に座り、「そりゃそうだろ」と少し顔をしかめる。

「ちょっと想像してみ。お前が大人になって娘が生まれたとして、どこの馬の骨とも分からん男が興味津々で近づいてきて『娘さんにご飯食べさせてもいいですか？』とか『娘さんのお部屋掃除してあげましょうか』とか言い出したらどう思う？　娘の話聞かせるのも嫌になるだろ。でも可愛い娘の自慢もしたいから、適度に興味持ってくれるやつがいたら娘の話をしたい、とまあ俺の気持ちとしてはそんな感じだ」

「えっでもあの子オスですよね？」

「喩《たと》え話だよ。愛娘みたいに溺愛してるってことが言いたいだけだ」

「熱帯魚の世話って、そんなに難しいんですか？」

綾瀬が訊ねると、先生が「そうなんだよ」と深く頷いた。

「水質管理、水温管理、餌の頻度と量、色々気にしなきゃいけないことがあるんだ」

「ほうほう。具体的にはどのような」

「定期的に水換えしないと水が汚れるし、かと言って頻繁に水換えしすぎるとストレスになるし、熱帯の魚だから水温も下がりすぎないように気をつけないといけない。あと、基本的にあまり動かない魚だから、餌のやりすぎにも要注意だ」

「はー、確かに大変そうですねえ」

「素人にゃ荷が重い、というか任せられん。あの子の世話を焼けるのは俺だけだ」

沼田先生は普段はあまり口数の多いほうではないが、魚の話になると本当に呆れるほど早口で饒舌になる。後藤と似通ったものを感じた。

授業のときは必要最低限しか喋らず、やる気のなさそうな、気だるげな雰囲気なのに、自分が可愛がっている魚について話す様子はまるで別人だ。

「了解です。ところで先生、砂糖とミルクはないんですか？」

綾瀬が訊ねると、先生は「俺はブラック派だ」と断言した。生徒にコーヒーを淹れてくれる優しさはあっても、わざわざ生徒のために砂糖とミルクを用意するつもりはないらしい。変わった先生だ。

僕は熱いコーヒーを少しずつ口に含みながら、自分を取り囲む三人をそっと見つめた。

綾瀬、後藤、沼田先生。虚言癖の狼少女と、生物オタクの男と、熱帯魚を溺愛する教師。奇妙な人間ばかりだ。

ぼんやりとそんなふうに思っていたとき、ソファの端に置いた通学鞄の中でスマホが震える音が聞こえてきた。

慌てて取り出して画面を確認する。着信十件、留守電四件、メッセージ二十件。

全て母親からだった。

《まだ帰ってこないの？》

《もう五時すぎよ》

《想ちゃん、大丈夫？》

《どうしたの？》

《すごく心配してます、返事ください》
《何かあったの？　警察に連絡したほうがいい？》
僕はさっきよりもさらに慌てて返事を打ち込んだ。
《ごめん、スマホ鞄に入れてたから気づかなかった。大丈夫だよ、安心して》
送信ボタンを押すと同時に、既読マークがついた。
《出さなきゃいけない書類があって、少し遅くなっただけ。今から帰るよ》
さらに追加で送ると、それも既読になる。そしてほんの十秒ほどで《よかった！》と返ってきた。
ふう、と息をついてスマホをしまい、コーヒーを一口飲む。
他の三人が話をしていたので、僕は静かに席を立って窓際の手すりに手をかけた。
海が見える。潮風が頬を撫でる。磯の香りがする。
海の近くに住んでいる、と言ったら、もしかしたら内陸の人からは、『羨《うらや》ましい』だとか『憧れる』だとか言われるのかもしれない。
海辺の町といえば、文学作品や映像作品の舞台の定番だ。そういう作品の中では、晴れ渡る空の下、きらきらした陽射しに照らされた真っ青な海を眺めたり、夜にはさわやかな海風に吹かれながら縁側で涼んだり庭先で花火をしたりと、海を背景にした楽しげで幸せそうなシーンがよく描かれている。
あるいは、夏休みを優雅に過ごす富裕層の別荘や、サーフィンやバーベキューを楽しむ若者が集う海岸などを思い浮かべる人もいるだろう。

でも、現実は全く違う。そんな映画みたいな海町もあるのかもしれないが、それは少なくとも僕の町に関しては全然当てはまらない。

海はいつだって退屈で憂鬱だ。

汚くて、生臭くて、うるさい。海や砂浜に反射する陽射しのせいで夏はひどく暑く、冬になると何もかも吹き飛ばすような猛烈な風が吹く。海が近くにあったって、いいことなんてひとつもない。

僕は、生まれ育ったこの町を、どうしても好きになれなかった。

SAYONARA USOTSUKI
NINGYO HIME

二章　人魚の歌

◇歌声は海の向こう

朝目が覚めると、私はいつも布団の上に寝転がったまま、右側の窓の外を見る。

空を眺めて、ゆっくりと呼吸をして、そうするとなんとか起き上がる力が湧いてくるのだ。

今日の空は、驚くほど真っ白だった。白い絵の具で塗りつぶされたみたいに、空の青も、太陽の姿も、雲の影も見えず、本当にひたすら白かった。

一瞬、天変地異が起こって空がなくなってしまったのではないかという錯覚に陥って、そんなわけない、と寝ぼけた頭を軽く振った。

起き上がって窓辺に立ち、よくよく見ると、薄い雲が全体に広がっているだけだと分かった。頭ではそう理解していても、地球が真っ白な画用紙で包まれてしまったような、不思議な感覚に陥った。

うーん、と伸びをして部屋を出て、洗面所で最低限の身だしなみを整える。洗顔料はとうの昔に空っぽになっているので水で顔を洗い、濡れた手でぼさぼさの髪を撫でつけて、歯を磨いて、制服の胸許のリボンをなんとか結ぶ。

子どものころ親に蝶々結びを教えてもらえなかったので、今でも結ぶ作業は苦手だ。

玄関に向かう途中でリビングを通り抜ける。いつものように雑然とした部屋。

お腹がぎゅるると音を立てた。

キッチンに入り、一縷《いちる》の望みをかけて炊飯器を開けてみたら、いつ炊かれたのか分からない、かぴかぴになった黄色いご飯が入っていたので諦める。カップラーメンの空き容器が散乱した調理台を少しかき分けてみたけれど、食べられそうなものはなかった。発掘した食パンは、消費期限が二週間も前だった。

リビングを見ると、お母さんは脱いだ服が散乱したソファに横になっていた。ゆうべも真夜中に帰ってきたようだったから、まだ寝ているのかもしれない。

「……おはよ、お母さん。起きてる?」

もしも眠っているのなら起こさずにすむ程度の声量で話しかける。

返事はない。反応もない。

「行ってきまーす……」

どうせ眠っているのだから言う意味もないのだけれど、以前そう思って黙って出かけたら実は起きていたらしく、親に挨拶もできないの、と激怒されたので、とりあえず毎日声をかけるようにしている。

すると私の声に反応して、お母さんが小さく身動ぎをした。あ、やっぱり起きてたんだ、声かけといてよかった、と胸を撫で下ろす。

「……んー、水月《みづき》、もう行くの？」

「あっ、うん」

お母さんがむくりと起き上がり、うーんと伸びをした。それから立ち上がってこちらへやってくる。

すっと手が伸びてきて、反射的にぴくりと身体が震えた。でも、お母さんの手は私の頭を軽く撫でただけだった。

「偉いねえ、気をつけて行ってきなね」

「あ、うん、ありがと」

お母さんが寝ぼけ眼でにこりと笑った。

「こんないい娘がいて、私は幸せ者だなー」

うふふと笑いながら、洗面所に入っていく。私はふうっと息を吐いた。

お母さんの機嫌がいいと、私の心もほどけていく感じがする。

最近お母さんには新しい恋人ができたらしい。先週、家に帰ってくると同時に私に抱きついてきて、「カレシできたー」と嬉しそうに報告してきた。年下の人で、ちょっと生意気だけど可愛いんだよね、と言っていた。

恋人ができると、お母さんの機嫌はとてもよくなり、笑顔も増える。そうなると私の生活も色を変え、一気に穏やかになる。……まあ、そのぶん別れたあとはちょっと大変なことになるので、プラマイゼロかもしれないけれど。

「じゃあ、行ってきます」

再度声をかけて部屋を出て、駐輪場の端に停めてある錆《さび》だらけの自転車に乗り、学校とは反対方向に漕《こ》ぎ出した。駅の近くにある二十四時間営業のスーパーに寄って、食料を手に入れるためだ。

財布の中には六百五十円しか入っていない。これであと十日乗り切らないといけない。

一個三十円の小さな格安蒸しパンを二個買って、そのうちのひとつを頬張りながら自転車にまたがった。もうひとつはお昼ご飯にする。

駅前を通り過ぎ、再びうちのアパートの前を通って、これから三十分以上かけて学校まで自転車を漕ぐ。電車を使えば十分で着くけれど、定期代も馬鹿にならないので諦めた。雨の日はつらいけれど、仕方がない。

学校に近づくにつれて、同じ制服の高校生が増えていく。

駅からの道を歩く同じクラスの女子の姿を見つけた私は、追い抜きざま、ひとつ咳払いをしてから「おっはよー！」と元気よく挨拶をした。起きてから初めて大きな声を出したので、喉の調子が整っていなくて少し掠れてしまった。

あえて自転車のスピードを緩めて話すような間柄でもないので、そのまま通り過ぎる。返事をしてくれたのかどうかは分からない。

嫌われ者の私は、挨拶をしてもちゃんと返してもらえるかどうかは半々だ。大人しい子たちは少し戸惑ったように、でも一応「おはよう」と言ってくれる。元気のいい子たちは私を『見下していいやつ認定』しているので、「うるせー」「朝から無駄に声でかい」と嫌がられるか、ちらっと見て無視されるか。

まあ私自身も、もし同じクラスに自分みたいなやつがいたら『面倒くさいやつだな』と思うに違いないので、反応があるだけでも恵まれていると思う。

別にクラスの人たちと仲良くなれなくてもいいけれど、存在自体を無視されて空気扱いになったり、いじめの対象になったりするのは嫌なので、多少うざがられたとしてもこちらからの接触はやめない。

空気を読まずに尻尾を振りながら擦り寄ってくる野良犬のように、決して可愛くはないけれど、勝手にそのへんにいるぶんには別に叩いてまで追い出さなくてもいいかな、と思われるくらいの存在をイメージしている。

学校に着いて、教室のドアを開けながら「おはよー！」と大声で言った。いつも通りどこからか「綾瀬《あやせ》うるせー」と声が飛んでくる。でも、無視されるよりはずっといい。

「松井《まつい》さん、おはよ！」

次に声をかけたのは、仲良しグループで楽しそうにお喋《しゃべ》りをしている松井さん。美人で気の強い彼女は女子のトップに君臨していて、しかも男子にも一目置かれているから、クラスの女王様みたいなものだ。だから必ず毎日挨拶するようにしている。彼女に目をつけられたら終わりだと思うからだ。

松井さんは綺麗な黒髪をかきあげながらちらりと私を見て、ただ義務をこなすように「はよ」と言いながら視線を戻した。道端の小石でも見るような無関心な目だった。

私は可愛くない野良犬、と心の中で呟きながら近くの人に挨拶をしつつ自分の席に向かう。

「羽澄《はすみ》、おはよ」

鞄を机の上に置いて、すでに前の席について教材を引き出しに入れていた羽澄の背中に声をかけた。相変わらず全くの無反応。

「ねえねえ、今日の朝テストなんだっけ？　古典？　数学？」

もちろん返事はない。

生物部に入部してから約一ヶ月。彼は部活のときは、話しかければそれなりに口をきいてくれるけれど、教室では頑《かたく》なに私を無視した。どうしてかは分からない。クラスメイトの前では喋りたくないのかもしれない。

「ねえねえ、今日から合唱の練習だよね。私、歌へったくそだから憂鬱《ゆううつ》だなー」

「………」

「羽澄は歌うまそうだね、よく音楽聴いてるし」

「……」

彼は一言も答えないまま、机に突っ伏して眠り始めた。たぶん、寝たふり。でも、これ以上話しかけてくるなという無言の圧力を感じて、私はふうっと息を吐いて口をつぐんだ。


それにしても、学校の一日ってなんでこんなに長いんだろう。

ひとつひとつの授業が二、三時間にも感じるほど長いし、『体感ではもう午前中終わってるのに、現実はまだ三時間目』みたいなときには地獄のように時間の流れが遅く感じる。

でも、授業の時間はまだましだ。問題は休み時間や昼休み。私にはいつも一緒に行動するような仲良しの友達はいないけれど、だからといって休み時間中ひとりで席に座っていたら、『可愛くない野良犬』にはなれない。周囲の女子グループが話す内容に聞き耳を立てて、適当なところで笑ったり相づちを打ったりして、他人に無関心ではないこと、仲良くしたい意志があることを見せる。教室移動のときは、誰よりも早く行ったり遅く行ったりはせず、どこかの集団の後ろにくっついていく。昼休みも、どこのグループにも入らず自分の席で食べているとはいえ、やっぱり周りの会話は気にしている。なかなか大変だけれど、クラスでうまくやっていくためだ。

なんとか授業と休み時間をやりすごし、やっと五時間目までの授業が終わった。

六時間目はホームルーム。来月開催される校内行事、合唱コンクールの練習が今日から始まる予定だった。歌うのは本当に苦手なので、気が重い。

机と椅子を全て教室の後ろに片付けて、各パートに分かれる。私は女子の低音パート。黒板の左側に集合して、パートリーダーを中心に半円を作る。

「じゃあさっそく合わせてみよう」

リーダーの子が指揮をとって、三、二、一でみんなが歌い始める。

私は声を出さずに口だけを動かし、でもちゃんと歌っているように見えるよう、リズムに合わせて身体を揺らした。

でも、隣にいる女子がちらちらとこちらを見てくる。どうやら声が出ていないとばれてしまったらしい。私は気にせず前を向いたまま歌うふりを続ける。

そのうち、彼女のしぐさに気づいたらしいリーダーが指揮を止めた。

「なに、どした？」

「いや、綾瀬さんがさあ、たぶん口パクしてて」

「は？　マジで？」

みんなの視線が集まってくる。私は「えへへ、ばれちゃった？」と頭をかいた。

「ふざけないでよ、ちゃんとやって！」

リーダーが私を睨《にら》みつける。他の女子たちも同じように険しい表情で見ている。

「どうした、なんか問題あるか？」

各パートを回っていた担任が、こちらの様子に気づいたのか近寄ってきた。するとすぐに隣の女子が「はいはーい！」と手を挙げた。

「綾瀬さんが歌ってくれませーん。さぼってまーす」

「なんだと？　おい綾瀬……」

先生の言葉を遮るように私は勢いよく挙手をした。

「私、人魚なので、人間の脚に変えてもらう代わりに、美しい歌声を魔女にあげちゃったんです。今ごろきっと海の向こうで魔女が私の代わりに歌ってると思います。そういうわけで私は歌えないんです、すみませーん！」

おどけて言うと、みんなが目を吊り上げて口々に私を責め始めた。

「綾瀬マジうざい！」

「ここふざけるところじゃないから」

「かまってちゃんもいい加減にしてよね」

「こんなときくらい真面目にやってよ！」

つくづく私って嫌われてるなあ、まあ自業自得だけど。そう思うと勝手に口許が緩んできて、それでさらに顰蹙《ひんしゅく》を買うことになってしまった。

「あーはいはい、喧嘩《けんか》しない喧嘩しない」

先生が止めに入ってくれて、

「とりあえずもう一回合わせてみよう、先生も聞いとくから」

と言った。みんなは渋々といった様子でもう一度並び直した。

「綾瀬もちゃんとやれよ」

「善処します！」

どんと胸を叩いて答えつつ、ちらりと男子のほうに視線を向ける。

こちらに背を向けている羽澄は、集団から少し離れたところにぽつりと立って、どう見ても心ここにあらずといった様子でぼんやりと時計を見上げていた。

でも、そもそも男子は大多数が、女子に比べてやる気がないので、彼を責める様子はない。

いいなあ、と内心でぼやく。こういうときは、本当に男に生まれたかったなと思う。女子は男子よりも『みんなと同じ』を大事にするから、私みたいな人間はどうしたって浮いてしまう。

中学生のころまでは、こういうとき、とりあえず『みんなと同じ』に振る舞えるように頑張っていた。そのほうが生きやすいだろうと思ったから。

でも、私には無理だと分かってしまい、そういうのはやめた。同じようにはできないから、同じようにできないことをごまかす術《すべ》を考えるようになった。

その点、羽澄はすごいと思う。みんなと同じようにもしないし、それをごまかそうともしない。教室移動も昼食も、いつも堂々とひとりで済ませている。我が道を行く、というやつだろうか。ちなみに後藤《ごとう》はたぶん、自分が周りと同じではないということに気づいていないと思う。

私はとても彼らのようにはできないから、ごまかしごまかし生きていくしかない。すごくたぶんみんな気づいているけれど、もう誰も何も言わなかった。諦められているのだ。

仕方なく、私はさっきと同じように身体を揺らし、大口を開けて、歌っているふりをした。

だめだ、やっぱり歌えない。

と思った途端に、ぎゅっと喉を絞められたみたいに声が出なくなる。

カウントに合わせてみんなが歌い始める。私も口を開き、声を出す。でも、これは歌だ、

「あっ、はーい！　できる限り歌いまーす」

「じゃあ、始めます。綾瀬さん、ちゃんと歌ってよね」

疲れるけど。疲れるから――。


居心地の悪い一時間がやっと終わって、机を元に戻し、帰りのホームルームが始まった。

教壇の上から担任が連絡事項を伝える。

「……で、最後にもうひとつ。修学旅行の行動班が決まったから、プリント配ります。各グループで話し合って、班長と副班長をまず決めておくように」

そういえばいつかの学年集会で、十月の中間テスト後に修学旅行があると聞いていた。まだ一学期なのにもうグループが決まり、さらに班長も決めるのか。

気が早いなあ、まだまだ先なのに。そう思ったけれど、よく考えたら、部活に入ってからのこの一ヶ月はあっという間だった。その間に梅雨に入り、梅雨が明け、先週からは本格的な夏になって毎日蒸し暑い。きっと十月なんてすぐに来るだろう。

四ヶ月、たっぷり時間はあると思っていたけれど、もう四分の一は終わってしまったのだ。

「えーっ！　最悪ー!!」

悲鳴のような叫びが上がって、私はそちらへ目を向けた。配られたプリントの上に突っ伏して騒いでいるのは、松井さんの取り巻きのひとりだった。すぐに仲良しのメンバーが集まっていく。

「マジで最悪！」

「えー、どしたどした？」

「ちょっとこれ見てよ、綾瀬と一緒なんですけど！　無理ー！」

「わっ、本当だ、終わってんじゃん！」

「終わってるとか言うな！」

「あははっ！　がんばー！」

またなんか言われてる。

別にそういうふうに言われることは当たり前だと思っているので黙って流してもいいのだけれど、明らかに私まで届く声量で言われると、聞こえているはずなのに我慢しているとみんなから思われてしまう。

私は軽く目を閉じてふうっと息を吐き、口角を上げて彼女たちに顔を向ける。

「もー無理とか言わないでよー、私ちゃんとやるから安心してー！」

大声で言うと、すぐに「そういう問題じゃないから！」と飛んできた。

「えーなになに、そういう問題じゃないってどういうことー？」

「あーもーうるさいな、こっちの話だから入ってくんな！」

「えへへ、ごめーん。でも邪魔には絶対ならないから安心してー」

「はあ？　なに言ってんの、無理でしょ」

「大丈夫、大丈夫ー」

笑いながら手を振って、私は前に向き直った。ふっと肩の力が抜ける。

私みたいなうるさい嘘《うそ》つきと同じグループになるのは、そりゃ嫌だろうなと思う。

でも、本当に大丈夫だから安心してほしい。私はどうせ修学旅行には行かないから。

窓の外に顔を向け、目立たないように細く息を吐く。太陽の光が強すぎて、勝手に目が細くなった。

眩しさに視線を戻すと、羽澄の背中があった。

もう少しで部活だ、と思うと、とてもすっきりとした気分になる。生物部にしてよかった。

前の席の羽澄は、担任の話も聞かず、頬杖をついて窓の外を見ていた。

生物部に誘ったときあんなに嫌そうにしていたのに、彼は意外にも毎日部活に来ていた。

かといって熱心に活動するわけでもなく、沼田《ぬまた》先生が淹《い》れてくれたコーヒーを飲みながら宿題をしたり、生物室に置いてある本をぱらぱらめくったり、ぼんやりとＤＶＤを見たり、ただ暇つぶしをしているようにしか見えない。

それでも彼は入部してから毎日、下校時間のぎりぎりまで生物室にいる。私も似たようなものだけれど。

もしかしたら彼も家に帰りたくなくて、学校で時間をつぶしたいのかもしれない、と私は勝手に推測している。

彼と私と後藤、同じ空間にはいるけれど必要以上に関わることもない。それぞれに好きなことをする。そんな二時間が、とても心地よかった。

◆生まれ変わる海月

学校生活をいかに平坦に淡々と過ごすかということに、僕は常に全力を注いでいた。

その目標を達成するのが最も困難になるのは、休み時間である。以前は授業が終わるとすぐに本を読んだり、イヤホンで音楽を聴いたりしていたが、構わずに好き勝手な話題で話しかけてくるマイペースな変人や、『何読んでるの?』だとか『何聴いてるの?』だとかいちいち訊《たず》ねてくる騒がしい物好きがこのクラスにはいるということが発覚したので、話しかけられたくない、話しかけられても無視したいのなら寝ているのがいちばんだと結論づけた。

以降は、休み時間になると机に顔を伏せて眠ることにしている。

もちろん本当に寝ているわけではないので、クラスメイトたちの会話が耳に入ってきて煩わしいのはどうしようもないのだが、寝たふりをしていれば身体を起こして前を向いているときよりも幾分、周囲との距離が広がるような気がして、くだらない噂話や陰口をただの雑音と捉えるのが楽になるのだ。

誰とも会話しない、目も合わせない、無味無臭の毎日。でも僕は、この凪《なぎ》の海のような日々を、とても気に入っていた。波風など一ミリも立ってほしくない。

代わり映えのしない毎日、などと皮肉っぽい言い回しをよく聞くが、僕は心からそれこそを望んでいるのだ。

——そのはずだったのに。

「はーすみー、部活行こ！」

帰りの挨拶が終わったとたん、馬鹿みたいに明るい声が背後から僕を呼んだ。

部活には各自で行けばいい、頼むからいちいち誘うな、と何度も直談判しているのに、綾瀬は一向に僕の希望を聞き入れてくれるつもりはないらしい。

「羽澄と綾瀬が仲良くなってるー」

どこからか、忍び笑いと囁《ささや》き声が聞こえてくる。

「まさか付き合ってんの？　めっちゃウケんだけど」

「ハブられてる同士、話が合うんじゃね？」

「類は友を呼ぶってやつか」

僕と綾瀬は、このクラスにおいて疎《うと》まれている。そして疎ましく思っていることを隠さなくてもいい存在だと認識されている。だから彼らの会話は、ひそひそと話されているようでいて、実は僕らに聞こえてもいい音量で交わされていた。

なんとでも言えばいい。僕はそういうふうに扱われることを承知の上で、こういうふうに振る舞い続けてきたのだから、気にするはずもない。彼の悪意は、僕の中核には決して届かないのだから。たぶん綾瀬もそうなのだろう。

「沼田先生、今日はベタちゃん連れてきてるかなー。久しぶりに会いたいなあ」

彼女はいつものようにへらへら笑いながら呑気《のんき》に言った。僕は答えない。わざわざ教室で彼女と会話をして、悪趣味なクラスメイトたちに話の種をくれてやるような奉仕精神など、僕は持ち合わせていなかった。

「ねぇねぇ羽澄、今日は何しよっかー。昨日は動物園のDVD見たから、今日は水族館にする？　それとも図鑑でも読む？」

荷物を持って教室を出た僕のあとを追ってきた綾瀬は、途切れることなく話し続ける。こんなに無視されても一切ひるまず声をかけられる彼女の強靭《きょうじん》な精神力だけは尊敬に値する。迷惑であることに変わりはないが。

「あっ、でもでも、ホッキョクグマのドキュメンタリーも気になってるんだよねー。あ、北極っていえばさあ……」

騒がしく喋り続けていた綾瀬の声が徐々に小さくなり、ふっと消えた。

僕は不審に思って振り向く。彼女は黙々と歩きながら少し俯《うつむ》いて、右手を喉元に当てていた。その顔には、いつもの腑抜《ふぬ》けた笑みが浮かんでいない。

「……何かあった？」

思わず訊ねる。それから自分の言葉に内心で舌打ちをした。これも今までの生活で身についた習性だ。

「……え？」

綾瀬がふと顔を上げる。

「……いや、なんか、いつもとちょっと違う感じがしたから」

ぼそぼそと続けると、彼女の表情が、まるで切り替えスイッチでも押されたように、ぱっと明るくなった。

「んー？　別になんもないよー？」

「……ふうん」

本人ははぐらかしたつもりかもしれないが、いつもの彼女なら、ここで訳の分からない嘘をついて僕を煙に巻こうとしただろうから、どうやらやはり何かあったらしい、と僕は推測する。

「まあ、それならいいんだけど」

彼女の調子を狂わせる何かがあったらしいとは思うが、だからと言ってそれをわざわざ詮索して聞き出すほどの思い入れも彼女に対しては持っていないので、僕も適当に受け流した。

第二校舎に辿り着いたころには、綾瀬はすっかりいつも通りになっていた。

「失礼しまーす、先生こんにちは！」

勢いよくドアを開けて生物室の中に入っていく彼女のあとに、僕も続く。

準備室から沼田先生がちらりと顔を出し、「おー、今ちょうどコーヒー淹れてたとこ」と言った。

僕たちが来る前から先生がコーヒーの準備をしていたことに、なんとも言えない居たたまれなさのようなものを感じる。僕はすっかり先生から『毎日部活に来る生徒』と認識されているのだと思うと、こんなはずじゃなかったのに、という気持ちが湧き上がってきた。

誰かと密接に関わるつもりなど毛頭なかったので、入部届さえ無事に受理されたらそれきりにしようと初めは思っていた。でも、なぜだか気がつくと、しかも我ながら呆《あき》れたことに毎日、放課後になると生物室に足が向かうようになっていたのだ。本当に、どうしてこんなことをしているのか、自分でもよく分からない。

コーヒーを飲みながら、たまたま目についた海の生き物のDVDを見ていると、端のほうで本を読んでいた後藤がふらりとこちらへやってきた。

「おっ、ダイオウイカじゃん！」

上の空でぼんやり画面を見ていた僕は、彼の言葉で初めて、巨大なイカの映像が流れていることに気がついた。

「俺ダイオウイカ好きなんだよなー、一回でいいから生で見てみたい。だってさ体長十メートルとかあるらしいんだよすごくね？」

「えーっ、十メートル⁉　ってこの教室くらい⁉」

綾瀬が大袈裟《おおげさ》に驚いた顔をすると、後藤は「もっとでかいよたぶん」と意気込んだ。

「そんでさ、眼球は三十センチあるんだって！　こんなだよこんな、目玉が！」

後藤が顔の前で両手を使って大きな円を描く。

「ふわー、それはすごい。なんでも見えちゃいそうだねー」

「まあな深海生物だしな、でっかい目で獲物を探してるのかもな。あっ深海と言えばさ、ダイオウイカって金色なんだって。深海の真っ暗な中でわずかな光をとらえて黄金色に輝いてるってドキュメンタリーで見たことある。十メートルの巨体が金色に光ってるんだよ、見てみたいよなあこの目で」

彼は夢見心地で呟いた。僕は全く見てみたいとは思わないが、幸せそうで何より、と心の中で呟いた。

「あっ眼球っていえばさ、デメニギスっていう深海魚がいて、黒い魚なんだけど頭が透明の膜でできててドーム状になってってさ、透明なヘルメットかぶってるみたいな感じで脳みそとか丸見えなんだけど、その中にでっかい緑色の目があるんだよ。そんでさ深海生物って光るやつ多いじゃん、あれって発光することで背景に溶け込んで捕食者に見つかりにくくなるらしいんだけど、デメニギスはその緑の目で生物の発光と背景を見分けられるんだって。つまり発光生物を見つけて食えるように眼球が発達したってわけ、つくづくすげーよなー生き物の進化って」

僕は黙って彼の話を聞きながら、進化の戦争だな、と考えていた。

一部の深海生物は、外敵に捕らえられないように、過酷な環境で生き延びるために、自らの身体を発光させるように進化した。でも、デメニギスという魚は、餌となる発光生物を効率よく発見できるように、その目を進化させた。生きるための戦争だ。

少し油断をすれば食われてしまう、そして餌を見つけられなければ死んでしまう、厳しい自然界に生きる動物たちの、壮絶な生命力。生き抜くために全力をかける真剣さ。

でも、それならどうして人間は、それができないんだろう。

生きるためだけに全ての力を注ぐというのは、人間には、少なくとも僕にはできそうにない。ただ単に生命を維持すること以外にも、人間にとって重要だと思われていることが多すぎる。人によって違うだろうが、たとえば自己の在り方とか、他者との関係とか、プライドとか尊厳とか、そういう事柄。野生を離れて長い時間が経ってしまったからか。

DVDの映像が切り替わり、次に映し出されたのは、水中にゆらゆらと浮かぶ無数のミズクラゲだった。

「クラゲって可愛いよねー、ふわふわ漂ってる姿、癒やされるー」

綾瀬が両頬に手を当ててうっとりと言う。すぐに後藤が反応した。

「クラゲってさ可愛い水中生物の代表って感じで最近水族館でも大人気だけどさ、実はすごい食欲旺盛なんだぜ。全身に神経張り巡らせて、ちょっとでも身体に触れた生き物を瞬時に捕らえて呑み込むんだよ、自分より大きな生き物だって平気で食べて身体がはち切れそうなくらいぱんぱんになってたり、共食いだってするしさ」

「へえーそうなんだ、意外ー！　自分より大きいのまで食べちゃうの？　蛇みたいな感じ？

この可愛い姿から想像できないねー」

「そうなんだよすげーよな。しかも繁殖力もすごくてさ、一匹の親から一兆匹も子どもが生まれるんだって、すごくね？　生命力の塊だよ本当びっくりだよな」

綾瀬が「ひゃーっ」と驚愕の表情を浮かべる。

「えっえっ本当に？　一兆匹⁉　やばすぎ！　どんどん生まれて海がクラゲだらけになっちゃうじゃん！」

「いやまあそうなんだけど、それ以上の勢いで他の生き物の餌になるからさ。でもやっぱたまに大量発生して漁の邪魔になったりもするみたいだけどな」

「なんだなんだ、クラゲの話？　いいねえ」

準備室にいた先生が急に顔を出した。どうやら熱帯魚だけでなくクラゲにもご執心らしい。

「ベニクラゲって知ってるか？」

先生が僕たち三人を見回した。僕は首を横に振り、綾瀬は「知らないです」と答え、後藤は「名前は聞いたことあるけど詳しくは知らないです！」と目をきらきらさせた。

「ベニクラゲっていうやつはな、死にそうになると若返るっていうのを繰り返す能力を持ったクラゲなんだ」

ええっ、と綾瀬が声を上げる。僕も思わず目を見開いた。

若返りを繰り返す。そんなファンタジー漫画に出てくるキャラクターみたいな生き物がいるのか。

「クラゲの赤ちゃんの状態をポリプっていうんだけどな、ベニクラゲは怪我《けが》や病気で衰弱すると、ぎゅーっと小さく丸まって、ポリプ状態まで若返って、そこで力を蓄えて、また大人のクラゲになるんだ。もちろん若返る前のクラゲと同じ遺伝子のな。しかもそれが一匹だけじゃなくて、そのポリプから同じ遺伝子の赤ちゃんクラゲが、まあクローンみたいなものだな、それが何百匹、何千匹って生まれるんだよ。だから永遠の命を持つクラゲとまで言われてる。もしかしたら何億年も前から生き続けてる個体もいるかもしれないんだと」

「ほあー……それはすごい」

綾瀬が気の抜けたような顔で言い、後藤は「すげー！」と感嘆していた。僕も声こそ上げなかったものの気持ちは同じだった。

「あ、しまった、会議があるんだった」

先生が腕時計に目を落として、少し慌てた様子で外へ出ていった。後藤は「すげーなあすげーなあ」と言いながらテレビの画面に目を戻す。

僕は、クラゲについて考え続けていた。

死が近づくと子どもの姿に戻り、また時間をかけて大人に成長する。生き直す。それを何度も繰り返す。その魂は消えることなく、形を変えながら、何億年も生き続ける。それは、まるで。

「……生まれ変わりみたいだね」

思考を読まれたのかと思って、僕は目を瞠《みは》って綾瀬を見た。彼女がふふっと笑って言う。

「輪廻転生《りんねてんしょう》、って言うんだっけ」

申し訳ないが彼女がそんな難しい単語を口にするとは非常に意外で、僕はさらに目を見開いた。それから表情を引き締め、「まあ」と呟く。

「そうかもしれないな。同じ魂が何億年も生まれ変わり続けてるって言えるのかもね」

何も考えずにゆらゆらと海を漂い、ただ流れに身を任せて生きているようなイメージのクラゲだけれど、実際は生に対してひどく貪欲なのだ。そして死にかけるたびに何度も生まれ変わり、何億年も生き続ける生命力――誰かに殺されないかぎりは死ぬことさえできずに、生き続けなければならないのだろうか。

クラゲじゃなくてよかった、と思った。

クラゲだったらよかったのに、とも思った。

自分でも自分の気持ちがよく分からない。

「あっそうだクラゲといえばさ」

あっけらかんとした後藤の声が、迷宮入りしそうだった僕の思考を遮ってくれた。

「水族館がさー夏休み期間限定でナイトアクアリウム展っていうのやるんだってさ」

「ナイトアクアリウム?」

綾瀬が首を傾げる。後藤が「そうそう」と満面の笑みで頷いた。

「夜の水族館ってやつ。いつもは夕方には閉館なんだけど夏休みは夜まで開けてくれるんだって。俺それ家族と行く約束しててめちゃくちゃ楽しみなんだよなー。だって夜の生き物たちの生態見れることってあんまないからさ、夜の動物園は行ったことあるんだけど夜の水族館は初めてだ。特にクラゲの水槽なんかライトアップされて超綺麗らしくてさ、マジで楽しみだなー」

「へえ……夜の生き物……ナイトアクアリウム……」

後藤の言葉をなぞるように綾瀬は呟き、ふっとテレビの画面に目を戻す。僕もつられて視線を向けた。後藤が立ち上がってふらりと準備室へ入っていく。

彼女が何も喋らないので、部屋の中に沈黙が満ちる。

ふたりでぼんやりとDVDの続きを見ているうちに、室内は夕焼け色に染まり、最終下校時刻を知らせるチャイムが鳴った。後藤はいつの間にか帰っていて、先生はまだ会議から戻らない。

僕たちは帰り支度をして生物室をあとにした。

いつになく言葉少なに隣を歩いていた綾瀬が、靴箱に辿り着いたところで、ふいに口を開いた。

「――生まれ変わりって、本当にあるのかな」

僕は少し考えて、「さあね」と呟いた。すると彼女が少し声色を変えて言った。

「ねえ、人魚姫って、どんな話か知ってる？」

どうして急にそんなことを訊《き》くのだろう、と訝《いぶか》しみつつ、僕は昔読んだ童話の記憶をたぐり寄せて答える。

「……たしか、人魚姫が人間の王子に恋をして、人間になるために魔女と取り引きをして、声と引き換えに人間の脚を手に入れる……それで陸に上がって王子と結ばれたら、そのまま人間として幸せに生きていけるはずだったんだけど、王子は他の人と結婚してしまって、恋が叶わなかった人魚姫は最後、海の泡になって消える……だったかな。ああ、王子を殺せば命は助かるはずだったんだけど、殺せなかった、みたいな流れがあったか」

「んー、まあ、だいたいそんな感じかな」

僕たちは校舎を出て、校門に向かって歩き出した。

「よく知られてる絵本とか映画とかだと、人魚姫ってそういう話なんだけど、アンデルセンの原作の童話をちゃんと読むとね、けっこう人魚の設定の違いっていうか——もっと細かい設定があるんだよ」

「へえ、そうなんだ」

設定などと言ってしまうところに、つくづく自称『伝説の人魚の末裔《まつえい》』である彼女の嘘の、詰めの甘さを感じて可笑《おか》しくなり、僕は笑いを堪《こら》えるのに必死だった。

「人魚はすごく長寿で、三百年も生きられる命があるんだけど、死んだら海の泡になって完全に消えちゃうの。でも人間は、百年も生きられない短命だけど、死んでも消えちゃうわけじゃなくて、天国に行って神様に会って、生まれ変わることができる。つまり死なない魂、永遠の魂を持ってるの」

ふうん、と僕は答える。僕は子ども向けの本でしか人魚姫の物語を読んだことがなかったので、原作がそんな話だとは全く知らなかった。

「だから人魚姫はね、王子様に出会う前から、もともと人間に憧れてて、人間になりたいって思ってたの。長く長く生きて泡になって消えてしまう人魚の命よりも、人間の永遠の魂が欲しかったの。たとえすぐに死んじゃったとしても、永遠に生まれ変わり続けて、新しい命になって、何度でも愛する人に出会える魂が欲しかったんだよね、きっと——」

綾瀬の話は、どこまでがアンデルセンの書いた物語で、どこからが彼女の想像なのか、境界があやふやだった。

相づちも打たずに黙って聞いていると、突然彼女が「あ」と声を上げた。

「私、自転車なんだ。取ってくるからちょっと待ってて！」

そう言って、僕の返事も聞かずに駐輪場のほうへと走り去っていく。

これはもしかして、一緒に帰る流れなのだろうか。そんなつもりは全くなく、校門まで話すだけのつもりだったのに。

ちょうど部活の終わる時間ということもあり、周囲には生徒が何人もいた。ふたりでいるところは、あまり見られたくない。

一瞬、このままひとりで先に帰ってしまおうかと思った。でも、まだ話は途中だし、勝手に帰るのもさすがに悪いと思い、仕方なく待つことにする。

道具の片付けや砂の整備をしている運動部員たちがグラウンドを動き回る姿をぼんやりと眺めていると、いきなり背後から「それでね」と綾瀬の声がした。

「人魚がどうやったら本物の人間になれるかっていうと、自分が愛した人間から、永遠の愛を誓ってもらうことなの」

へえ、と僕は小さく言う。

自転車を手で押す彼女の隣で、僕も校門に向かって歩き出す。

「人魚が人間に恋をして、その人間のほうも人魚のことを好きになって、心から愛して、たったひとりの特別に大切な存在だと思ってくれて、愛情を胸に、人魚の手に自分の手を重ねて、永遠に愛し続けるって約束してくれる。そうするとね、その人間の魂が、重なった手から人魚の中に流れ込んできて、魂を分けてもらえるんだって。そしたら人魚は本当の人間になれるんだよ。人間になって、永遠の魂を手に入れて、死んだらまた生まれ変われるの。大好きな王子様ともまた会えるかもね」

「……なるほど」

愛し合った人間から魂を分け与えられることで、人魚は魂を得て、人間になることができる。

魂って分けられるものなのか？　どうやったら本当の愛だと分かるのか？　もしもふたりの愛情が変わってしまったらどうなるのか？　そもそも永遠の愛なんてあるわけがない。

色々な考えが頭の中を巡ったけれど、あえて何も言わなかった。

校門を出たところで、どちらからともなく足を止めた。

「羽澄ってどっちに帰るんだっけ？　駅？」

綾瀬の問いに、僕は彼女の自転車の前輪とは逆の方向へ足を向けた。

「いや、こっち。家が近いから歩きなんだ」

「あ、そうなんだ。いいねー家が近いの」

「まあ……家からいちばん近いって理由でこの学校を選んだから」

正確には『選ばされた』のだが、わざわざ彼女に言うことでもない。

「へえ、それは英断だ。やっぱり近いのがいいよねー」

答えようとしたとき、鞄の中でスマホが震えた。反射的に腕時計で時間を確認する。話し込んでいたせいでいつになくゆっくりと歩いていたからか、普段の帰りより十分ほど遅れていた。

「……じゃあ、ここで」

僕は軽く手を挙げ、彼女の返事を待たずに踵《きびす》を返した。歩きながらスマホを取り出し、メッセージアプリを開く。

《今から帰る》

恒例のメッセージを送ろうとしていたとき、

「ねえ羽澄！」

突然、やけに明るい声で綾瀬に呼ばれた。彼女は校門の前で自転車にまたがったまま、こちらを見て笑顔で手を振っている。

なに、と返すと、彼女は「あのさ」と小首を傾げて言った。

「羽澄は、生まれ変わったら、何になりたい？」

唐突な問いに、僕は動きを止めた。そういえば、鯨の死骸《しがい》を見たあの日も、そんなことを訊かれたような気がする。

僕は少し考えて、「さあ」と小さく呟いた。

「別になんでもいいよ。死んだあとのことなんて、僕には関係ない」

彼女はふふっと笑い、「そっかあ」と背を向けて自転車を漕ぎ出した。


「想《そう》ちゃん!!」

角を曲がって家が見えてきたところで、半狂乱の声が聞こえてきた。

その瞬間、しまった、と全身の血の気が引いた。やってしまった。

あのあとクラゲや人魚や生まれ変わりについて考え込みながら歩いていたせいで、メッセージを送るのをすっかり忘れていたのだ。

「想ちゃん、想ちゃん……！」

家の前に立って僕の帰りを待っていたらしい母親が、髪を振り乱して駆け寄ってきた。

僕は足を止め、立ち尽くす。

母親は勢いを緩めることなく僕に抱きついてきた。それから腰が抜けたように崩れ落ちて、アスファルトの上にへたり込む。

でも、その手はすがりつくように、縛りつけるように、強く僕をつかんで離さない。

「ああ、よかった！　よかった……！」

仰向《あおむ》いた母親の顔は血の気がなく、紙のように白かった。

「……ごめん」

「心配したのよ、本当に、本当に、怖かった……」

「うん、ごめん、ごめん……」

僕は馬鹿みたいに繰り返す。

「もう帰ってこないんじゃないかと、もう二度と会えないんじゃないかと……」

「……そんなはずないでしょ。毎日帰ってくるよ。ただ今日は、帰りに連絡するの……忘れ、ちゃってて」

母親が顔を上げた。目はきつく見開かれ、下瞼《したまぶた》には濃い隈《くま》が影のようにくっきりと染みついている。

「ああ、そう、そうなの……そういうこともあるわよね、もう高校生だものね、いつまでもママになんでも話してくれるわけじゃないわよね……」

そうよね、と呟く声が震えている。僕は慌てて母親の肩に手を置いた。

「違う、そういうことじゃないんだ。ただ本当に、ちょっとばたばたしててタイミングを逃しちゃっただけで……。何かあったら絶対に相談するから、安心して」

「……そう、それならいいんだけど……ええ、そうしてちょうだい、何か悩みがあったら、どんな些細《ささい》なことでもいいからママに話すのよ」

母親は呟き、それからよろよろと立ち上がって、ぎゅうっと僕を抱きしめた。

「ママにはもう想ちゃんしかいないんだから……」

黙って抱きしめられながら、ぼんやりとアスファルトのひび割れを見つめる。

「想ちゃんだけがママの生き甲斐《がい》よ、想ちゃんがいなくなったら、もうママは生きていけないんだからね……」

僕はゆっくりと視線を上げ、遥かな夕焼けを見つめながら囁いた。

「……うん。ごめんね、ママ……」

絞り出した、色も温度もない声が、喉の奥にべったりと貼りついたまま、いつまでも離れない。身動きがとれない。

太陽を呑み込んだ西の空は、ぞっとするほど赤かった。

SAYONARA USOTSUKI

NINGYO HIME

三章　人魚の痣

◇未来なんていらない

「綾瀬《あやせ》、羽澄《はすみ》。このあと職員室に来るように」

一学期の終業式が迫るある日、帰りのホームルームの終わり際に、担任がこちらを見て言った。

何これ、デジャヴ？　と思ったけれど、クラスのみんなの反応で、やっぱり前にもこんなことがあったな、と思い出す。確か二ヶ月ほど前、部活動登録の紙を出していなかったとき。

「また問題児ふたりー」

「今度は何やらかしたん?」

「不純異性交遊とかじゃね?」

「やっぱ、ウケんだけど!」

みんなはやけに嬉しそうに騒いでいる。私と羽澄はクラスの格好のネタなのだ。

「もうみんな、からかわないでよー! 全然そんなことないんだから!」

私は立ち上がって、笑顔を意識しながら大声で言った。途端に空気が白けて、笑い声が静まっていく。

そのときにはもうみんな私たちのことには興味を失ったように、それぞれお喋《しゃべ》りを始めた。

前の席の彼は、みんなの声も私の声も耳に入らないみたいに、淡々と帰り支度をしている。

「今度はなんの話だろうねえ、羽澄」

ドアを出た彼のあとを追いかけながら声をかける。まだ教室からあまり離れていないので、たぶん無視されるだろうなと思っていたら、案の定返事はなかった。

「私ぜーんぜん心当たりないんだけど。こんなに真面目に学校生活送ってるのに、なんで呼び出されるのかなー?」

本当は、たぶんあれだろうな、と思っていることはあった。でもやっぱり私の口は、ついたって意味のない嘘《うそ》をぺらぺらと吐き出す。沈黙を埋めるように。

失礼します、と職員室の中に入り、担任の席に向かった。

「進路希望調査、昨日までだったんだが、お前たちまだ出てないぞ。クラスでふたりだけだぞ、未提出は」

やっぱりね、と思いつつ、私は形だけ謝った。

「あははー、ごめんなさーい」

「すみません」

隣で羽澄が小さく言った。

「羽澄は白紙で出してきたから再提出にしてたはずだが、まだ書けてないのか？」

すみません、と彼はまたさっきと同じトーンで謝る。

「えっ、羽澄、白紙で出したの？　大胆！」

茶化すように言うと、先生は苦い顔で私を見て、「一度も出してすらいない綾瀬よりはましだろ」とぼやいた。

「配布したときも言ったけどな、夏休みの補習、進路希望に合わせてクラス分けするんだから、出てないと困るんだよ。職員室前の廊下に机があるだろ、今からそこで書いて、すぐに持ってこい」

「えっ、今ここで書いて出すってことですか？」

訊《たず》ねると先生は、「当たり前だろ、期限過ぎてるんだから」と呆《あき》れたように言った。

「進路の本も置いてあるから、それ参考にして、早く書いてこい」

「はーい……」

羽澄は先生に軽く会釈をして、出口に向かおうとする。

慌てて追いかけようとすると、先生が「あのな」と声を上げて私たちを呼び止めた。

「綾瀬も羽澄も、これから先ずっと続く人生に関わることなんだから、自分の人生なんだから、ちゃんと考えろよ。いつまでも子どもじゃいられないんだ、のらりくらりしてないで、自分の人生に責任持たなきゃいかんぞ」

はーい、と私は答える。羽澄は前を向いたまま黙っていた。

「お前たちはこれから何にでもなれる。先生みたいにもう人生が決まってる大人とは違う。羨《うらや》ましいよ。未来があるっていうのは素晴らしいことだ。だから、自分の胸に手を当てて、何になりたいのか、何をやりたいのか、逃げずにちゃんと向き合えよ」

先生の言葉が、ちくちくと胸を刺すような気がした。

「あははっ、先生かっこいい！　名言じゃないですかー」

おどけて言うと、先生は呆れ返ったように溜め息をついて、「茶化してる場合じゃないぞ」と釘を刺してきた。うーん、痛い。

職員室を出た私は、廊下の壁際に並んだパイプ椅子に座り、真っ白な進路希望調査票を長机に置いた。羽澄もふたつ隣の椅子に腰かけて、ペンケースとプリントを鞄からのろのろと取り出す。

「羽澄も進路決まってないんだね」

話しかけると、彼は「まあ……」と小さく答えた。やる気のなさそうな仕草で、シャープペンシルを弄《もてあそ》んでいる。

「みんなちゃんと決めてるのかなあ。偉いよねえ。私なーんにも思いつかないんだけど。去年も担任に催促されて、適当に書いて出してたしさあ」

私は目の前の紙に視線を落とす。前に書いた文字がちゃんと消えていないのを発見して、消しゴムをごしごしと擦りつけた。

ふと視線を感じて目を上げると、羽澄がこちらを見ていた。

やば、なんか言われるかな。一瞬動悸《どうき》がしたけれど、彼はすっと視線を自分の手もとに戻した。

「……なんて書こうかなあ。本当に何も思いつかない……」

私が独り言のように言うと、彼は少ししてから、「綾瀬はさ」とふいに口を開いた。

「なんでいつも嘘をつくの」

「え……っ」

どきりとした。

私が嘘ばかり言っているのは、私と関わったことのある人ならみんな知っていることで、数えきれないほど『嘘つき』と言われてきた。

でも、今まで誰ひとり、『なぜ嘘をつくのか』と直接的に訊《き》いてきたことはなかった。

「えー、嘘なんてついたことないよー私」

私はへらりと笑って言う。すると、羽澄のまっすぐな眼差しが私を射貫《いぬ》いた。

「また嘘」

再び心臓が音を立てる。私はペンの先で紙をかりかりと引っかきながら、声を絞り出した。

「……だって、本当のことなんか言っても仕方なくない？」

彼は静かにこちらを見ている。続きを急《せ》かされているような気がして、私は「だってさ」と呟いた。

「嘘つきは泥棒の始まりとか、嘘をついたらいけないってよく言われるけどさ、羽澄は本当にそうだと思う？」

「……どういうこと」

「例えばさ、ある人のことめちゃくちゃ嫌いで、むかつくーあいつとは関わりたくないーとか思ってるとするでしょ。でも、それを顔とか言葉に出すのはおかしいじゃん。わざわざお前嫌いって言う人、そんないないよね。みんな、本当は誰かのこと嫌いでも、全然普通みたいな顔して接してるわけじゃん。そのほうが、まあ、人間できてるって言われるよね。つまり、本当のこと言うのって、そんなに偉いことじゃないと思う。……まあ、嘘つくのが偉いとも思わないけど……」

羽澄は黙っていたけれど、それは否定の意味ではないというのは、なんとなく空気で伝わってきた。

「ていうかさ、嘘とか本当とか、どっちでもよくない？　自分にとって嘘だろうが本当だろうが、他人から見える部分が、他人にとっては本当でしょ」

どうせ人は、自分から見える部分しか見ない。目に見える部分からしか判断しない。だから、心の中で実際にはどう思っていようと、言葉にしたものだけが真実なのだ。

「……それは、同感」

彼が頷いた。独りよがりな考えを肯定してもらえたような気がして、なんだか無性に嬉しかった。

「と、いうわけで！　適当に書いて出しちゃおー！」

私は目の前の進路資料の棚から大学一覧を取り出し、えいやっと声をかけて適当なページを開いて、そこに載っていた大学の名前を書き込んだ。

すると羽澄も、「それいいね」と私の真似をして、適当な大学を選んだ。


プリントを担任に提出し、私たちは部活に向かった。

生物室のドアを開けると、ちょうど準備室から出てきた沼田《ぬまた》先生がこちらに気づいて、「おっ」と声を上げた。

「先生、こんにちはー」

「おう、綾瀬は今日も元気だなー」

「はーい、超元気です！　先生、何してるんですか？」

先生が大きな段ボールを教卓の上に置き、何やらがちゃがちゃとやり始めたので、気になって訊ねてみる。

「んー、これか？　これはなあ、化学の授業の準備。明日は一年生のクラスで実験があってな」

「わーお、先生は大変ですねえ」

「まあなあ。生徒が見てないところでも結構頑張ってるんだぞー」

なるほどー、と相づちを打ったとき、両手に紙束を持った後藤《ごとう》が準備室から出てきた。

「先生、プリントこれでいいですか？」

「おっ、ありがとう後藤、助かるなあ」

「後藤、お手伝いしてるの？」

私の問いに彼は「まあねー」とにやにや頷いた。

「俺将来は理科の先生になりたいと思ってるからさ、経験のために手伝いさせてもらってるんだよ」

「へえ……」

やばい。今は聞きたくない話題だった。でも、自分から質問しておいて、流すわけにもいかない。

「……偉いね、後藤。ちゃんと将来のこと考えてるんだね」

胸のざわつきを必死に抑えながら言うと、彼は「へ？」と驚いたように目を丸くした。

「別に偉くなんかないだろそんなの」

うわ、やだな、嫌な予感。将来のこと考えるのは当たり前、偉くもなんともない、とか今の精神状態で言われちゃったら、平静を装える自信がない。

でも、後藤が続けた言葉は、私の予想とは違っていた。

「俺はただ動物が好きで動物愛を好きなだけ語れるなんていい仕事だなーと思うから先生になりたいってだけだもん。絵が好きだから漫画家になりたいとかサッカーが好きだからJリーガーになりたいとかっていうのと同じだろ。でもそういうこと言うと『お前には無理』とか『夢見すぎ』とか『狭き門だから無理』とか言うやつもいるよなーあれすげぇ勝手だと思うんだよな俺、好きって気持ちは一緒でなりたいっていう気持ちの大きさも一緒だとしても、その好きの対象が違うってだけで全然違う反応されるんだもんな不公平だよな腹立つわー」

後藤はいつも以上に早口でまくし立てた。ずいぶんな熱量だったので驚き、思わず訊ねる。

「……なんかあったの？」

もしかして前に漫画家やJリーガーになりたいと言って親に怒られたことがあるんだろうか、と私は想像した。

「いや俺がなんかあったわけじゃなくてさ、俺きょうだい多いんだけど俺の妹は漫画家目指してて弟はプロのサッカー選手になりたいって言ってて、そんでこないだ学校で先生に怒られたっぽくて泣いててさーなんでそんな夢つぶすようなこと言うんだよ！　ってムカついちゃってさ」

「へえ……後藤の親も反対してるの？」

「えっ？」

彼はまた目を丸くした。

「してないしてないむしろ超応援してるよ！」

今度は私が目を見開く番だった。

「当ったり前じゃん親なんだから。まー本気で目指すなら死ぬ気で練習しろ！　ってめちゃくちゃスパルタやってるけどなー。俺もだらだらしてると『学校の先生になりたいなら本気で勉強しろー！』って超怒られてるしなー毎日のように」

「へえ……そっかあ……」

そう呟いてから、いかんいかん私らしくなかった、と思い直し、慌てて声を高くした。

「素敵なご両親だねー！　子どもの夢を全力で応援してくれる！　いやーさすが後藤の親御さんだねえー」

後藤は満更でもなさそうに「ふへへ」と笑った。

私たちが話している間、先生は黙々と実験の準備をしていて、羽澄はそれを黙って見つめていた。

「……先生は、どうして学校の先生になろうと思ったんですか？」

唐突に羽澄がぽつりと言った。彼がそんなふうに自分から口を開くことは珍しくて、おっ？　と私はそちらに目を向ける。

「初めから教師を目指してたんですか?」

先生は手もとに視線を落としたまま、「いやー?」と言った。

「教員採用試験を受けるか、大学院の入試を受けるか、ぎりぎりまでかなり迷った」

羽澄はしばらく黙り込み、そしてまた訊ねる。

「そのとき、どうやって決めたんですか? ……僕は、どっちが正しい道なのか、全然分からなくて」

私はまた、おおっ? と思う。羽澄が自分の内面を口に出している。本当にレアな場面だ。

先生は目を上げて、彼をじっと見つめ、それからまた下を向いた。

「人生の選択には、正解なんてないんだよなあ、これが」

困ったことにな、と独り言のように付け足す。

「誰から見ても正しい選択なんて、ないんだよな。選ぶっていうのは、何かを捨てることだ。だから、どれを選ぶにしても、何かしらの後悔や苦労からは逃れられない。選ぶっていうのはそういうことだ」

ほうほう、と相づちを打ちつつ、私は胸の奥がぎゅうっと苦しくなるのを感じた。

「だから、たとえ後悔しても苦労しても、その苦しみに耐えられる、自分が笑顔でいられる可能性が少しでも高いほうを選ぶのが、自分にとっての正解だ。たとえ他人から間違ってるって言われたとしてもな」

羽澄はじっと先生の顔を見ている。

「自分が笑顔でいることが、周りにもきっといい影響を与える。無理をして選んだ道で、うまく笑えずにいたら、周りも暗くなる。だから、何より自分の気持ちが大事だと思う。重要なのは、『自分がどうしたいか』をたくさんたくさん考えて、悩んで悩んで、これ以上ないくらい考えてから、あがいてもがいて、そうやって決めることじゃないかなあ。そして『自分が笑顔でいられるほう』を選ぶこと。それが『自分にとっての』正解だし、結果的に周りを幸せにするんだと思うよ」

「ふわー、名言ですねえ、さすが沼田先生！」

ぱちぱちと拍手をしながら言ったけれど、でも本当は、私には先生の言葉が理解できなかった。

羽澄はいつもの無表情のまま、「ありがとうございます」と小さく言った。

学校から帰って玄関のドアの前に立つとき、いつも全身にぴりりと緊張が走る。今日はどんな反応が返ってくるだろう、と考えて、身体が少しだけ震える。

私はふうっと息を吐いて、あまり音を立てないように細心の注意を払って、ゆっくりと鍵を開けた。

お母さんは、ダイニングチェアに座って頬杖をつきながらテレビを見ていた。

「ただいま」

小さく声をかけると、お母さんが「ああ、水月《みづき》」と振り向いた。

「おかえり」

うん、機嫌はよさそうだ。それだけでふっと気持ちが緩む。

「……何見てるの？」

様子を窺《うかが》いながら訊ねると、「ニュース」と短い答えが返ってきた。荷物を部屋の隅に置く。

「この人たち、結婚したんだって」

お母さんがテレビの画面を指差した。人気の男性芸人と女性タレントが婚姻届を提出したという報道。

「へえ、そうなんだ」

おめでたいね、と言いかけて、私は口を閉じた。地雷を踏むところだった、危ない危ない。

でも、地雷は私が踏まなくとも、勝手に爆発した。

「夫婦連名のメッセージ、『温かく幸せな家庭を築きます』だってさ。あはは、ウケるわー。ファンの声、『下積みが長くて苦労してきた芸人さんなので、幸せになってくれて嬉しい』？はあ？　って感じ。馬鹿だよねえ、結婚したら幸せになれると思ってるんだからさ、ほんと馬鹿だよ、みんな」

もしかして、と思ってお母さんの手もとを見てみると、予想通り、ビールや酎ハイの空き缶が大量に並んでいた。

　酔ってるのか。溜め息をつきそうになったけれど、でも、よく考えたら、酔ってテンションが高いときのほうが、話しやすいかもしれない。落ちているときは、まともに話すなんて無理な状態だから。話してみるなら今だ。

　そう考えて、私は自分を奮《ふる》い立たせて口を開いた。

「あのね、お母さん。今日、学校で、進路希望調査が……」

「就職でしょ？」

　言い終わる前にお母さんが口を挟んできた。

「あ、うん」

　今日こそは、と思っていたのに、少し硬くなったお母さんの声を聞いたら、反射的に頷いてしまった。

　こちらを見たお母さんの眼差しの冷たさに、自分がタイミングを見誤ったのだと気がつく。何も聞いていないけれど分かる。たぶん、恋人と別れたのだ。結婚の話題に苛立《いらだ》ちを見せていたのだから、ちゃんと考えれば分かったはずなのに。機嫌が悪くなければ進路の話をしてみようと思っていて、そのことで頭がいっぱいだったから、考えが浅くなってしまった。

　もう別れたのか、今回は早かったな、と思う。だんだん付き合ってから別れるまでの時間が短くなっているような気がする。

　そりゃそうか。高校生の娘がいるなんて知ったら、年下の男の人なら引いてしまうのだろう。中学生ならまだ「小さい子どもがいる若い母親」という感じがするだろうけれど、高校生ともなると「そんなに大きい子どもがいるのか、付き合いづらそうだ」と思われてしまいそうだ。

今まで何度も「水月のせいで振られた」と文句を言われたので、きっと今回もそうだ。私のせいなのだから、別れるたびに苛々して八つ当たりをされるのも仕方がないんだろうな、と思う。

「どうせ水月の頭じゃ大したとこ行けないんだから、大学なんて行ったってお金の無駄。水月は一刻も早く働いてお金稼いで、少しでもお母さんに楽させてよね」

「あ、うん、そうだよね」

いつものように笑顔で肯定したつもりだったのに、もしかしたら表情か声色に何かが滲《にじ》み出てしまっていたのかもしれない。私をじっと見ていたお母さんの顔色が、みるみるうちに変わっていく。

「生きるってねえ、すごくお金がかかるの。子どものあんたには分からないだろうけどね、お金を稼ぐってすごく大変なの、しかも生きてるだけでどんどんお金は減っちゃうの。本当に大変なわけよ」

怒っているのが言葉の端々から伝わってくる。

すごく気をつけていたのに、また怒らせてしまった。どうして私はこうなんだろう。

「そりゃ授業料の免除とか奨学金とかあるけど、いくらタダで大学に通えたって学生の間は大して稼げないんだからね？　ここまであんたを育てるのにいくらかかってると思ってるの？　さらに大学まで行かせたりしたらとんでもないことになるよ、本当に。大学なんてねえ、お金に余裕がある家の子が暇つぶしに通うとこ。社会に出るのを先延ばしにしてるだけ。どうせ水月は大学行ったって何も身につけられないんだから時間もお金も無駄。就職しなさい、就職。それでうちにお金入れてよ、今までタダで食わせてやってきたんだから」

「うん、分かってるよ、大丈夫」

私はこくこくと頷いた。

お金がないないって言うけど、自分はブランド物とか買ってるじゃん。私の勉強道具は渋ってなかなか買ってくれないのに。頭の片隅に浮かんだそんな言葉は、すぐに打ち消す。

「分かってるならいいよ」

お母さんは少し笑って、ビールをぐいっと呷《あお》った。それから立ち上がり、缶を持ったままの手で抱きついてきた。

「やっぱり私には水月しかいないよ。血のつながりがいちばん強いもん。男なんてしょせん他人だよ、だめだめ。水月だけはずっと私と一緒にいてくれるもんね」

私はどう答えればいいか分からず、無言のまま頷いた。

「みーづき」

甘えるような声で、お母さんが意味もなく私を呼ぶ。

ほっとする。私はちゃんとお母さんに求められている、愛されている。そう実感できる瞬間。

恋人ができると、お母さんはいつも帰りが遅くなる。家で待っている間、子どものころはすごく不安だった。もうお母さんは帰ってこないかもしれない。もういらないって捨てられちゃうかもしれない。いつも恐怖に包まれた。

でも結局は私のところに戻ってくる。恋人と別れると必ず私を抱きしめて、私だけだと言ってくれる。

お母さんにとって私は特別なんだ、血のつながりがあるから大丈夫なんだ。

それが分かってきて、待つ間の不安は少しずつ解消された。

「水月ー、大好きだよー」

「ふふ、私も」

ぎゅうぎゅうと強く抱きしめられて、思わず笑い声を洩《も》らす。

大丈夫、大丈夫。お母さんは私を捨てたりしない。私がちゃんとお母さんの言うことを聞いていれば、ちゃんと愛してもらえる。私が頑張れば大丈夫。

……でも、いつまで頑張ればいいんだろう？

ふと浮かんだ疑問を、ぶんぶん頭を振ってかき消した。

◆逃れられない

夏休みに入ってから、日に日に暑くなっている。

外は常に蝉《せみ》の鳴き声に満たされていて、屋内にいても窓の隙間から悲鳴のような声が忍び込んでくる。

僕は蝉の声が嫌いだった。『あの日のこと』を、どうしても思い出してしまうからだ。

――電話を受けて顔面蒼白になった母親。

――何時間も待たされた病院の待合室の奇妙な冷たさと静けさ。

――火葬場に響き渡った慟哭《どうこく》。

それらの記憶は、いつも蝉の鳴き声にべったりと包まれていた。

海沿いの道をゆっくりと歩く。遮るもののない陽射しに全身が火照《ほて》り、汗がじわりと額に浮かんだ。海から吹く風は湿っぽくて、体感温度を上げるばかりだ。

鯨が横たわっていた砂浜をぼんやりと見つめながら、黙々と足を動かす。

あの死骸《しがい》は、三日と経たないうちに、いつの間にかなくなっていた。どこへどうやって運ばれたのかは知らない。鯨が漂着したときはニュースになっていたけれど、処分されるときは新聞の片隅にも載らなかった。

学校に着くと、生物室に直行した。いつもの顔ぶれを見ると、全身が緩む感じがした。

ふうっと息を吐いて、机の上に鞄を置く。

「おっはよー、羽澄！」

綾瀬はいつものように不自然なほど明るい声で出迎えた。

「おはよう」

「今日も暑いねー！　自転車漕《こ》いでるだけで汗だくだったよー」

「夏だからね」

「私、人魚だから暑いの弱いんだよねー」

「ふうん、そうなんだ」

素っ気なく答えると、彼女は「興味なさそー」と笑った。

その軽さが今は心地よくて、思わず口許が緩む。

いつものようにそれぞれ適当に時間をつぶすように好き勝手なことをしていると、昼前になって、ばたばたと忙《せわ》しない足音が聞こえてきた。

なんだろう、と訝《いぶか》しく思ってドアに目を向けると、うちのクラスの担任が慌てた様子で飛び込んできた。さっと首を巡らせて綾瀬の上に視線をとめる。

「綾瀬！　ちょっと来てくれ！」

手招きされた彼女は、さっと立ち上がって担任のもとへ向かう。

担任は「落ち着いて聞けよ」と彼女の肩に手を置いて、何か耳打ちをした。

綾瀬の顔色が変わった。でも、それは驚きやショックなどではなく、困ったような呆れたような、どこか複雑な色をしていた。

いったいなんの話だろう、と思っていると、

「どうかしましたか」

沼田先生が気づいて担任に近寄る。担任は声を抑えて何か早口に告げた。

「母親……救急車……病院……」

思いも寄らない単語が洩れ聞こえてきて、え、と僕は目を瞠《みは》った。

慌てて綾瀬を見る。彼女は少し俯《うつむ》いたまま唇を噛んでいた。

「何してるんだよ!」

気がついたら、叫んでいた。

部屋にいた全員が、まるで幽霊でも出たかのような顔で振り向いた。自分でも、僕はこんな声が出せるのか、と驚いたくらいだった。

でも、そんなことはどうでもいい。僕は綾瀬の前に立つ。

「お母さんが救急車で運ばれたんだろ? すぐに行けよ!」

「あー……うん……でも、たぶん大丈夫だから」

彼女はいつもよりいくぶん力の抜けた顔で、えへへと笑った。僕は咄嗟《とっさ》に、

「大丈夫かどうかなんて分からないだろ」

とまた声を荒らげてしまう。

『あのとき』のことを、思い出していた。

幼かった僕は、兄が救急車で運ばれたから病院に行く、と母から聞かされたとき、きっと

なんでもない、大したことはないと、ただの怪我《けが》だ、兄は大丈夫だと思っていたのだ。

「後悔しても知らないぞ！」

思いをぶつけるように言うと、綾瀬は目を丸くしてぱちぱちと瞬《まばた》きをして、それから力なく笑った。

「……だよねえ」

気の抜けたような声。もしかして、突然の知らせに驚き、行くのが怖いのだろうか。

「一緒に行こうか？」

無意識のうちに訊ねていた。彼女はすぐにふるふると首を振った。

「ううん、大丈夫。慣れてるから」

「え？」

慣れてる？　綾瀬の母親は持病があるのだろうか。でも、それなら尚更。

「ひとりで行けるよー。じゃ、ちょっと失礼します！」

彼女はなぜか敬礼のポーズをして、荷物を持って部屋を出ていった。担任が「おい綾瀬！」と慌てたように追いかける。

振り向かずに駆け足で去っていく彼女の背中を見つめながら、僕はふと思い出した。

確か二年に進級してすぐの四月、授業中に突然、今日と同じように担任がやってきて、彼女を廊下に呼び出した。しばらくして教室に戻ってきた彼女は、黙って荷物をまとめて帰っていった。

もしかして、あのときも同じだったのだろうか。

「大丈夫かな……」

図鑑を読む手を止めてこちらを見ていた後藤が、心配そうに呟いた。

「綾瀬って確か父ちゃんいないってどっかで聞いた気がすんだよな。そんでひとりっ子みたいだし……母ちゃんが倒れたら綾瀬ひとりで大変だよな。大丈夫かなー……」

彼の言葉を聞きながら、思う。

生物部に入ってから約二ヶ月、僕と彼女は長い時間を共に過ごし、なんだかんだで色々な話をしてきたけれど、それぞれの家族については、少しも話したことがなかった。不自然なほどに。父親も兄弟もいないということも、全く知らなかった。

周囲の高校生は、普段のなんでもない雑談の中で、家族のことを当然のように話している。でも、僕も綾瀬も、頑《かたく》なに家の話題は出さない。

お互いに何かを抱えていることはなんとなく察していた——少なくとも僕はそうだったし、おそらく彼女も僕の家に何かしら問題があることには気づいていると思う——けれど、僕らは互いにそれに触れることはなかった。

ただ、触れないけれど常に意識はしている。

まるで、決して口に出してはいけない大きな秘密を共有している共犯者のように。

昨日の綾瀬の様子が気になっていたので、今日は早めに学校に行くことにした。

母親に気づかれてあれこれ訊かれると面倒なので、軽く朝食を済ませて黙って家を出ようとしたとき、

「──想《そう》ちゃん、想ちゃん？　想ちゃん！」

取り乱したように僕を呼ぶ母親の声が聞こえてきた。

僕は溜め息をなんとか飲み込み、玄関に向かっていた足を止めて、「ここにいるよ！」と返事をした。鞄を廊下の端に置いて、声のしたほうに向かう。

顔面蒼白の母親が部屋から飛び出してきた。

「目が覚めたら想ちゃんがいないから、出ていっちゃったのかと……！」

僕は「そんな」と小さく首を振った。

「出ていったりしないよ……。今日はちょっと早めに行かなきゃいけなくて。寝てたから起こさないように静かに出ていこうと思ったん……」

「だめっ!!」

言い終わらないうちに、甲高い悲鳴に遮られた。

それから母親は両手で顔を覆い、さめざめと泣き出した。

「ママを置いてかないで……想ちゃんまでいなくなったら、ママはもう、生きていけないい……」

ああ、やってしまった。いつも気をつけているつもりなのに、母親の最も思い出したくない記憶を呼び覚ましてしまった。

泣き声が、まるで無数の矢のように、僕の全身を貫く。僕は背後の壁に縫い留められたように動けなくなる。それでも僕はなんとか声を絞り出した。

「大丈夫だって……。これからは絶対、ママに声をかけてから家を出るようにするから。毎日絶対そうするから」

それでも泣き声は止まない。鼓膜《こまく》にこびりついたように耳の中で鈍く反響し続ける。頭が痛い。

「ママ、泣かないで……なんでもするから」

反射的に、いつもの言葉を口にした。

「ママがしてほしいことはなんでもするし、ママがしてほしくないことは絶対しないから……。だから、お願いだから、泣き止んでよ」

そうやってなだめているうちに、母親の混乱は少しずつおさまり、やっと涙が止まった。

そしてのろのろと立ち上がり、和室へと足を踏み入れる。

母親は仏壇の前にある座布団の上に、よろりと倒れるように腰を落とした。

ゆっくりと、ひどく丁寧な仕草で蝋燭《ろうそく》を灯し、線香に火をつけ、香炉灰《こうろばい》に立てる。線香の煙がゆらゆらと宙に漂う。

母親が手を合わせて目を閉じたので、僕も隣に座って同じように手を合わせた。窓の向こうで蝉が鳴いているのが聞こえる。

正座した脚が痺《しび》れてきたころ、やっと母親が顔を上げた。蝋燭の火を消し、「想ちゃん」と呟く。

「学校は……うまく行ってるの？　喧嘩《けんか》……とか、してない？　ママは本当に毎日毎日心配で……どうにかなりそうなのよ……」

「大丈夫だよ。僕は……」

答えながら、僕は仏壇の真ん中に飾られた遺影に目を向ける。

「……僕は、違うから。人とちゃんと関わらなきゃとも思わないし、関わる必要性も感じないタイプだから。ひとりが気楽で、ひとりでいるのが楽しいんだ。本当に。だからクラスメイトとは必要最低限の話しかしないし、初めから空気みたいなものだよ。揉《も》め事《ごと》なんて起こりようもないよ」

母親は、そう、と小さく言った。

「……それならいいわね。逆にそのほうがいいのかもしれないわね……」

もう何度目かも分からない、何年間も繰り返してきたやりとり。それでも母親は毎日のように訊ねてくるし、僕は毎回同じ答えをして、母親も同じ返事をする。

「部活のほうは、どう？　意地悪な人はいない？」

これはいつもと違う質問だった。

意表を突かれた僕は一瞬答えに詰まり、それをかき消すように小さく笑ってみせた。

「意地悪な人はいないよ。人数の多い部活じゃないし。あとのふたりは、かなり変わってるけど、マイペースだから他人にあんまり興味がなくて、人を傷つけるようなことは絶対にしない人たちだ」

母親は安心したように息をついた。

「よかったわね。……でも、気をつけてね。人はいつ、どう変わるか分からないものだから。おかしいと思ったら、我慢なんてしなくていいから、すぐに逃げるのよ。分かった？」

「うん、分かってるよ。大丈夫」

「お願いね」

母親が僕の手をぎゅうっと握りしめる。血の流れが止まって肌の色が白くなるくらい、強く強く。

「ママはずーっとずーっと、絶対に想ちゃんの味方だからね。世界中が想ちゃんの敵になっても、ママだけは絶対に想ちゃんの味方だから。困ったことがあったら、すぐに言うのよ」

「うん、ありがとう。……じゃあ、そろそろ行くよ」

「あら、朝ごはんは？」

「大丈夫、トースト食べたから」

母親が眉をひそめた。

「自分で焼いたの？　危ないじゃない。火傷《やけど》でもしたらどうするの？　そういうときはママを起こせばいいのよ」

しまった。答えを間違ってしまった。

「あ……うん、次からはそうする」

「そうよ。想ちゃんは危険なことなんてしなくていいの。ママが全部やってあげるからね」

「うん、ありがとう」

頭がくらくらする。身体が重い。早く学校に行きたい。

「じゃあ、行ってきます」

母親はまだ何か言いたそうな顔をしていたが、僕は時計に目を向けて時間がないふりをして、微笑みを浮かべたまま玄関に向かった。

「行ってらっしゃい。くれぐれも気をつけてね」

「はい。行ってきます」

見送りについてきた母の顔をドアの向こうに閉じ込め、外の空気を吸った瞬間、ほっと肩の力が抜けた気がした。

母親と長く話したあとは、本当にどっと疲れがくる。

あの人は、兄のときの失敗や後悔を、僕に対する言動で解消しようとしているのだと思う。僕を心配しているようでいて、本当は兄のことばかり考えているのだ。

そのことが僕をひどく消沈《しょうちん》させる。

外は今日もうだるような暑さだったけれど、太陽の光に熱された空気でも、こもったような家の中のそれよりは、ずいぶんと爽やかに感じられた。

僕の兄は、十年前、自ら命を絶った。

本当になんの前兆もなく、変わった様子ひとつ見せず、でもある日突然家族には何も告げずに姿を消し、次に帰ってきたときには蝋人形みたいに青白く、冷たく、硬くなっていた。

兄は高校一年生で、僕は小学一年生の、夏の終わりだった。

朝、僕や母親が目覚めたときには、兄の姿はすでになかった。いつもは必ず三人で朝食をとるのにどうしたんだろう、と不思議には思ったものの、友達と遊びにでも行ったんだろう、と僕と母親は話していた。兄は昔から友達が多かった。

でも実際は、早朝にひとり家を出て、夏季休暇中の高校に向かい、誰もいない校舎の屋上から飛び降りて、地面に倒れているところを教員に発見された。

僕は朝食を終えたあと、自分の部屋で本を読んでいた。階下から電話の着信音が聞こえてしばらくしてから、母親がばたばたと階段を上がってくる音がして、部屋のドアが開いた。

『想、今から外に出るから、準備してちょうだい』

母親はそれだけを言って、またばたばたと下へ戻った。

僕は何がなんだか分からないまま着替えて、読みかけの本を鞄に入れた。

タクシーに乗っている間ずっと母親は俯いて両手で顔を覆っていて、何も言わなかった。

しばらくして辿り着いた先は病院で、母親はスーツを着た男の人たちにどこかへ連れていかれた。僕は兄の学校の先生だという女の人と、警察の人間だという若い男の人に付き添われ、待合室のベンチに座って待っていた。

状況がひとつも理解できなかった。誰も何も話してくれなかった。でも、どうやら兄に何かあったらしい、たぶん怪我でもしたのだろうと、そのときは考えていた。

何時間も待たされ、戻ってきた母親と一緒にタクシーで家に帰った。

『……お兄ちゃんね、死んじゃった』

母親がぽつりと言った。僕は『えっ』と声を上げ、どういうことかと母親に訊ねようとしたけれど、話しかけられる雰囲気ではなかった。

真夜中近くなって、単身赴任先から父親が帰ってきた。顔を合わせた瞬間、父は無表情のまま母親を引っぱたいた。僕は驚きに硬直した。母親は叩かれたままの体勢で微動だにせず、父親は荒い足音を立てながら家中を歩き回っていた。僕は見ていることしかできなかった。

あとから分かったことだが、兄は中学のころから陰湿ないじめを受けていたらしい。幼かった僕には詳しいことは聞かされなかったけれど、それでも大人たちの話が少しずつ耳に入ってきた。部活の人間関係で揉めて、仲間外れにされるようになり、嫌がらせがエスカレートしていった。揉めた相手と高校でも一緒になってしまい、進学してもいじめは終わらなかった。

そして、夏休みの最終日、八月三十一日に、死ぬことを選んだ。

母親は揉め事やいじめがあったことには少しも気づいていなかったらしい。僕の目にも、前夜までずっと、いつも通りの兄に映っていた。

だから、兄の選択を止めることができなかったのは、仕方がないことだったと思う。でも、母親は自分を責めて責めて、この七年間ずっと悔やみ続けているのだろう。

そして、僕を自分の目の届く範囲に置き続けて、二度と同じ過ちを繰り返さないようにすることに全力を懸けているのだ。

母親の気持ちは痛いほどに分かるので、僕も母親の望むように生きていた。

でも、どうしてだろう。最近はそれをひどく息苦しく感じるときがある。


部室に行くと、すでに綾瀬が来ていた。

「お母さんは、大丈夫だった？」

開口一番訊ねると、彼女は「あっ、うん！」と笑顔で頷いた。

「ぜんっぜん大丈夫！　ただの風邪みたいなものだってー。ありがとねー、心配してくれて。羽澄って優しいね！」

いつものようにあっけらかんと言う彼女の、服装に僕は目を留めた。

夏の制服の上に、長袖のカーディガンを羽織っている。天気予報では猛暑日と言っていた、母親が心配してイオン飲料と保冷剤を僕に持たせたほどの、この暑い日に。

どうして、と僕が訊ねる前に、彼女は僕の視線を感じたのか、「あっ、これー？」と笑顔のまま小首を傾げた。

「ほら私、人魚だからさー、直射日光に弱いんだよね。本当なら水の中で生きてるわけだし。だから日焼けするとめっちゃ赤くなって湿疹《しっしん》とか出ちゃって。というわけで、UVカットの長袖で紫外線ガード！　人魚もなかなか大変だよー」

言葉が途切れることなく彼女の口から流れ出てくる。

でも、その表情には、焦りのような、警戒のようなものが滲んでいるように思えた。

そして、僕は気づいてしまった。彼女の右手が押さえている左の袖口から、真っ青な痣が顔を覗かせていることに。まるで強く握られたときにできる指の跡のような。

まさかと思いつつ、でも反射的に視線を落とす。

スカートから伸びた脚には、いくつか青痣があった。どこかにぶつけてできるようなものとは違う、何かが強く当たったような痣だ。

マイペースなようでいて、他人の顔色をよく見ている綾瀬は、もちろん僕の視線にも気がついた。

「へへー、ばれちゃった？」

スカートの裾を伸ばすようにぐいぐいと引っ張りながら、彼女は相好《そうごう》を崩した。

「さすが羽澄だなあ、ごまかせないよね」

観念したように言う。

「……これ、人魚病の症状なの」

綾瀬はそう言って、スカートの裾を軽くつまみ上げた。拳ほどの大きさの痣が、その色白の肌を青く染め上げていた。

「怪我したみたいに見えると思うけど、違うんだ。これ、人魚だったときの鱗《うろこ》の名残《なごり》なの」

僕は黙って彼女の話を聞く。

「この鱗の痣に全身が覆われたらね、心臓が止まるの。痣が現れてから死ぬまで、三ヶ月から四ヶ月くらい。私は五月に初めての痣が出てきてね、そのときからもうすぐ死ぬって分かってた」

そういえば、生物部に誘ってきたとき彼女は言っていた。余命わずかな女の子の最後のお願いを聞けだとかなんだとか。

「私が生きられるのはあと一ヶ月ってとこかな。ちょうど夏休みが終わるころ……。死んだらね、海の泡になって消えちゃうの」

彼女は両手で丸を作り、「ぱちん」と弾《はじ》けて消える仕草をした。

どうせ、嘘だ。不治の病だの余命だの、思春期にありがちな、手垢《てあか》のついた妄想。

綾瀬の嘘は、いつだって分かりやすすぎるくらいの、騙《だま》し通すつもりなんて端《はな》からなさそうな、単純なものなのだ。

でも、分かっているのに、妙に青白い、そして笑っているのに魂の抜けたような彼女の顔を見ていると、なんだか背筋が寒いような感覚に陥った。

何か言葉が、出そうになる。どんな言葉かは自分でもよく分からないけれど、たぶん、

「その怪我どうしたの」とか、「大丈夫？」とか、そういうようなもの。

でも、頭の片隅にいる別の自分が、いやいや、やめておけ、と言っている。

「へえ」とか、「あっそ」とか、いつものように適当に言っておけばいい。

必要以上に関わるな。必要以上に踏み込むな。お前はずっとそうしてきただろう。それでうまくやってきただろう。

そう警鐘を鳴らしている。

彼女も僕と同じように、きっと他人には知られたくないものを抱えているのだ。もちろんそれを聞き出そうとは全く思わないし、知りたいとも思わない。そして彼女も僕について何も知ろうとしない。

知られたくない領域をもっているということを、互いに理解し合っている。それは妙に心地のいい関係だった。

僕がここで彼女の嘘を受け流しておけば、今のままの関係が続く。

逆にもしも彼女の嘘を暴《あば》いてその内側に踏み込んだら、もう僕は彼女に対して無関係でも無責任でもいられなくなるし、無関心でもいられないだろう。

頭では、僕は今どうするべきか、ちゃんと理解していた。

でも、何か――おそらく心とか感情とか呼ばれるもの――が僕の口を開き、頭で考えていたのとは違う言葉を吐かせた。

「……実は、僕ももうすぐ消えるんだ」

自分から言ったくせに、綾瀬は驚いたように目を見開いた。

「偶然にも君と同じころ……夏の終わりに、僕も死ぬんだ」

絶句した彼女に、僕は笑って続けた。

「嘘だよ」

「……えっ？」

「君のもどうせ嘘だろ」

そう言うと、彼女はけらけらと笑って答えた。

「うん、嘘」

「っていうのも嘘だったりして」

「あはは！　そうかもねー」

そんな実のない会話をする。馬鹿みたいだ。

綾瀬がふいに踵《きびす》を返し、ゆっくりと歩いて窓辺に立った。

僕もつられて窓の外を見る。

海が光の粒を散らしたように輝いている。真っ青な空にはもくもくと湧《わ》き上がる大きな入道雲。どこからか蝉の合唱が聞こえる。風は相変わらず生ぬるい。

僕は、僕たちの関係を変えてしまうような、決定的な言葉を口にしてしまったのだと思う。

何かが変わっていくのだろうか。それがいいことか悪いことかは、分からないけれど。

「じゃあ、私たち、これが最後の夏かあ」

綾瀬が手すりにもたれて頬杖をつき、ぽつりと言った。

最後の夏。それは悪くない響きだ、と思う。

しばらくして、彼女がぱっと振り向いた。その顔には、やけに晴れやかな笑みが浮かんでいた。

「ねえ、羽澄。デートしようよ」

「……え？　なんて？」

自分の耳を信じられないせいで、図らずも思考停止してしまう。

硬直している僕に、彼女は笑顔のまま追い打ちをかけた。

「最後の夏の思い出に、デートしよ！」

SAYONARA USOTSUKI
NINGYO HIME

四章　人魚の檻

◇鉄格子とライオン

友達と待ち合わせ、というのを、実はしたことがないのだと今さら気がついた。

それはもちろん、今まで休日に外で待ち合わせて遊ぶような親しい友達がいなかったからだ。羽澄《はすみ》と私が友達と呼んでいいほど深い関係なのかは分からないけれど。

それはたぶん彼も同じで、動物園に行こうと約束したはいいものの、私も彼も、お互いの連絡先を知らないことにすら思い至らなくて、「日曜日にしよう」とざっくり決めただけで別れてしまった。待ち合わせというものに慣れていないのだ。

それに気がついたのは昨日で、土曜日なので部活がなかった。今からでも時間と場所を決めなきゃ、と思ったところでそもそも連絡もとりようがないので、どうしようもなかった。

そういうわけで当日の朝は、開園時間に間に合うように家を出た。

バスに乗って、『動物園前』というバス停で降り、しばらく人波に乗って歩いて、正門ゲートを通り抜け、『入場券はこちら』と書かれている看板の前で足を止めた。とりあえずここにいれば会えるだろう、と思った。

それから三十分ほど待ったけれど、羽澄は現れない。

いつ来るだろうか。ここに来るだろうか。全然違う時間に、全然違う場所に来るかもしれない。

もしかしたら、そもそも来ない可能性もある。日にちと行き先だけを決めて、待ち合わせの場所も時間も決めていないし、それに彼はもともと乗り気じゃなかったのだ。

『なんで僕と君がデートなんかしないといけないんだ?』

思い出デートに行こうと誘ったとき、彼は嫌そうな顔でそう言った。

ごもっとも、と思ったけれど、私は手を替え品を替えしつこく誘い続けた。『一生に一度のお願いだから!』と言ったら『それは前も聞いたけど』と眉をひそめられ、『行ってくれなきゃ死ぬ!』とすがったら『行っても死ぬんでしょ?』と真顔で返されたけれど、最後には折れてくれた。かなり渋々とではあったけれど。

でも、そんな様子だったから、時間も場所も決めていなかったことに気づいたとき、彼はきっと『じゃあ今回はなしにしよう』と思ったんじゃないか。何時間待っても来ないんじゃないか。

そんな不安が足下からゆらゆらと昇ってきて、何かに圧しつぶされるように俯いて自分の影を見つめる。

「君さあ……」

突然上から声が降ってきて、私は驚いて顔を上げた。

「自分から誘ったんだから、せめて待ち合わせ場所くらい決めといてよね」

羽澄が立っていた。

てっきり彼は来ないのだと思い始めていたから、本当に驚いた。

呆《あき》れたような表情を浮かべている彼を、唖然《あぜん》と見つめる。

「まあ、僕も気づかなかったから悪いんだけどさ」

その言葉を最後まで聞く余裕もなく、私は「ちょっと！」と羽澄の肩をつかんだ。

彼の額やこめかみには幾筋も汗が流れていた。今日はよく晴れているけれど気温は高くはなくからりとしていて、まだ午前中ということもあって普通に歩く分には涼しいくらいなのに。

「汗だくじゃん、羽澄！　どうしたの⁉」

混乱した頭で、とにかく水分をとらせなくてはと考え、視線を巡らせて自動販売機を探していると、

「……君を捜し回ってたんだよ」

彼はさらに呆れ顔になって、深く溜め息をついた。

「えっ⁉　捜してたの⁉　私を⁉」

驚きのあまり、「えーっ、うっそー！」と叫んでしまう。

羽澄に「うるさい」と冷ややかに一刀両断されたけれど、でも、これが黙っていられますか。

「あの羽澄が！　わざわざ！　私を！　さが……！」

「だからうるさいってば」

羽澄の手がふいに動き、すっとこちらに伸びてきた。

私の肩は無意識にびくりと跳ねる。と同時に、彼の手のひらが私の口を塞いだ。

そのままの姿勢で、ふたり硬直する。彼はたぶん、私の反応に驚いてどうすればいいか分からなくなっていて、私はそんな反応をしてしまった恥ずかしさと気まずさでフリーズしている。

「あのひとたち、なにしてるのー？」

あどけない子どもの声が、私たちの横を通り過ぎていく。

「こら、見ちゃだめよ」

と子どものお母さんが注意している声も聞こえた。恥ずかしすぎて動けない。

「あの……大丈夫ですか？」

今度は若い女の子の声がして、私と羽澄は同時にそちらへ目を向けた。大人しくて優しそうな、可愛い女の子が、心配そうな表情でこちらを見ている。顔の右側に赤紫の痣があって、年は同じくらい。

「もしかして、具合が悪いんですか？」

「えっ」

「吐き気とか……」

どうやら、私が吐きそうなので、羽澄が口を押えていると思ったらしい。

「もしよかったら、これ使ってください」

女の子の隣に立っていた男の子が、ビニール袋を差し出してくれた。見たことがないくらい綺麗な男の子だ。

「あ、すみません、大丈夫です。ありがとうございます」

羽澄が丁寧に頭を下げた。

「そうですか、よかった」

ふたりは微笑んで離れていった。その会話が耳に届く。

「ああ、私、余計なお世話しちゃったかな。ただ仲良くしてただけだったみたい……」

「そんなことないよ、大丈夫。千花は優しいね」

「ええ、留生こそ……」

ずいぶん幸せそうなカップルだ。

「……行こうか」

羽澄がのろのろと手を外しながら、小さく言った。

「行きますか」

私は頷き、入場券の販売所に向かって歩き出した。

「羽澄、どこ捜してたの？」

「最初は、バスで来るのかと思ったからバス停で待ってて、でも来そうになかったから、もしかしたら家の人に車で送ってもらうのかもと思って駐車場に行って、いなかったから次は正門の前でしばらく待って、先に中に入ってると判断してここまで来た」

羽澄は疲れたように息を吐いた。

県内最大のこの動物園は、駐車場から園内に辿り着くまで歩いて十分はかかる。

「なるほどー……けっこう歩き回ったんだね。ごめん、お疲れ様、ありがとう」

「全くだよ。暑いし、遠いし、さんざんだった」

「だろうねえ、本当にごめんね、ありがとね。でも、ちゃんと捜してくれたんだ。私が来ないとは思わなかった？」

彼がゆっくりと視線を落とし、そのまっさらな瞳で私を見つめる。

「まあ……綾瀬《あやせ》はドタキャンするようなタイプじゃないと思ったから」

「……そっかあ。それはそれは……」

なんとなく照れくさくて、うまく言葉が出なかった。

嘘《うそ》ばっかりついている私を、そんなふうに信頼してくれる人がいるなんて。

販売所の列に並び、順番を待つ間、手持ち無沙汰でぼんやりと隣の羽澄を見つめる。

そういえば学校以外で会ったのは初めてだ。私服姿の彼が見慣れなくて、思わずまじまじと眺めてしまう。

薄いブルーのシャツに、濃紺のジーンズ、白いキャンバス地のショルダーバッグ。シャツはしっかりアイロンをかけてあるのか新品のようにぱりっとしていて、ジーンズにはくすみひとつなく、バッグは太陽の光を受けて輝き出しそうなほど真っ白だった。どれもとても丁寧に手入れされているのだと分かる。そういえば学校でも、いつも誰よりも糊《のり》のきいた服を着ている。シャツが皺《しわ》になっていたり、ズボンの折り目がなくなっていたりするのを見たことがない。

羽澄は髪の毛がまっすぐでさらさらで、肌は色白で滑らかでつやつやしている。そんな彼の容姿と清潔感のある服装が相まって、どこの少女漫画のヒーローだよ、と突っ込みを入れたくなるほど爽やかな好青年に見えた。中身はこんなにひねくれてるのに。

「羽澄って、もしかして、ものすごいお坊ちゃん？」

入場ゲートのほうを見ていた彼は「え？」と私に目を落とし、少し眉をひそめた。

「別にそんなことないけど……なんで？」

「なんか高そうな服だなあと思って」

「ああ……いや、そう見えるだけだよ。母親が毎日アイロンかけないと気が済まないみたいな人で」

「へえー……そっかあ……」

私は無意識のうちに自分の服装を見下ろした。いつもと同じ、制服。その上に長袖のカーディガン。

本当は普段着で来ようと思ったけれど、うちの中には人に見られてもいいような綺麗な服はなくて、どれが洗ってあるんだかないんだか分からなくて、いちばんまともな服を探したら制服だったのだ。お母さんは、先生に何か言われたら嫌なのか、子どものころから制服だけはきちんと洗って干しておいてくれた。

「私はさー、朝起きたとき今日平日だと思って制服着ちゃって！まあ着替えるのも面倒だなと思って、そのまま来ちゃったー」

口から出任せでそう言うと、羽澄は「ふうん」とさして興味もなさそうに呟いてから、

「制服だと人混みの中で見つけやすくて助かったよ」

と言った。

「……そっか。それなら結果オーライだね」

なんだか、涙が出そうだった。

私は「にしてもいい天気だねー動物園日和《びより》だ」と晴れ渡った空を見上げる。

羽澄は何も言わなかった。

園内をぶらぶらと散策する。

特に見たい動物もいないし、順路通りに歩く必要もない開放的な空間なので、本当に気の向くままに歩いた。

デートを了承してくれた羽澄が、仕方なさそうな顔で『どこに行きたいの』と訊《たず》ねてきたとき、なんにも考えていなかった私は、思いつきで『動物園』と答えた。

別に映画館でも遊園地でも水族館でも、デートっぽいところならなんでもいい、と思っていたけれど、生物部だし動物園がちょうどいいと思った。

サイは水浴びをしていた。想像していたよりもずっと大きい身体は、どんな猛獣に噛みつかれても屁でもなさそうな分厚い鎧《よろい》のような皮膚に覆われている。ホースから飛び出す水に当たりながら、小さな目を心地良さそうに細めていた。

コアラは十四以上もいたけれど、みんなこちらに背を向けてちょこんと木の上に座っていて、一匹も顔を見ることはできなかった。でも、ユーカリの葉をもそもそと食べる小さな背中が可愛い。

昼食後に見たカンガルーたちは、ちょうどお昼寝の時間だったのかみんな寝ていて、跳びはねる姿は一度も見られなかった。残念。

ペンギンはとても元気だった。陸上をぎこちなくとてとて歩く姿と、水中を弾丸のようなスピードで泳ぐ姿は、同じ生き物とは思えない。

岩山の上に集まってごろごろと日なたぼっこをしているアザラシたち。

高い木の枝に繁る葉を、無心にむしゃむしゃと食べているキリン。

巣穴の中にこもって尻尾の先が少し見えるだけのヒョウ。

前を見つめたままじっと動かないシマウマ。

寄り添い合って毛繕いをしているチンパンジー。

水の中から鼻先だけ出しているコビトカバ。

氷の塊を抱えて遊んでいるシロクマ。

そんな思い思いに過ごす動物たちを、にこやかに見ている人間たち。

その間には、ひんやりと冷たい鉄格子や、見上げるほど高いフェンスがある。

動物たちは、檻《おり》の中。でも、檻の外に出ようとしている動物は、一匹もいない。それはどうしてだろう。

「――ねえ、羽澄」

鉄格子の前で右へ左へとうろうろ行き来しているライオンを目で追いながら、傍《かたわ》らの彼に問いかける。

「動物園の動物と、野生の動物は、どっちが幸せだと思う？」

羽澄もじっとライオンを見つめていた。

「ライオンやゾウやシマウマは、檻の中で人間に世話されて生きるのと、サバンナで自由に走り回って生きるのと、どっちが幸せかなあ……」

動物園のゾウは、見たこともないくらい太い鉄格子に囲まれていた。鉄格子というより、鉄の柱だ。もしも脱走したら人間なんてひとたまりもないからだろう。一分もあれば一周できてしまうような狭い空間に閉じ込められ、ゾウはぼんやりと空を眺めているように見えた。ライオンは、全速力で走ることなど到底できない頑丈な檻の中で、意味もなくうろうろするばかり。投げ込まれた肉の塊をむしゃむしゃと食べる。

「……それはライオンやゾウに聞いてみないと分からないだろうね」

羽澄が淡白な口調で答えた。

「そうかな……そうだよね。でもね、これは私個人の考えだけど……」

いつかテレビで見た映像を思い出しながら、私はぽつぽつと語る。

「私ね、動物のドキュメンタリー番組がけっこう好きで、たまに見るんだけど。ライオンに襲われたシマウマの群れの一匹が、必死に逃げ回るんだけど結局つかまっちゃって。しかもとどめをさしてもらえなくて、生きたままお腹を裂かれて内臓を食べられちゃうのとか、ショッキングだったなあ。シマウマの子はね、大人になる前にほとんどの子が肉食動物に食べられちゃうんだって。病気や怪我《けが》で弱ると、死ぬのを待ちきれないハゲタカに生きたまま肉をつつかれたり……」

見ているだけで胸が痛くなる映像だった。シマウマの脚に噛みつき、引き倒し、首に噛みついて窒息させる。獲物を追うライオンの鋭い目つき。

「でも、ライオンだって全く無敵じゃないんだよね。群れの狩りがうまくいかなくて食べるものが足りなかったり、いくらライオンでも小さいうちは他の動物に襲われたりして、大人になれるライオンは五匹のうち一匹だけとか。あとはね、群れのリーダーから追い出された若いオスライオンが、何日も食べるものを探してひとりで彷徨《さまよ》うんだけど、どんどん弱っちゃって。やっと獲物を見つけたのに狩りに失敗して、そのまま力尽きたみたいに横になって、すぐ近くで草を食べてるシマウマを眺めるだけで、ハエにたかられながら静かに死んでいくの。そして最後は、死ぬのを待ちかまえてたハイエナに食べられちゃう」

シマウマたちはすぐそこにいた。少し走ればすぐに捕まえられるくらい。でも、飢えて死にゆくライオンにはもうそんな力は残っていない。どんなにか食べたかっただろうに、諦めて死を受け入れた細い背中。

その厳しい自然界の映像は私の脳裏に焼きついていて、なんて悲しい、寂しい姿だろう、と思い出すたびに切なくなる。

「肉食動物も草食動物も、生きるために必死なんだよね。今日一日生き延びるのも大変で、食べるものを探し回って、でも見つけられる保証なんてなくて、いつ襲われて死ぬか分からない」

それはきっと人間が思っている以上に壮絶な世界だ。ただ自由なだけではない。

動物園で飼われている生き物たちは、あんな思いをすることはないだろう。充分な餌《えさ》がいつでも用意されていて、怪我をすれば手当てをしてもらえ、病気になれば獣医さんに診てもらえる。彼らはもしかしたら望んでいないかもしれないけれど、でも、少なくとも寿命を迎える前に死んでしまう可能性は格段に低いはずだ。

「野生の動物は、きっといつもお腹を空《す》かせてて、いつ死ぬか分からないくらい危険な中で必死に生きてる。寿命も動物園の動物に比べたらすごく短いんだって。外の世界は自由かもしれないけど、常に危険と隣り合わせなんだよね……」

まとまりのない私の話を、羽澄は相づちも打たずに静かに聞いていた。どう思っているのかは分からない。感情の読み取れない眼差しを、じっと檻の向こうに向けている。

ライオンは足を止め地面に座り込み、何もない岩のあたりをじっと見ていた。

「……もしかしたら、野生動物から見たら、動物園で飼育されてる仲間は、すごく幸せそうに見えるのかもしれないよね……」

私は誰に言うでもなく、小さく呟いた。

なんでこんな話をしているのか、自分でもよく分からない。

でも、檻の中の動物たちと自分を、勝手に重ね合わせてしまっているような気はした。

檻の中の動物は、自由な野生動物よりも幸せなのかもしれない。

ということは人間も、親の庇護《ひご》下で自由に家を出ることすら許されないとしても、危険な外の世界に出て自分の力で生きていくことに比べたら、ずっと気楽で幸せと言えるんじゃないか。

そんなふうに思いたいのだろうか、私は。

許されない未来を灰色に塗りつぶすことで、自分の中の憧れも消そうとしているのか。

籠の鳥は空を知らない

多くの人は、動物園で飼育されている動物より、自然の中を自由に駆け回ることができる野生動物のほうが幸せに決まっている、と考えるだろう。動物園の生き物を憐《あわ》れむ声もよく耳にする。

でも、綾瀬は違うらしい。自由への憧れより、檻の中の安全のほうを、より強く感じているようだった。

僕は、どうだろう。もしも自由な世界と安全な世界のどちらか好きなほうを選べるとしたら、僕はどちらをとるだろう。

「動物って、何を考えて生きてるのかなあ。動物にとっての毎日の楽しみとか、生き甲斐《がい》とか、なんなんだろう」

虚空《こくう》を見つめて動かなくなったライオンの檻を離れ、彼女が独り言のように言った。

生き甲斐。それを聞いた瞬間、いつも母親から言われている言葉が耳の奥に甦《よみがえ》った。

『あなただけが私の生き甲斐よ』

ぐわん、と耳鳴りがする。

『生き甲斐を見つけなさい』

これは確か、担任に言われた言葉だったか。

生き甲斐とはなんだろう。そのせいで苦しんだり死を選ぶ人間もたくさんいるらしいが、僕は、生き甲斐なんてものは幻想だ、不必要だと思う。

生き甲斐とやらのある人間は好きにそれを満喫し勝手に人生を謳歌《おうか》していてくれれば結構だが、そんな生き方を他人に押しつけるのだけはやめてほしい。生き甲斐ハラスメント、とでも呼ぼうか、生き甲斐があってこそ素晴らしい、生き甲斐を見つけるべきだ、という価値観に迫害され、苦しめられてきた僕のような人間もいるのだ。

そんなことを考えてぼんやりしていたせいだろうか。立ちっぱなしの足の位置を変えようと身動ぎし、同時に何気なく足下に目を落としたとき、爪先のあたりの地面にちらちらと動く小さな黒い影を見つけた。あ、と思ったときには既に遅く、僕の靴底は働き蟻《あり》を踏みつけてしまっていた。

すぐに足をどける。アスファルトに貼りつくように潰れた蟻。もうぴくりとも動かない。なんて呆気《あっけ》ない死だろう。僕は彼を殺すつもりはなく、彼も死ぬとは思っていなかったはずだ。でも、僕は殺してしまい、彼は死んでしまった。

僕は心の中で手を合わせ、また思考の海に身を沈める。

動物たちはただ生きるために生き、死ぬべきときが訪れると静かに死んでいく。ただそれだけ。彼らはひたすら本能のままに動き回っているだけで、将来の夢を追いかけたり、見も知らぬ誰かの役に立ちたいと考えたりもしないのだろう。

人間だって動物のひとつなのだから、そんな生き方をする人間がいたっていいはずじゃないか。

僕は綾瀬に、さあ、と小さく答えて、それきり口を閉じた。

彼女も話したいだけ話すと、あとは黙り込んでしまった。

無口な彼女は珍しく、沈黙を埋める適切な言葉を持たない僕は、なんとなく居たたまれない気持ちになる。

僕は黙って足を動かし続け、彼女も無言のまま後ろをついてきた。

出口が見えてきたころ、突然、力いっぱいに背中を叩かれた。眉をひそめて振り向くと、彼女のいつもの底抜けに明るい笑顔があった。

「羽澄！　せっかくだからソフトクリームとか食べようよ！」

もちろん僕に拒否権はない。綾瀬はいつも、結局のところ僕を自分のペースに巻き込んでしまうのだ。

「付き合ってくれたお礼に、私がおごってあげるねー」

彼女は僕の返事も聞かず、近くにあった売店に足を向けた。僕は仕方なくついていく。

彼女が「ソフトクリームふたつお願いします」と注文したあと、僕は「アイスコーヒーもふたつ下さい」と付け加えた。彼女が目を丸くする。

「誘ってくれたお礼に、僕がおごるよ」

そう言うと、綾瀬は一瞬口をつぐみ、それから「ありがとう!」と照れたように笑った。

帰り際、出口に向かう途中で、大型の鳥が展示されている場所を通った。僕はなんとなく足を止める。

ワシやタカ、ツルやコンドルが、一羽ごとに区切られた背の高い檻の中で、止まり木に羽を休めていた。まるで巨大な鳥籠《とりかご》だ。

ぼんやりと見上げていると、ふいに視界の端を黒い影がよぎった。目を向けると、遥か頭上の空を、二羽の鳥が戯《たわむ》れながら飛んでいる。広い空を縦横無尽に飛び回るその姿は、すぐに遠ざかり見えなくなった。

檻の中の鳥と、空を飛ぶ鳥。

鳥籠に閉じ込められた鳥は、羽ばたこうとすらしない。ただじっと枝に止まっている。

頭上の空を自由に飛ぶ鳥たちを、彼らは毎日どんな気分で眺めているのだろう。

自分が空を飛べることを、彼らは知っているのだろうか。飛んだことはあるのだろうか。

もしかしたら、動物園で生まれ、動物園で死ぬ鳥は、一生空を飛ぶことなく終わるのかもしれない。

彼らは、空を行く鳥を自分たちと同じ生き物とは思っていないのではないだろうか。そうすれば、羨《うらや》んだり妬《ねた》んだりする必要がない。それはとても心安らかな境地だろうと思った。

飛ぶことを知らなければ、飛びたいとも思わない。思わなくてすむ。

ないものねだりをせずに、籠の中の安寧《あんねい》を享受《きょうじゅ》していれば、閉じ込められた鳥たちもきっ閉じ込められた鳥たちもきっと幸せなままでいられるのだ。

外の世界を知ることが、自分も外の世界に行けるはずだと考えることが、賢明とは限らない。外の世界に憧れることはきっと愚かで、自分を苦しめるだけだ。

だって、鳥籠から出ることはできないのだから。飼い主は絶対に逃がしはしないし、他の誰も鳥を救い出してはくれないのだから。

傍らに立つ綾瀬を、ちらりと盗み見る。

さっき彼女が聞かせてくれたシマウマやライオンの話は、どういう意図だったのだろう。彼女が語るのを聞きながら、僕はずっとそう考えていた。

綾瀬も僕と同じように、容易には出られない鳥籠の中の鎖に繋《つな》がれているのだろうか。だからあんな話をしたのだろうか。

自分の生きている場所を正当化し、それこそが世界一安全で幸せな場所だと思える材料を、必死に探している。他の場所は危険で苦しいから羨ましくなんかない、と思いたくて。

そんな気がした。だって、僕はその気持ちがよく分かる。

それなら、綾瀬をそんなふうに考えさせている人は、いったい誰なのだろう。

「ねえ、電話番号交換しようよ」

帰りのバスの中で、綾瀬が唐突に言った。

僕は即座に「なんで」と返す。

「えーっ、なんでって！　冷たい！　クラスメイトだし、部活仲間だし！　知ってたほうが便利でしょ！」

さっきまでの静かな語り口とは打って変わって、彼女は普段通りとても騒がしい。

僕は「うるさいなあ」と肩をすくめた。

「それに、これからもこういうことあるかもしれないし？」

彼女が付け足すように言う。

「こういうこと？」

「デート！」

「……最後の夏の思い出なんじゃなかったっけ？」

少し笑って答えると、彼女は悔しそうに顔をしかめた。

「でもまあ、緊急連絡先として、交換しとこうか。知っておいて困ることはないし」

スマホを取り出しながら言うと、なぜか綾瀬は、鳩が豆鉄砲でも食らったかのような顔になった。

まさかそんなリアクションをされるとは思っていなかったので、僕も反応に困る。

「……なに？　それどういう感情？」

訊ねると、彼女ははっとしたように大きな瞬《まばた》きをして、それから「なんでもない！」と笑った。

「交換しよ、交換！　羽澄の番号教えて、私登録するから。で、羽澄に電話かけるから登録してね」

「分かった」

「ちゃんと登録してね？」

「するよ……さすがに」

「あははっ！　さすがの羽澄もそこまで非情じゃないかあ」

いちいち失礼だな、と軽く睨《にら》むそぶりをすると、綾瀬はうふふと妙に嬉しそうに笑った。

「ごめんごめん。羽澄は優しいもんね」

「それはない」

「あるよー」

「ないよ」

「ふふっ。いいの、それは私が知ってれば！」

どういう意味？　と訊ね返そうとしたけれど、「ほらほら早く番号言って！」と急《せ》かされたので、それきりになった。

初めて家族以外の番号が登録されたスマホは、まるで自分のものではないような感じがして、妙に落ち着かなかった。

ふたりの家の中間あたりでバスを降りる。途端に、湿った空気が肌にまとわりついてきた。

「天気予報は晴れだったのにねー」

綾瀬が空を見上げて言う。僕も目を上げた。

午前中はよく晴れていたのに、昼過ぎからは徐々に薄い雲が広がり、バスに揺られている間に小雨が降り始めていた。

雨雲のせいか、あたりはすでに淡い夜の色を帯びている。空から降ってくる無数の細かな雨粒は、まるで一斉に落ちてきた星屑《ほしくず》みたいだった。

どちらからともなく、僕らは海辺の道を歩き出した。

ちょっと出かけてくる、と告げて家を出たとき、異常なほど心配そうにしていた――僕が学校以外の用事で出かけるのはほとんど初めてだった――母親の顔を思い出すと憂鬱《ゆううつ》で、まだ帰りたくないという思いが強かった。

綾瀬が何を考えているのかは、僕には皆目見当《かいもく》もつかない。でも、帰りたくないというのは同じらしいと分かる。

目的もなく、淡々と足を動かす。霧雨がしっとりと髪や肌や服を濡らす。

ちらりと隣を見ると、街灯の明かりを受けた白い肌が、薄闇の中で光を孕《はら》んだように輝いて見えた。長い髪が潮風に躍《おど》って扇のように広がる。

綾瀬がもし本当に人魚だったとしたら、彼女の髪は、あの青い熱帯魚のひれのように、水中で優雅にゆらゆら揺れるのだろう。彼女の肌は、水面の向こうから降り注ぐ月明かりに白く光るのだろう。そんな意味もない想像をする。

彼女はいつになく無口だった。いつも何か喋《しゃべ》っている彼女なので、口を閉ざされてしまうと、何を考えているのか全く分からなくなる。もちろん、口で言っていることと心で思っていることが同じだなんて、考えていないけれど。

雨脚が強くなってきた。もう傘もなしに歩くような降り方ではない。でも、僕も綾瀬も止まろうとはしなかったし、帰ろうともしなかった。

車も人もほとんど通らない。静かだった。寄せては返す波の音と、地面を打つ雨の音と、濡れたアスファルトを踏む僕らの足音しか聞こえない。

私ね、と彼女が小さく切り出した。

「昔から、沈黙がすごく苦手なの。誰かといて、静かになると、なんか喋らなきゃーってすごく焦る。でも何を言えばいいか分からなくて、そうなると適当なこと言うしかなくて、その場で思いついた嘘を言っちゃう」

綾瀬はまた黙り込んだ。

「――あ、今、天使が通った」

気がついたら、そんな言葉を口にしていた。

彼女が驚いたように目を丸くしてこちらを見る。たぶん、僕が意味もない嘘をついたと思ったのだろう。

ふざけた冗談を言ったわけではないと伝えるため、説明を付け足した。

「急に会話が途切れて、みんなが黙り込んで静かになって、気まずくなって白けること、フランスのことわざで『天使が通る』って言うんだって」

「あ、そういうことか。てっきり羽澄が幻でも見たのかと思っちゃった」

ふふっと彼女が笑う。妙に嬉しそうだ。

「気まずくなった瞬間に『天使が通った』って言えば、なんだか微笑ましくなって、気まずさがなくなる感じがするね。可愛いことわざだね」

綾瀬が笑い、明るい声で喋ると、なんとなく気持ちが軽くなる。

親しくなる前は、彼女の気の抜けたような笑顔や、騒がしい話し声を疎《うと》ましく思っていたのに、不思議なこともあるものだ。

気がつくと僕たちは涙岬《なみだみさき》の近くまで来ていた。

僕の足が止まる。綾瀬も歩みを止めた。

「え……あれ……」

彼女が目を見開いて凝視しているその視線の先、岬の付け根あたりに、白っぽい服を着た女性が立っていた。背格好からして二十代くらいだろうか。雨に打たれながら、海のほうをじっと見つめているようだった。

「もしかして……自殺志願者？」

そうかもな、と僕は思う。わざわざ雨の夜に自殺の名所を観光しにくる人はそういないだろう。

「止めなきゃ……！」

綾瀬は慌てたように声を上げ、走り出そうと身を乗り出した。

僕はその手をつかんで止める。

「死にたいなら死なせてやればいいじゃないか」

彼女は唖然としたように僕を見上げた。雨に打たれて濡れた頬に、髪の束が貼りついている。

僕は少し俯いて続けた。

「人間、生きてる間は周りの目を気にして、周りに縛られて振り回されて、少しも自分の好きなようには生きられない。あの人はきっと、死ぬときくらいは自分の意志で、自分の思うタイミングで、死にたいんだと思うよ」

そうすれば、他人に束縛され続けた人生だって、最後には自分のものにすることができる。

生を自分で左右するのは難しいけれど、死は自分の意志で決められる。

いつだったか、橋の上から川に飛び降りた女性を見て、直後に自分も飛び込んで岸に引き上げ、間一髪で救助した若い男性が県警から表彰されたというネットニュースを見た。

その記事に対する読者のコメントは、もちろん男性の勇気や優しさを讃《たた》える言葉が多かったけれど、それ以上に、批判的な意見が並んでいた。

ニュースサイトのコメント欄は、生活に紐《ひも》づけられるSNSとは違って単発の意見を述べられる場所で、より匿名性が高く、人間の生々しい本音が正直に露呈している。

『命が助かってよかったって言ってる人いるけど、本当によかったのかは分からない。本人は死んだほうが幸せかも』

『自殺を止めるのは美談じゃないよね。本気で死にたかったのに勝手に助けられても苦痛しかないよ』

『これは助ける側のエゴ。どうせ助けたあとは放置。結局生き地獄は続く。この人はまた自殺すると思う。次は邪魔されずに成功できるといいね』

『自殺を止めるなら、心のケアまでする覚悟をした上で。それをしないなら、これは救助ではなく、本人の苦しみを長引かせただけです』

その通りだ、と僕は思ったのだ。

生きていれば楽しいことがある、と言うけれど、ずっと苦しみながら生きる人もいるだろう。誰もがいつか『生きていてよかった』と思えるとは限らない。『あのとき死なせてくれればよかったのに』と思うかもしれない。本気で死を考えるほど苦悩に満ちた人生を送ってきたのなら、自殺に失敗したことを悔やむ結末になる可能性のほうが高いだろう。それでも助けるのが人間として正しいのだろうか？

以前、漢文の授業で性善説を習った。『井戸に落ちそうな子どもを見かけたら、誰でも思わず助けようとする。人間の本質は善だ』というような話だったが、それを読んで僕は、『助けようとするのは他人への思いやりや優しさからではなく、死にゆく人を見過ごしたら後味が悪いからじゃないか？　自分の心を守るための自己満足じゃないか？』としか思えなかった。

白い服の女性は、海のほうへ向かい始めていた。心ここにあらずというようなふわふわした足取りで、ひどくゆっくりと歩いている。本当に、死のうとしているのかもしれない。

「……だって、今だけ助けて、なんになる？　あの人がこれから生きなくちゃいけない人生に、僕たちは責任をとれると思う？」

彼女の未来に責任を持てないのなら、無鉄砲に助けるのは間違いだ。

だから、僕は止めない。止めるべきではないと思う。本当の意味で彼女を救うことなんて、僕にはできるはずがないのだから。

綾瀬は黙って僕を見ていた。それから意外そうに、こう言った。

「……羽澄って、すんごい真面目なんだね」

予想もしなかった理解不能な言葉に、僕は眉をひそめる。

「自殺を止めるなんてのは、その人のためじゃなくて、自分のためだろ。自殺志願者を見過ごしてしまったという罪の意識を持たないため、もしくは人が死ぬのを見てトラウマになるのを防ぐためだろ。つまり、自分を守るためだ。自分勝手な自己保全の偽善だよ」

彼女は呆れたように肩をすくめた。

「……ひねくれてるなあ。『やらない善より、やる偽善』って言葉、聞いたことない？」

僕はふいと彼女から視線を外して答える。

「あるけど、正しいとは思ってない」

なるほど、と綾瀬は言って、「でも」と続けた。

「……でも、なんか、分かるよ」

「何が？」

訊ね返すと、彼女はぽつりと呟いた。

「苦しんで苦しんで、やっと死ぬ覚悟を決めたのに、そこで邪魔されたら嫌だよね……」

虚《うつ》ろな瞳で、涙岩《なみだいわ》のあたりを見つめている。

「あなたがなんとなく過ごした『今日』は、昨日死んだ誰かが、どうしても生きたかった『明日』だ。……って言葉、聞いたことある？」

唐突に綾瀬がそんなことを言った。僕はゆっくりと瞬きをする。雨脚はさらに勢いを増し、僕も彼女もびしょ濡れだ。雨がこめかみを、頬を、首筋を伝う。

「もとはアメリカの先住民に伝わってることわざらしいんだけど、色んな本とか映画とかにも出てくる」

彼女の口許には、かすかな笑みが浮かんでいた。

「私ね、その言葉を初めて聞いたとき、思ったんだ。生きたかったのに死んじゃった人がいるんだから、生きてる人は死んじゃだめ、生きたかった人の分まで生きろとか、なんかおかしくない？　じゃあ逆に、『あなたが幸せに満ち足りて生きてきた一日は、誰かにとっては死にたいほどつらい一日だった、だからその誰かの分まで不幸になれ』って言われたら、みんな嫌って言うよね、絶対」

　女性が岬の先端に辿り着き、涙岩にそっと手をかけた。祈るように頭を垂れている。

「だから、死にたい人の死にたい思いを責めるのは、絶対に絶対に間違ってると、私は思う」

　僕たちは一瞬視線を交わし、それから同時に踵《きびす》を返した。

　自ら死後の世界に飛び込もうとしている彼女の決断と覚悟に、他人の僕らが無責任に口を出すべきではない。

「――――えっ⁉」

　突然、誰かが叫ぶ声が聞こえた。

「わっわっわっ！　うそっ何してんのあのひと何してんの⁉　えっ危なっ危なっ‼」

　動転したような声と同時に、僕の目の前で青い傘とビニール袋が宙を舞った。その向こうを、風のように走り抜けていく人影。

「え……後藤《ごとう》？」

　綾瀬が呟いた。駆けていく背中を目で追うと、確かに後藤の後ろ姿だった。

「ちょっまっまっ待ってってそこの人！　危ないよやめて‼」

　彼は叫びながら岬を駆け抜け、崖下を見下ろしている女性の前に回り込んだ。

「何してるんですか！　危ないですよ落ちたら死んじゃいますよ!!」

ずいぶん遠いのに、後藤の声はとても大きく、はっきりと聞き取れる。一方、女性は何か答えているようなしぐさをしているものの、声はこちらまで届かない。

女性が首を振り、後藤を押しのけるようにして崖のほうへ踏み出した。

「わーっ！　だからだめだってだめだって危ないから!!　ほんと死んじゃうよ!?」

だから、その人は死のうとしてるんだって、と心の中でぼやく。彼の頭の中の辞書には、自殺という単語が載っていないのだろうか。

「だめだめだめ、絶対だめ!!」

後藤は女性の腕をつかんだ。女性が思い切り振り払う。

しばらくそんな攻防が続いたあと、彼は「分かった！」と叫んだ。

「じゃあ、俺も飛び込む!!」

えっ、と僕と綾瀬は同時に声を上げた。

「な、何言ってんだあいつ……」

「えっ、えっ、今飛び込むって言ったよね？」

「……そう聞こえたね」

僕らは顔を見合わせて、次の瞬間、同時に走り出していた。

「あなたがどうしても飛び込むなら、俺が先に飛び込むんで!!」

訳の分からない叫びが聞こえてくる。後藤はどうやら本気らしく、両手を広げて女性の行く手を塞ぎ、代わりに自分が岬の突端に踏み出している。

やばい、急がないと。焦りはあるものの、体育以外の運動をしていない僕の足は、全く思うように動いてくれない。綾瀬も同じようなものだろう。

振り向くと、彼女はずいぶん後ろを走っていた。いくらなんでも遅すぎる。しかも、片足を引きずるように不自然な走り方をしていた。もしかして転んだのだろうか。

でも、申し訳ないけれど今は余裕がない。

僕は綾瀬に向かって手を挙げて「急がなくていい！」と叫び、次に後藤に向かって「馬鹿!!」と叫んだ。

普段大声など出し慣れていないので、叫んだつもりなのに自分でも驚くほど弱々しい声だった。

「後藤！　馬鹿なことは止めろ！　何考えてんだ!!」

激しさを増してきた雨の音にかき消され、僕の声はたぶん彼には届いていない。

痛む脇腹を無視して必死に走り、なんとか岬に辿り着いた。

後藤はどこかの豪華客船の映画のようなポーズで岬の先端に立っている。女性は涙岩に寄りかかるようにして両手で口許を覆っていた。

「後藤、止めろって！」

息も絶《た》え絶《だ》えでなんとか間に合い、手を伸ばしてその腕をつかんだ。

後藤が目をまん丸に見開いて振り向き、そしてさらに目を丸くする。

「……あれっ羽澄⁉　あっ綾瀬も‼　なんでこんなとこに？」

後藤の視線を追うと、ぜえぜえと肩で息をしながら綾瀬が向かってくるところだった。

急に人が集まってきて動揺したのか、白い服の女性は「ごめんなさい！」と叫んで走り去った。後藤はその後ろ姿に大声で叫ぶ。

「お姉さーん！　危ないからこれからは気をつけてくださいね‼」

おーい、と叫び続ける彼のうしろで、僕と綾瀬は顔を見合わせた。

「……後藤って、なんか、少年漫画の主人公タイプだよね」

まだ息の荒い彼女の言葉に、僕も呼吸を整えながら頷いた。

「……分かる。変人だけど、なんか、主人公は結局ああいうやつだよ」

「うちらは脇役だね」

「脇役も脇役、後ろ姿しか描かれないやつらだと思う」

「あははっ！　言えてるー」

綾瀬はおかしそうにころころと笑った。その瞳がどこか虚ろなまま潤《うる》んでいるのを、僕は気づかないふりをした。

「後藤、なんでこんなところにいるの？」

彼女の問いに、振り向いた彼は「ん？」と少し首を傾げて答えた。

「母ちゃんがさ、めんつゆ切らしちゃったから買ってきて、ついでにアイスも買っていいからって言うからさ、そこのコンビニで買ってきたんだよ。ていうかふたりのほうこそこんな時間にこんなとこで何してんの？」

綾瀬は一瞬黙り込んで、それからにこりと笑った。

「……鍵」

「鍵？」

「うん、家の鍵、忘れてきちゃったんだけど、親が仕事でまだ帰ってなくて、家に入れなくてさ」

彼女は相変わらずすらすらと嘘をつく。

「……僕も同じ」

僕も真似をして言った。ふたり同時に鍵を忘れて夜の海岸をさ迷うなんて、そんな偶然はあるはずもないけれど、後藤は少しも疑わなかった。

「えっそうなの大変じゃん、俺んち来なよふたりとも」

当たり前のように言った彼の言葉に、僕はひそかに衝撃を受ける。

「え……こんな急にお邪魔したら迷惑じゃない？　夜も遅いし……」

綾瀬が少し引きつった顔でそう言って、彼女も僕と同じ思いらしい、と悟った。でも後藤は心底不思議そうな顔をする。

「えっなに迷惑って？　時間とか関係ないよ全然、だってふたりともそんなびしょ濡れだしさ風邪引いたら大変じゃん、とりあえずうち来なよ」

後藤の家は、こんなふうに突然、思いつきで誰かを連れて帰ってもいいくらい、それを許されるくらい、それをしても大丈夫だと当たり前のように思えるくらい、誰かに家を、家族を見られてもかまわないくらい、『いい家庭』なんだ。

そう考えて、鉛《なまり》の海に突き落とされたような気持ちになった。

「……あー、うん、じゃあ……お言葉に甘えて」

答えながら彼女は僕を見た。その瞳の奥には、僕と同じ感情が潜んでいるように思えた。

驚きと動揺と、そして密かな羨望《せんぼう》と嫉妬《しっと》。

——◇雨はまだ止まない

「あらっ！　あらあらあらーっ、どうしたの！　みんなびしょ濡れじゃないの‼」

後藤のお母さんは、私たちを見た瞬間、両手を頬に当てて悲鳴を上げた。

そして、「初めまして、突然すみません、後藤くんと同じクラスの……」と名乗ろうとする羽澄の言葉を遮り、「そんなの後でいいからまずタオルタオル拭かなきゃ！」と奥のほうへ走っていった。

後藤にそっくり、と私は思う。

「ごめんなうちの母ちゃん騒がしくてさーまあ母ちゃんだけじゃなくてみんなうるさいんだ

けどなー」

後藤はそう言いつつも笑顔だった。

「兄ちゃん、誰か来たの？」

小学生くらいの男の子が、手前の部屋からひょっこり顔を出した。後藤にそっくりな顔をしている。

「おー兄ちゃんの友達だよ。濡れちゃったから」

それから後藤は「こいつ俺の弟、小六」と私たちに紹介した。

「ほら早く拭いて拭いて！」

ぱたぱたと足音を立てて後藤のお母さんが戻ってくる。

両手に抱えた大量のタオルを私と羽澄にごっそり渡してくれ、残りの一枚を後藤の頭にのせた。

私と羽澄は思わず彼に何枚か譲ろうとしたけれど、お母さんは「大丈夫大丈夫！」と押し返した。

「いいのよー！　正己《まさき》は頑丈だけが取り柄だからね、ちょっとやそっと濡れたくらいじゃ、風邪なんか引かないの」

「そうそう」と後藤が頷く。

「小さいころもねえ、雨の日に何時間も外でなめくじ観察してたりしてて、それでもくしゃみひとつしないんだから。でもあなたたちは細いし白いし今にも熱出して倒れちゃいそうだもの！」

「母ちゃん、失礼じゃない？　そういうのデリカシーがないって言うんだよ」

弟くんが大人びた口調で言った。どうやら後藤に比べるとクールなタイプらしい。

お母さんは「あらそう？　ごめんなさいねえ、気を悪くしないでね」と笑って私たちの肩をばんばん叩いた。

「タオル何枚でも使っていいからね、もし嫌じゃなかったらお風呂入っちゃってもいいのよ、遠慮しないでね！」

「あっ、はい、タオルで大丈夫です、ありがとうございます」

私が答えると、隣で羽澄も「ありがとうございます」と頭を下げた。

「じゃあ、とりあえず玄関じゃなんだし、居間にいらっしゃいな。ごちゃごちゃしてて悪いんだけど」

お母さんの言葉に、後藤がけらけら笑った。

「本当ごちゃごちゃしてんだようち、母ちゃんがモノ捨てれない人だからさあ」

「まー何を言うのよ、正己のものが溢れ返ってるんじゃないの！　小学生のときの昆虫のおもちゃなんかもう絶対使わないでしょ、そろそろ捨てちゃえばいいのに全く、大きくなっても片づけもまともにできないんだから」

「いやいや母ちゃんこそ結婚前の服とかまだとってあんじゃん！　どうせもう着れないのにさあ、他にもいろいろ絶対母ちゃんのもののほうが多いと思うぞ」

「うっそやぁだそんなわけないわよ！　正己の……」

「はいはい分かったから！」

弟くんが呆れたような口調でふたりの言い合いを仲裁した。

「お客さん困ってるから早く連れてってあげなよ。ったく、ふたりともほんっと落ち着きないんだから……」

すると後藤がにやにやしながら弟くんを覗き込んだ。

「そう言うけどなあお前だって二、三歳のころ本当に落ち着きなくて、すーぐふらふらどっか歩いてっちゃって大変だったんだぞー、しょっちゅう迷子になってさ兄ちゃん何度必死に捜したことか」

「もーいいよその話は！　聞き飽きたってば！」

後藤とお母さんが声を合わせて笑う。

楽しそう、と思った。楽しくはなかったから、笑えなかった。

ちらりと横を見ると、羽澄も笑みひとつ浮かべず、黙って彼らを見ていた。

きっと、なんて暗いふたり組を連れてきたんだろう、と思われているんじゃないだろうか。

後藤に連れられて居間に向かう。中に入ろうとした瞬間、隣の部屋のふすまが細く開いて、小さい頭がふたつ、隙間からにょきっと出てきた。

「わっ！　びっくりしたあ！」

私は思わず叫んだ。小さな男の子と女の子。まんまるの大きな目が四つ、私と羽澄を交互に見ている。

「そいつらは双子の弟と妹。幼稚園、人見知り」

後藤が教えてくれた。

「へえ、そうなんだ。きょうだい何人いるの？」

「あと反抗期の中二の妹がひとりいて五人きょうだい」

「ちょっと！　兄ちゃん勝手なこと言わないでよ！　反抗期じゃないし！」

双子ちゃんの後ろから気の強そうな女の子が顔を出し、眉をひそめて後藤を見た。

「もーほんと兄ちゃんやだー」

ぶつぶつ言いながら、妹さんは双子ちゃんを連れて居間へ入った。私たちもそれに続く。

「どこか適当に座ってね、今飲み物用意するから！」

後藤のお母さんがぱたぱたと隣の台所へ入っていく。羽澄が「おかまいなく」と声をかけたけれど、たぶん聞こえていない。私たちは丸いテーブルの前に置かれた座布団の上に座った。羽澄は居心地が悪そうに身体を縮めている。私も同じようなものだった。

弟くんがお母さんの手伝いを始めた。

妹さんは双子ちゃんに歯磨きをさせている。

そこへお風呂上がりらしきお父さんがやってきた。私たちに気づいてにこにこ笑う。

「いらっしゃい。正己のお友達かな？　正己の父です、いつもお世話になってます。ゆっくりしていってね」

この家の誰もが、突然家に上がり込んだ私たちに驚くこともなく、嫌な顔をすることもなく、当然のように受け入れて歓迎してくれる。

私は一度も友達を家に上げたことがない。お母さんが不機嫌になるのは分かっていたし、私も家を見られたくないし、何よりそんな親しい友達もできたことがない。

弟くんが持ってきてくれた麦茶に口をつけたところで、

「なああふたりともこれ見てよ！　俺のいちばんの宝物!!」

いつの間にか姿を消していた後藤が、やけに嬉しそうに私たちの前に座った。その手には小箱のようなものがある。

「ちょっとーやめなよ兄ちゃんの宝物なんて他の人から見たらただのゴミだから！」

妹さんが顔をしかめて言ったけれど、彼は少しも気にする様子がない。

「そんなもんだよ、誰かの宝物は誰かのゴミ！　それでいいんだよ。だってみんなが同じもの欲しがったら喧嘩《けんか》になっちゃうだろ？　みんなそれぞれ違うもの宝物にするから世の中うまく回ってんだよ」

「へりくつー。変なもん見せられる友達がかわいそー」

後藤は妹さんに「分かってないなー」と言いつつ、私たちに箱の中身を見せてくれた。三、四センチほどの黒っぽい石のようなものが三つ。

「見てよ見てよこれこれ！　すげーだろこれ恐竜の化石なんだよ！　もちろんレプリカじゃないぞ本物だぞ！」

「おー……すごいね」

後藤のテンションに合わせてぱちぱちと拍手をしてみせたけれど、大事そうに小箱にしまわれているそれは、正直なところ私の目にはただの石ころにしか見えなかった。

「これさこれさ恐竜博物館に行ったときにお年玉で買ったんだけどさ、なんとなんとあの！　トリケラトプスの歯の化石！　すげーだろやべーだろやべーよな！　あとこれはスピノサウルスの歯！　まあ一部だけどさこのサイズだと完全品なら数万円するからなーそんでこれはサルタサウルスの卵の殻の破片！　こんな状態いい化石はなかなかないんだってさ表面も綺麗に残ってるし」

「はあ……へえー、すごいね」

羽澄はじっと箱の中の石を見つめている。何を考えているんだろう、と思っていると、その薄い唇がすっと開いた。

「恐竜って、いつごろ生きてたの？」

唐突な問いにも、後藤は嬉しそうに答える。

「恐竜の時代は中生代だよ、中世代って三畳紀《さんじょうき》、ジュラ紀、白亜紀《はくあき》に分けられるんだけど、最初の恐竜が現れたのは三畳紀の後半、今から二億二五〇〇万年くらい前。んで、それから一億六〇〇〇万年間くらい繁栄して、今から六六〇〇万年くらい前の白亜紀の末に氷河期で絶滅しちゃったんだ。ちなみに最初の人類が現れたのは七〇〇万年前だから、恐竜が絶滅してから人類が誕生するまでにだいたい六〇〇〇万年も経ってたってことだな。そんで人間が恐竜を発見したのはなんと二〇〇年前だからほんの最近だよな。それまで恐竜の化石は六六〇〇万年間も地中深く眠り続けてたってわけ」

私は思わず「ふわー」と感嘆する。

「ろくせんろっぴゃくまんねんかん、ってすごいね、聞いたことない響きだ。いちおくろくせんまんねんかん繁栄っていうのも、なんか、圧倒的すぎて想像もできない」

「だよなー分かる分かる、人類が七〇〇万年間ってのに対して恐竜は一億六〇〇〇万年間だもん、格が違いすぎるよなー」

ということは、この目の前の小さな石ころは、少なくとも六六〇〇万年前のものということだ。六六〇〇年でもびっくりなのに、六六〇〇万年。壮大すぎる。

「……人間なんて、しょうもない生き物だな」

ぽつりと羽澄が言った。後藤はよく聞こえなかったらしく、「ん、なんて?」と訊《き》き返したけれど、彼は答えなかった。私もあえて黙っていた。

「ごめんねえふたりとも。正己ってば好きなものの話になると止まらなくて、本当にうるさいでしょ。学校でも大変なんじゃない?」

後藤のお母さんが苦笑しながら言った。でも、彼を見つめる眼差しはとても柔らかい。

「面倒になったら適当に切り上げちゃっていいんだからね。どうせひとりでも喋ってるんだからこの子は」

「いえ、いつも面白い話を聞かせてもらって楽しいです」

羽澄が微笑みを浮かべながら丁寧な口調で答えた。でも、その目が深い穴の底みたいに暗いことに、私は気づいてしまった。


十五分ほどして、私たちは後藤の家を出た。

雨はいつの間にか小降りになっていた。

後藤の家族はみんな「もっとゆっくりしていって」と引き留めてくれたけれど、丁重にお断りした。

正直、それ以上あの空間にいるのは、つらかった。羽澄もたぶん同じ気持ちで、私が口にする前に「そろそろ帰ります」と言ってくれたので助かった。

「なんか……目の前でホームドラマの撮影かなんかしてるの見学してるみたいな気分だった」

海が見えてきたあたりで、私は呟いた。羽澄は小さく「うん」と答えた。

明るくて、騒がしくて、優しい。絵に描いたような温かい家庭。

お互いにぞんざいに扱っているようでいて、ちゃんと愛し合っているのが、はたから見てもよく分かった。家族の全員が、お互いに依存しすぎることなく、自立していて自由。

心から信頼し合っているからこそ、あんなふうに軽口を叩き合えるのだ。私は絶対に自分のお母さんに「うるさい」だとか「デリカシーがない」だとか言うことはできない。怒り狂うのが容易に想像できた。

「後藤はなんであんなふうに、いつでもマイペースに自分の世界に没頭できるんだろうって、ずっと不思議だったんだ」

羽澄がゆっくりと話す。

「たぶん、圧倒的な自己肯定感があるからで、それはきっと、あの環境だからこそ育《はぐく》まれたんだろうな……」

私は「そうだね」と頷いた。

お母さんは私を手離そうとしない。でも、それは私を愛しているからとか、私を心配しているからとかではなくて、自分のためだ。自分がひとりになって寂しい思いをしたくないだけ。

昔からそうだった。ろくにご飯も用意してくれないのに、帰りが遅いとひどく不機嫌になるし、進路の話だって聞く耳を持ってくれない。私は一生お母さんと一緒に暮らすべきだと考えているし、それを押しつけてくる。

それを思うといつも、なんだか底無し沼に取り込まれて、べたべたの泥にまとわりつかれているような気分になった。少しも身動きがとれない。

後藤の家は、きっとそんなことはないんだろう。彼が望む道を、きっと家族みんなが温かく応援してくれるんだろう。口ではあれこれ言いながらも。

そんな家庭は、ドラマの中だけだと思っていた。でも、目の当たりにしてしまった。

比べたってどうにもならないのだから、知らずにいたかったな、と思う。

「私ひとりっ子なんだけど、羽澄もだっけ？」

うん、と小さく返ってくる。

「……兄が、いた、けど、今は僕ひとり」

そう、とだけ私は答える。

どういう意味かは聞けなかった。今は家を出ているということか、あるいは。

涙岬の近くで、どちらからともなく歩みを止めた。

「ねえ、知ってる？」

私は羽澄の横顔に声をかける。

「昔読んだ本に書いてあったんだけどね、自殺って罪なんだって。神様から与えられた命だから、勝手に人を殺すのも自分で死ぬのもいけないことなんだって。だから自殺すると地獄に堕《お》ちるんだって」

彼は海を見つめたまま「ふうん」と言った。

「反応薄いなあ」

おどけてみせたけれど、彼からの返事はなかった。

「ねえねえ、羽澄はさ、生まれ変わったら何になりたい？」

何回訊くんだよ、と少し呆れたように言いながら、彼が答えた。

「人間以外ならなんでも」

「人間以外って、たとえば？」

彼は少し考えて、ぽつりと言った。

「……鯨の死骸《しがい》」

しがい、と思わずおうむ返しをしてから、私はさらに訊ねた。

「鯨じゃなくて？　鯨の死骸になりたいの？」

彼は「生きてる鯨は嫌だな」と言う。

「あんな大きい身体で何十年も広い海を泳ぎ回るのはすごく疲れそうだから、死骸でいいよ」

なるほど、と頷きながら、口許が緩むのを止められなかった。

「優しいんだね、羽澄は」

正直な感想を伝えると、彼は思いきりしかめた顔をこちらに向けた。

「……は？　どこが？　今の答えからどうしてそんな返しが出てくるの？」

「ふふふ」

だって、鯨は死んだあと、深い海底に沈んで他の生き物の餌になって、楽園になるのだ。死んでから自分の身体を誰かに捧《ささ》げたいなんて、究極の優しさだと思う。

羽澄は優しい。親しくもない私の『一生に一度の、最初で最後のお願い』を断れなかったのだから、優しいに決まっている。本人はなぜか、それを必死で隠したがっているみたいだけれど。

「綾瀬は何になりたいの？」

初めてそんなふうに質問を返されて、私は少し戸惑った。それから「うーん」と首を傾げて答える。

「そうだなあ……月並みだけど、鳥かな」

「そこは人魚じゃないのかよ」

即座に突っ込みが入り、私は声を上げて笑った。

「うーん、人魚はもう疲れちゃった」

「……よく分からないけど、まあ、次は人魚以外に生まれられるといいね」

「そうだねえ。どうせ人魚病で早死にしちゃうしね」

無意識に手首に手を当てる。まだ消えない青痣《あおあざ》。足の古傷がずきずきと痛む。雨で冷えたせいだろうか。

「なんかさあ、たまに無性に暴れたくなることない？」

私は両手を広げて海風を受け止めながら言う。

「泥んこになって暴れて、周りも気にせず喚《わめ》いて……子どもみたいに。そんなふうにできたら、少しは気分もすっきりするかな、とか思う」

羽澄は何も言わない。でも、それは共感してくれているからだと、なんとなく思う。

「……じゃあ、やってみる？」

しばらくして、彼が言った。私はふたつ瞬きをしてから、「うん！」と大きく頷いた。

砂浜につながる階段を駆け下りた。足が痛かったけれど、なんとか転ばずに下りきる。

そのまま波打ち際まで走った。

途中で膝が激しく痛んで、盛大にこけてしまった。全身砂まみれになる。

でも、すぐに立ち上がって走り続け、打ち寄せる波を両足で踏み抜いた。

海水が跳ねて、せっかく乾きかけていたスカートがびしょ濡れになった。

隣で水しぶきが上がった。見ると、羽澄が同じように海に入り、勢いよく波を蹴散らしていた。

なんだか無性におかしくて、楽しくなって、私はお腹を抱えて笑った。

ふたりして全身ずぶ濡れになりながら、声の限りに叫ぶ。

「わ──っ！」

「あ──っ！」

こんなに大きな声を出したのは初めてかもしれない。もちろん声が掠れたけれど、気にしない。羽澄はきっと気にしないでいてくれるから。

お腹の底から声を出すと、少しはすっきりしたような気がした。

でも、なぜか、涙がぽろぽろと溢れた。

彼も微笑みながら頬を濡らしている。たぶん、水しぶきがかかったわけではないと思う。

私たちは、知ってしまっている。

どんなに喚いたって、あがいたって、与えられた現実を変えることはできないのだと。

心が晴れたような気がするのは、ただの錯覚だと。
雨はまだ止まない。
夜空には月も星も見えず、暗い雲が全てを覆い尽くしていた。

SAYONARA USOTSUKI
NINGYO HIME

五章　人魚の脚

◆深い海の底に沈む

「……はー、いい風だねえ」

手すりに頬杖をついて、綾瀬《あやせ》がのんびりとした口調で言った。

海から吹いてくる風に心地よさそうに目を細め、水平線のあたりをぼんやりと眺めている。

潮風は湿っぽくて生臭くてべたつくので好きではないが、彼女の髪がゆらゆらと躍《おど》るさまは悪くないな、と何気なく考えて、そんなことを考えた自分に驚いた。とたんに身の置きどころがないような気持ちになり、彼女の横顔から目を逸《そ》らした。

「……もうお盆だし、ちょっと秋っぽい風になってきたね」

気まずさを紛らすように、適当な言葉を呟く。

綾瀬は特に気にする様子もなく、前を向いたまま「だねえ」と小さく答えた。それきり黙り込む。

彼女は以前よりも、無言でいる時間が長くなった。言葉も表情もなく、ただぼんやりと宙を見つめていることが多い。

あんなにうるさかったのに、最近は喋《しゃべ》り方《かた》もずいぶんゆったりとしてきた。

もしかしたら、これが彼女の本来のペースなのかもしれない。被っていた仮面を外すと、彼女はとても物静かな人間なのかもしれない。

後藤《ごとう》の家からの帰りに、海で叫んだあの日以来、彼女の鱗《うろこ》がぽろぽろと剥がれ落ちて、その素顔を覗かせているような気がする。

でもそれをわざわざ覗き込むことはしない。僕と彼女の間では、背景を知る必要なんて全くない。ただ身ひとつの自分として存在している。

それは簡単なようでいてとても難しいことで、僕にとっては綾瀬だけが、そのように在《あ》ることを許してくれる人間だった。

あの日以降は、学校が盆休みに入ったことで部活もなかったけれど、僕たちは毎日涙岬《なみだみさき》で待ち合わせて、目的もなくぶらぶらするようになった。

朝から夕方まで、ときどき木陰に座ったり自販機で飲み物を買ったりして休憩する以外は、ひたすら歩く。

我ながらわけの分からないことをしていると思うが、彼女は何も言わないし、僕も何も言わない。彼女がやめようと言わない限りは、この理由も目的もない彷徨《ほうこう》を続けたいと思っていた。

「……そろそろ行こうか」

周囲に人が増えてきたので、僕は綾瀬に小さく告げた。

ここは海浜公園で、彼女が頬杖をついているフェンスは、海に臨む展望デッキを囲んでいるものだ。昼過ぎになると、向こうの芝生でバーベキューを終えた人々が、海の見えるこの場所に集まってくる。

ぼんやりしていた綾瀬はフェンスから身を離し、周りに視線を巡らせて、「そうだね」と頷いた。

「さて、次はどっちに行く？」

笑顔で振り向いた彼女の、制服のスカートが風になびく。

僕も制服を着ていた。『飼育している生き物の世話をしないといけないから、盆休みも毎日学校に行く』と母親には嘘《うそ》をついているためだ。

夏の海の周辺にいるのは、海水浴や釣り、レジャーを楽しむラフな格好の人ばかりで、そんな中で制服に身を包む僕らは明らかに浮いていた。

「とりあえず」

綾瀬がゆっくりと歩き出した。その動きに合わせて揺れる髪が、陽射しを受けてきらきらと光っている。

ぼんやりと眺めていたとき、突然、彼女が「わあっ！」と声を上げながら地面に崩れ落ちた。ずいぶん派手な転び方だ。

「綾瀬、大丈夫？」

驚いて近づくと、彼女は少し俯《うつむ》き、膝のあたりを押さえて「いてて……」と呻《うめ》いていた。

彼女はときどき、クラスのみんなの前でわざとらしく転んでいた。その意図は分からないが、みんなの評価としては『かまってちゃん』だった。見てもらいたい、心配されたい、という考えからわざと転んでいるのだと。

でも、今の転び方はそんなふうには見えなかった。それに綾瀬は僕に対してそんなことをする必要はない。わざと転んだりしなくたって、僕は彼女のことをずっと見ているのだから。

「怪我《けが》した？」

隣にしゃがみ込んで訊《たず》ねると、綾瀬は尻もちをついたまま仰向《あおむ》いて、膝をさすりながらけらけら笑い出した。

「困っちゃうよねえ。まだ人間の脚に慣れなくてさあ、歩くのも走るのも下手くそで。いやー、そこそこ長いこと人間やってるのにね……」

最後はしりすぼみになり、ふいに電池が切れたように口を閉ざした。

僕は黙って綾瀬の手をつかみ、ゆっくりと立ち上がらせる。その拍子に、彼女が軽く顔をしかめた。スカートの裾から覗く膝には、見たところ外傷はなさそうだ。捻挫《ねんざ》か何かだろうか。

「病院、行く？」

訊ねると、彼女は首を横に振った。

「……ううん、大丈夫」

言いながら、両手でぱたぱたとスカートを払っている。その拍子に少し裾が跳ねて、棒のように細い腿《もも》がちらりと見えた。

そのあまりの細さに、僕は目を瞠《みは》った。痩せているとは思っていたけれど、いくらなんでも細すぎないか。ちゃんと食べているのか。

訊ねたくなるけれど、言葉を呑み込む。そこは踏み込まれたくない領域かもしれない。少なくとも僕なら、放っておいてほしいと思うだろう。

事実、僕が頻繁にスマホを取り出して母親に連絡することについて、綾瀬は何も言わずにいてくれる。

彼女は視線を海のほうへ投げて、少し押し黙ってから、昔ね、と消え入りそうな声で言った。

「……子どものころ怪我したとこがね、たまに痛くて、力が入らなくてつまずいちゃうの」

僕は少なからず驚いて、無言のまま瞬《まばた》きをした。彼女が自らすすんで自分のことを話すのは珍しかった。

「……それ、ちゃんと治ってないんじゃない？　病院行ったの？」

するとと綾瀬は、「今さらだよー」とへらりと笑った。そして「あっ」と足下を指差す。

「蟹《かに》だ。ちっちゃい蟹がいる」

僕も彼女の指の先に目を落とした。体長五センチにも満たない小さな蟹が、必死に脚を動かして横歩きをしている。小さいわりにけっこう速い。

「蟹さんどこまで行くんですかー？　暑いから気をつけてねー、頑張れー」

彼女は呑気《のんき》な口調で言って、さかさかと遠ざかっていく小さな影に手を振る。

蟹がコンクリート壁の隙間に消えると、彼女は「ばいばい」と囁《ささや》くように言って、ゆっくりと立ち上がった。

しばらく歩き続けて、海へと流れ込む川の河口に辿り着いた。

「あ、見て見て羽澄《はすみ》、めっちゃちっちゃい亀がいるよ。可愛いー」

さっき見た蟹よりも小さい、手の中にすっぽり包み込めてしまいそうな小さな緑色の亀が、川の堤防の上をゆっくりと進んでいる。

「こんなところ歩いてちゃ危ないよー、落っこっちゃうよ」

綾瀬が心配そうに声をかける。亀はもちろん気づく様子もなく黙々と歩いていたが、徐々に進路が川のほうへずれていった。

「あ、危ない！　そっち行っちゃだめ！」

彼女は慌てて手を出して道を塞ぎ、亀の進路を元に戻そうとするが、亀はその手に驚いたのか急にばたばたと手足を動かして、そのまま堤防の向こう側に落ちてしまった。

僕と綾瀬は同時に「あっ」と叫び声を上げ、堤防に手をついて覗き込む。亀はのり面を転がりながら落ち、河川敷に落下したあともさらに転がり続け、そのまま川へ落ちた。水音すら僕の耳には届かなかった。

ここからでは遠すぎて、しかもお世辞にも綺麗とは言えない川で、石ころのように小さな亀の姿を水中に見出だすことはできない。

「ああ……落ちちゃった……大丈夫かな……」

綾瀬は泣きそうな声で言った。僕は一瞬で激しくなった鼓動を抑えるように深く呼吸をしてから、「大丈夫だと思うよ」と告げる。

「甲羅《こうら》があるから衝撃には強いと思うし、亀なんだから泳げるだろうし。むしろ水を探して歩いてたんじゃないかな？　今ごろきっと喜んでるよ」

「そうかなあ……そうだといいね」

彼女はしばらく前のめりになって濁った川面を見ていたけれど、諦めたように身を起こした。

助けようとした行為が、逆に相手を追い込んでしまうこともある。人生とはそういうものだ。そうは思っても、虚しさが胸を覆う。

僕たちの歩みは、さっきよりもさらに遅くなった。

隣町の駅を過ぎて少ししたあたりで、綾瀬が道端の立て看板に目を留めた。来週土曜日の昼十二時から夜九時まで、駅前の道路が車両通行止めになるという交通規制を予告する看板だった。

「そっか、夏祭りだもんねえ」

「ああ、そうか、来週か」

毎年この時期に開催される、この地域では最大の夏祭りだ。それなりの数の露店が出るし、最後に打ち上げ花火が上がることもあって、田舎にしてはけっこうな人数が付近の町から集まるので、安全のため歩行者天国になる。

僕も子どものころは母と兄と三人で行ったことがあったが、あのことがあってから母は賑《にぎ》やかな場所に行くのを嫌がるようになり、僕には一緒に行くような友達もいないので、小学校以降は一度も行っていない。いつも家の中で遠い花火の音を聞くだけ。昔は最後まで残って見たことがあるはずなのに、どんな花火だったかも忘れてしまった。

「……一緒に行っちゃう？」

唐突に綾瀬が言った。からかいまじりの表情。

一瞬言葉につまったものの、僕も同じような表情を浮かべて、「行く？」と返してみる。

彼女が目を丸くしたので、なんだか楽しくなって、さらに続けた。

「行こうか。最後の夏の思い出に花火を見るっていうのも、ベタでいいかもしれない」

僕の言葉に、彼女はふっと相好《そうごう》を崩した。

「いいね、花火！　一緒に見ようよ。約束ね」

答えようと口を開いたとき、突然後ろから「あれーっ⁉」という声が聞こえてきた。

僕と綾瀬は同時に振り向く。そこには、数人のクラスメイトがいた。いつも一緒に行動している、松井《まつい》を中心とした図々しく騒がしい男女のグループだ。

「羽澄と綾瀬じゃん！」

「うわっ、マジだ！」

ふたりだけの穏やかで静かな時間に、突然水を差されたような気がした。思わず眉をひそめてしまう。

「えへへー、見られちゃったねー、羽澄」

綾瀬がへらへら笑いながら言った。あ、また鱗をまとっている、と僕はひそかに思う。

「えーなになに、ふたりで何してんの？」

「もしかしてデートとか？」

「うわーマジで？　ちょっと引くんだけど！」

面倒なことになった、とひそかに溜め息を洩《も》らす。

彼らはどうやら、男女で親しくするのは自分たちのような派手な人間の特権だと思っているらしく、それ以外のタイプの人間が男女ふたりで話していたり、付き合い始めたりすると、ここぞとばかりにからかいだすのだ。

謎の選民意識には辟易《へきえき》するが、彼らの標的にわざわざなってやるのも癪《しゃく》なので、教室では極力綾瀬と口をきかないようにしていた。僕は別にどう言われようとかまわないが、彼女はどうも周囲の反応を無視できないところがあるから気をつけていたつもりだったのに、まさか外で会ってしまうとは。

「マジで付き合ってんの？　超ウケる！」

「えーキモ！　仲間外れ同士でくっつくとかキモすぎ」

「ははっ、いやキモいはさすがに失礼でしょ、あははっ！」

「てかなんで制服？　私服ダサすぎるから？」

「きゃはは、ウケる！」

彼らにとって、僕と綾瀬はちょうどいい捌《は》け口《ぐち》だった。僕らのようなはみ出し者は、どんなふうに扱っても許されると思っているのだ。

ちらりと隣を見ると、彼女はいつも教室で見せていたような腑《ふ》抜《ぬ》けた表情を貼りつけている。せっかく剥がれた鱗が、どんどん厚みを増している。

「お互いどこが好きなんですかー？」

「ぎゃははっ、やめろよ聞きたくねーよ！」

「でもさあ、こいつら他のやつに相手にしてもらえないから、しゃーなしじゃね？」

すぐに飽きると思ったのに、しつこい。夏休みで暇を持て余しているのか。そこに現れた僕たちは、いい暇つぶしの材料なのだろう。

苛立《いらだ》ちが募《つの》る。柄にもないと自覚しながらも、黙っていられない気分になる。

いい加減にしろよ、と口を開きかけた、そのときだった。

「違うよ」

綾瀬がふいに言った。大きくはないのにやけによく通る、静かに澄んだ声音だった。

僕は驚いて彼女を見る。鱗が完全に剥がれていた。まっすぐな瞳が、彼らを強く見据えている。

「私は、他の人に相手にしてもらえないから仕方なく羽澄と一緒にいるんじゃないよ。羽澄が私にとって特別だから一緒にいるんだよ。私は羽澄じゃなきゃだめなんだもん」

彼らは意表を突かれたように言葉を失った。

しばらくして、引きつった笑みを浮かべながら、

「……どうせ嘘だろ、ははっ」

「嘘つきかまってちゃん」

「なんかめんどくさー、行こ行こ！」

口々に負け惜しみのような言葉を吐き捨て、彼らはぞろぞろと連れ立って去っていった。

また、静かな時間が戻ってくる。

「……えへへ」

綾瀬はちらりと目を上げ、少し照れくさそうに僕を見た。

「……僕は」

胸のあたりがざわざわとして落ち着かない。彼女の言葉が、脳裏にこびりついたように何度も再生される。

僕が特別？　僕じゃないとだめ？　本当に？　いや、どうして？　本当だとしても、理由が全く分からない。

混乱した思考がぐるぐると脳内を駆け回る。

「……僕は、あんなふうに言ってもらえるようなことを、君にしてあげた覚えは、ないんだけど」

気がつくと、そんな皮肉な返しをしていた。

綾瀬がふふっと笑う。

「羽澄は変に思うかもしれないけど、本当にそうなの。私にだけ分かってればいいの」

「……あ、そう」

思わず目を逸らして小さく頷く。

『僕も同じ気持ちだよ』

と、言おうと思った。言うべきだと思った。でも、うまく声を出せずに、視線を足下に落とす。

風が吹く。波の音がする。蝉《せみ》の声が降ってくる。どこかの家で微《かす》かに風鈴が鳴った。

音は溢れているのに、ひどく静かだった。それが心地よくて、風に目を細める。

そのとき、静寂を突き破るように、場違いな電子音が軽快に響き渡った。綾瀬のバッグの中から聞こえてくるようだ。

彼女は一瞬目を丸くしてから溜め息をつき、スマホを取り出した。

「……お母さん。どうしたの？」

いつもの彼女とは全く違う、ひどく平淡な声と表情。

『もしもし、水月《みづき》？』

周りが静かなせいで、電話の向こうの声が僕にも届いた。

『どこにいるの？　今、救急車の中。いつもの病院に搬送されるからすぐに来て』

洩れ聞こえてきた単語に、僕は目を見開く。前にもこんなことがあった。

「……うん、分かった、すぐ行くね」

ふうっと深く息をついて電話を切った綾瀬に、僕は訊ねる。

「お母さん、この前も救急車で運ばれてたよね。どこか悪いの？」

「……ううん」

彼女は少し苦い笑みを浮かべて、ゆっくりと首を横に振った。

「そういうのじゃなくて……」

言葉を探すように首を傾げる。

「……たまにね、私が何か気にくわないこと言っちゃったりやっちゃったりすると、お母さん、私が学校とか行ってる間に、頭痛とか目眩《めまい》とか言って救急車呼ぶの。たぶん、私に対するアピールみたいな感じ……私がちゃんとすぐに駆けつけるか試してるんだと思う。救急の人に迷惑だからやめたほうがいいよってやんわり言ってるんだけど、聞いてくれないんだよね……」

予想を超えた話で、僕は答えに窮《きゅう》してしまう。そんな親がいるのか、と唖然《あぜん》としてしまった。

「……そう、か。それは、子どものころから？」

「ううん、中三のときから。受験の前くらい……去年も五回くらいはあったかな。学校に電話来て」

困っちゃうよねえ、と綾瀬は言ったけれど、その目は諦めの色を浮かべているように、僕には見えた。

その色はすぐに薄れて、彼女はにこりと笑った。

「でも、行かなきゃもっと機嫌が悪くなっちゃうから、結局行くんだけどね」

じゃあ、ばいばい、と手を振って、彼女は駆け出した。

追いかけて一緒に行ったほうがいいだろうかと思ったけれど、ついてきてほしくない、見ないでほしい、とその背中が言っているような気がして、僕は黙って見送った。

綾瀬がいないとなると時間をつぶすのも難しくて、夕方の早い時間に家へ戻った。

ただいま、と玄関を開けた僕は、上《あ》がり框《がまち》に母親が正座して俯いているのを見つけて、驚きで硬直した。

「……どうしたの」

母親は俯いたまま動かない。膝の上で握りしめた拳が白くなっている。

もう一度、どうしたの、と訊ねると、母親がゆっくりと顔を上げた。無表情だった顔に、どこか無理をしているようなぎこちない笑みが浮かぶ。

「想《そう》ちゃん……怒らないから、ママに正直に話してちょうだい」

どきりとした。心当たりはいくつもある。最近僕は、母親に隠しごとをしてばかりだ。

「話すって、何を？」

もしかしたら勘違いかもしれないので、とぼけてみる。母親の頬がぴくりと痙攣《けいれん》した。

「……学校に、電話してみたの」

唐突な言葉に、僕は思わず「えっ」と声を上げた。胸騒ぎがする。

「だって最近想ちゃん、全然おうちにいないじゃないの。メールのお返事も遅いし、ママ心配になっちゃって……。さっきもなかなかお返事くれなかったでしょう、嫌な予感がして、学校に電話したのよ。想ちゃんを呼び出してもらおうと思って。そしたら……」

最後まで聞かなくても分かる。嘘がばれてしまったのだ。

僕の詰めが甘かった。まさか学校にまで電話して所在を確かめるようなことはしないと思ったのだ。

「……先週からお盆休みだから全部の部活がお休みしてるって、教頭先生が……」

母親は深々と息を吐き、悲痛な面持ちで僕を見つめる。

「部活がないのに、想ちゃんは毎日出かけてたわよね」

「……ごめん」

「ねえ、ママに嘘をついてまで、どこで何をしてたの……？」

僕の額には冷や汗が滲《にじ》み、動悸《どうき》がしていた。

「ママは本当に本当に想ちゃんのことが大切なの、愛してるの。想ちゃんがいなくなったら生きていけないの。だから想ちゃんのことはなんでも知っておかなきゃ不安なのよ……お願い、分かってちょうだい……」

切なげで悲しげな声が、全身にまとわりついてくるような錯覚に陥る。

僕は靄《もや》のかかったような頭で、またいつものように「ごめん」と繰り返した。

「ねえ、毎日どこに行ってたの？　何をしてたの？　ママに話して」

すがりつくように腕をつかまれる。蒼白な顔が僕を見上げている。

どうしよう、どうやって言い逃れをしよう。学校には知らせずに部活をしている？　勝手に生き物の世話をしている？　そんなの、すぐにばれる嘘だ。

僕はからからに渇いた喉から、声を絞り出す。

「……友達と、会ってるんだ」

仕方なく正直に話した。

「……お友達？　だあれ？」

「部活の……ほら、前に話した……最近ちょっと仲良くなって、なんとなく毎日会って話すような感じになって、まあ断る理由もないし……」

我ながらはっきりしない言い回しだが、他に言い訳も見つからない。そして、付き合わされているような言い方になってしまったのが不甲斐《ふがい》ない。綾瀬ごめん、と心の中で呟く。

顔色を窺《うかが》うようにじっと凝視していた母親が、ふと声を低くして言った。

「……悪いお友達じゃないわよね？」

ちょうど思い浮かべていた彼女の呑気な笑顔が、『悪いお友達』という言葉の響きとあまりにも似合わなくて、僕は思わず「ははっ」と小さく笑ってしまった。

母親が怪訝《けげん》そうに眉をひそめる。僕はすっと笑みを消して言った。

「全然そんなんじゃないよ。普通の……ちょっと変わってるけど、人を傷つけたり、悪いことしたりするような人じゃないから、大丈夫だよ」

「そう……」

安心させようと落ち着いた口調を心がけて言ったのに、母親はまだどこか不満げな色を目に浮かべている。それからゆっくりと口を開いた。

「……ちょっとその子に会わせてちょうだい」

予想外すぎる言葉に、俺は「え」と息を呑んだ。

「な……なんで」

「だって心配なんだもの。今まで友達なんかいらないって言ってた想ちゃんが、急に友達ができたなんて……。どんな子か、本当に想ちゃんと付き合わせて大丈夫か、ママがこの目で確かめてあげるからね」

顔がひきつるのを自覚した。思わず頭に手を当てて、ぐしゃぐしゃとかき回す。

「ちょっと待ってよ……そんなことしなくても大丈夫だよ。何も心配ない人だから」

「でも、心配なのよ。想ちゃんにもしものことがあったら……」

「大丈夫だってば」

少し口調が荒くなってしまい、母親の感情を乱させてはいけないと慌てて改める。

「本当に大丈夫だから。高校生にもなって交遊関係に親が口出しなんてしてたら、それこそみんなから変に思われるよ」

変に思われたらどうなるか。それはあえて口にしなくても充分伝わるだろうと思った。

予想通り母親は口をつぐんだ。何か考えているような顔をしている。

これ以上余計なことを言われたら厄介なので、僕は「もういい?」と言って母親の横をすり抜け、二階の自室に上がった。


ベッドに横たわって天井を見つめる。

ときどき、この家がどうしようもなく息苦しく感じることがある。

経済的には恵まれていると自覚している。でも、ひどく閉ざされた環境なのは間違いなかった。

父親は今は海外に単身赴任していて、忙しさを理由にもう何年も帰ってこないしろくに連絡もないが、稼ぎは多いらしく金銭面では不自由なく育てられた。遠方にある母親の実家も裕福らしい。ただ、嫁いだ娘が実家を頼るのはみっともないという考えらしく、僕はほとんど行ったことがないし、祖母が死んで厳しい祖父だけになってからはさらに足が遠のいて、もう何年も会っていない。父親方の親戚とはもともと折り合いが悪いらしく、僕が物心ついてからは会ったことすらなかった。父親の独善的な性格を考えれば、そうなるのも仕方がないと思う。

そして兄の自殺をきっかけに、近所との付き合いも完全になくなった。母親も僕も腫《は》れ物の扱いをされていて、すれ違っても目を逸らされるほどだ。

母親の世界には、僕しかいない。そして僕の世界も、学校を除けば母親だけだ。その学校での付き合いすら最低限にしてきた。

そこまでしているのに、どうしてあの人は満足してくれないんだ。これ以上僕にどうしろと言うんだ。

むしゃくしゃする気持ちをなんとか抑えたくて、無理に目を閉じる。

寝ようと思うのに、あの日見た涙岩《なみだいわ》での景色が何度もちらついて、少しも眠気はこない。

岬の崖下で、海の中に誘い込むように打ち寄せる波。

海面は荒れているように見えても、水の中では波は激しくないものだという。

海の中はどんなに穏やかだろう。どんなに安らげるだろう。邪魔するものもなくひとり自由に漂っていられるだろうその場所に、一度でいいから行ってみたかった。

「はあ……」

知らず知らずのうちに深く息を吐き出していた。でも、溜め息をつけるうちはまだ大丈夫、という気もした。きっと、本当にどうしようもない気持ちになったときは、溜め息すら出ないのだろう。

溜め息を吐き出すことで、おそらく人は、行き場のない感情をなんとかコントロールしているのだと思う。

たぶん兄は、自殺という選択をする前、溜め息のひとつもついていなかったのではないか。面《おもて》には何ひとつ出さずに全て抱え込んでひたすら耐えて耐えて、耐えきれなくなったときに糸が切れてしまって、誰にも何も吐き出せないまま、ひっそりと命を絶った。そういう気がした。

瞼《まぶた》を上げたとき、唐突に、綾瀬と話がしたい、と思った。

話を聞いてもらいたい。そんなふうに思ったのは初めてだった。今までは誰にも気づかれたくないとさえ考えて、ひた隠しにしてきたのに。

彼女だけが、僕の閉塞した世界に飛び込んできた異物だった。初めは拒否反応を起こしていたけれど、その異物は排除されることなくいつの間にか僕の世界に取り込まれ、馴染《なじ》んで、当たり前のようにそこにいる存在になった。

たぶん綾瀬は、僕とよく似ている。僕のこの苛立ちや虚しさも、きっと理解してくれる。

明日会ったら、今まで誰にも話さなかったことを、感情を、綾瀬に話そう。そして彼女がそう望むのなら、彼女の話を聞こう。

——そんな決意をした翌日、でも綾瀬はなぜか、いつもの場所に姿を現さなかった。

◇いつか海の泡になる

子どものころから何度も見る夢があった。

私は美しい鱗を持った人魚で、海の中をゆらゆらと泳いでいる。

海はとてもとても広くて、しかも私は自由にどこまでも行ける。気の向くまま、どこへでも、行きたいところへ。私を縛るものはない。

満足するまで泳いだら、水面から顔を出して、ぷかぷかと浮かんで漂う。

しばらくすると、指先が透き通って、ぷくぷくと小さな泡が出てくる。よく見ると、自分の身体が泡になって消えていくのが分かる。

全身から次々と虹色に光る泡が出てきて、身体が軽くなっていく。水の抵抗も感じなくなって、私は海に溶けるようにすっかり消えてしまう。

消えてしまうけれど、それは悲しくも寂しくも悔しくもなくて、とても幸せな満ち足りた気持ちなのだ。

「暇だなあ……」

布団の上に寝転んで、窓の外の暮れていく空を眺めながらぼんやりと呟く。

暇つぶしに宿題をしていたけれど、もともとけっこう進めてしまっていたので、一昨日の夜に終わってしまった。テレビも飽きたし、スマホは使えない。本当にやることがない。ただ息をしているだけ。

ひたすら家にいるのには慣れているはずなのに、今は妙に時間が長く思えて、何かしていないと落ち着かないような感じがする。

子どものころから、時間を持て余す長期休暇は嫌いだった。

やっと夏休みが来たと嬉しそうに騒ぐみんなを横目に、いつも溜め息をこらえるのに必死だった。

今もそれは変わらない。部活があっても、普段よりどうしたって帰りが早くなる。

帰宅が遅いとお母さんが怒るので、夕方五時には帰らないといけない。それから寝るまでの間、何時間も暇との戦いだ。お母さんがテレビを見ていたら好きな番組も見られない。

高校生になってからはスマホを買ってもらえたので適当な暇つぶしになっていたけれど、今は使えない。

外を海鳥が飛んでいった。羽澄と動物園に行った日のことを思い出す。彼は檻《おり》の中の鳥をやけにじっくりと見ていた。生まれ変わったら鳥になりたいのかな、と思ったけれど、彼の答えは違った。訊《き》き返されて、私はそんなことなど考えたこともなかったのに鳥になりたいと答えた。

嘘だ。今でもそんなことは思わない。自分が鳥になれるなんて思わない。

一週間前、羽澄と出かけているときにお母さんから電話が来て、病院に迎えに来てと言われた。自転車を取りに小走りで家に戻って、超特急で病院に向かったけれど、家や学校から直行するときに比べて三十分以上遅くなってしまった。それがお母さんの機嫌を損ねてしまった。

病院に着くと、困ったような、呆《あき》れたような顔のお医者さんから、

『ご本人の希望で一応検査をしましたが、どこにも異常は見つからなかったので、今日は帰っていただいて大丈夫ですよ。ただ、お酒の飲みすぎには注意してくださいね』

と言われた。いつものことなので、私は『ご迷惑おかけしてすみませんでした』と頭を下げ、お母さんの手を引いて診察室を出た。

どうして遅くなったのよ。私から逃げようとしてるんじゃないでしょうね。あんたみたいなぼんやりした子が独り立ちできるわけないでしょ。そんなことをぐちぐちと言われて、責められて、いくら謝ってもなかなかお母さんの怒りはおさまらなかった。

それから一週間、私はずっと、お母さんの機嫌をとるために一歩も外に出ない生活をして

いる。お母さんが仕事に行っている間も、いつ電話がかかってくるか分からないし、たまに仕事を早退してふらりと帰ってくることがあるから、とにかくずっと家にいるようにしていた。

スマホもあえてリビングに置きっぱなしにしている。家を出るつもりはない、誰とも連絡をとるつもりはない、お母さんから離れるつもりはない、そう伝えたかったからだ。

でも、あまり成功しているとは言えない。お母さんはやっぱりずっとどこか苛々しているようだった。

どうやったらお母さんが満足してくれるのか、機嫌を直してくれるのか、よく分からない。畳の上にだらりと伸びた自分の腕を見つめながら、思う。お母さんは本当は、私のことなんてどうでもいいんじゃないか。私なんかいなくたっていいんじゃないか。

お母さんは私を手もとに置きたがっているように見えるけれど、本当は私じゃなくてもいいんじゃないか。自分の手の内にある、自分の好きにできる存在なら誰でもよくて、ただそれが勝手に自分の人生を決めて、自分の手から離れていくのが許せないだけなんじゃないか。大してお気に入りでもないおもちゃを、それでも誰かに奪われたら泣き喚《わめ》く、幼い子どもみたいに。

幼いころは、お母さんは『お母さん』なんだから当然大人なんだと思っていた。でも大きくなるにつれて、他の子の親や他の大人がどんなふうなのかを知って、私のお母さんはたぶん子どもなんだと気がついた。成人だし、働いているし、私を生んで育てたのだから、確かに大人のはずだけれど、どこか一部が、どうしようもなく子どもなんだ。

いや、違うのかも。他の大人たちも、家族や親しい人の前では子どもになるのかも。

でも、みんな大人のふりをしている。お母さんだって、きっと仕事のときは大人なんだ。

でも、私の前ではそうしない。家族だから。自分の娘だから。気を遣《つか》わなくていい存在だと思っているから。

ふと、いつか担任が言っていた言葉が脳裏に甦《よみがえ》った。

『これから先ずっと続く人生――』

『自分の人生なんだから、ちゃんと考えろ』

そんなようなこと言ってたっけ。

ふ、と唇に笑みが滲んだ。『自分の人生』ってなんだ、と思う。そんなものが本当にあるんだろうか。自分の人生を自分の好きなようにすることなんて、本当にできるんだろうか。

みんなはできるんだろうか。

自分の人生。少なくとも私には、そんなものはない。

この人生がこれから先ずっと続くなんて、考えただけで憂鬱《ゆううつ》になる。まるで底なし沼にずぶずぶと沈んでいくような気分。

未来があるのは羨《うらや》ましい、とかも言ってたっけ。『未来』。未来なんて、いらない。考えるのが面倒くさい。ただぼんやり『現在』をやり過ごすだけで、それを死ぬまで続けるだけで、許されたらいいのに。許すって誰がって感じだけど。

沼田《ぬまた》先生が言っていた、『笑顔でいられる生き方』なんてものも分からないし、私が誰かを笑顔にできるわけなんてないし、どうやったら幸せになれるかなんて、一ミリも想像できない。正解なんて本当にあるんだろうか。

もしかしたら、とふいに思った。羽澄も、そうなんだろうか。

いつも寡黙《かもく》な彼と、いつもうるさい私は、全く正反対だと誰もが言うだろう。でも、なぜだか、彼と私はどこか似ているような気がする。彼は私と、同じな気がするのだ。

「……なんか、疲れたなあ……」

無意識にそんな呟きが洩れる。

ずき、と膝が痛んだ。古い怪我だけれど、未だにときどき激しく痛む。

ああ、もう、ほんと疲れる。いつまでこんなことが続くんだろう。

ぼんやりと思ってから、おかしいな、と首を傾げる。

私は今までこんなふうに考えたことはなかった。永遠に続くこの日常の中で、どうやってお母さんの機嫌を損ねずになるべく平穏に生きていくか、ということばかり考えていた。いつまで、なんて考えていなかった。

そんなことを思ってしまった自分が、少し怖くなる。変わろうなんて思っていないのに、変わりたくないのに、私は変化を望んでいるのだろうか。

変わるのは、怖い。知らない世界に放り出されるのは、怖い。それくらいなら、今のままのほうがいい。ずっとそう考えてきたはずだった。

唐突に、羽澄の顔が目に浮かんだ。脈絡のなさに自分でも少し驚く。

不思議なことに、会わなくなってからも、一日に何度も彼のことを考えていた。

羽澄どうしてるかな、と思う。突然待ち合わせ場所に行かなくなって、しかも電話も通じない。驚いているだろうし、もしかしたら心配しているかもしれない。

あと何日我慢すれば、また彼に会えるようになるだろう。毎日会っていたから、ほんの一週間顔を見ていないだけで、ずいぶん会っていないような気がした。

どこからか犬の鳴き声が聞こえてくる。三軒先の家の飼い犬だろうか。

この前ツイッターで、保護された野良犬の母子の話を見た。引き取ってくれる人を探している、というツイートに、たくさんのリプがついていた。

『保護してもらえてよかった！』

『早くお家が見つかるといいね』

『優しい飼い主に出会えますように』

そんな意見が多かった。しばらくして、子犬たちを引き取ってくれる人が何人か見つかったらしい。母犬は見つけた人のところに残ることになったと書いてあった。家族はばらばらだ。子犬たちは母親にも兄弟にも会えなくなるのだ。

それでも、みんなの反応は喜び一色だった。

『飼い主が決まってよかった！』

『もうお腹が空《す》くことも寒さに震えることもないだろう』

『温かい家庭で幸せになってね』

私だってそう思った。綺麗に洗ってもらって、人間の腕に抱かれた野良犬は、なんだか幸せそうに見えた。

でも、不思議にも思った。彼らは本当に幸せなのか？　野良犬のままでも、家族みんなで一緒にいられたほうが幸せなんじゃないか？　勝手に保護して勝手に飼い主に引き渡すのは、人間のエゴじゃないのか？

そして、保護犬や保護猫の話は心温まる美談として語られるのに、動物園の生き物たちは可哀想と言われるのはどうしてなんだろう。犬も猫も、ライオンも鳥も、みんな同じ動物なのに。

いくら考えても分からないので、考えるのはやめた。

それにしても、さっきから犬がやけに吠えている。普段はそんなに犬の鳴き声は聞こえないのに。

何かあったのだろうか。なんとなく気になって、私はのろのろと起き上がり、ベランダに出て外を見た。

夕闇の中、斜向《はすむ》かいのアパートの前をうろうろしている人影がある。三軒先の犬がフェンスに前足をかけて立ちながら、その人影に向かって吠えている。

不審者？　と怪しみながら目を凝らして、私はあっと息を呑んだ。

「……羽澄？」

後ろ姿しか見えないけれど、あの背格好は間違いない。

思わず窓に手をかけて開けそうになって、私はぴたりと動きを止めた。

だめだ。羽澄とは連絡をとらないと決めた。

でも、たった一週間会っていないだけなのに、すごく懐かしい。会いたい、顔を見たい、声を聞きたい。そんなふうに思ってしまう自分がいる。

だから、すぐに中に入ってカーテンを閉め、窓から離れるべきだったのに、しばらくその背中を見つめてしまったのだ。

羽澄はアパートの入り口にある集合ポストをひとつずつ確認するように見て、それからふっとこちらを振り向いた。

その横顔が見えたと同時に私は慌てて回れ右をした。次の瞬間。

「綾瀬！」

名前を呼ばれた。声を受けた背中に、びりっと電流が走ったような感覚になる。羽澄の声だ、と思った。

「綾瀬」

彼はもう一度、今度はゆっくりと私を呼ぶ。私は観念して、のろのろと道路へ視線を落とした。

羽澄だ。懐かしさから、こちらを見上げているその顔をまじまじと見つめ返してしまう。

こんな顔だったっけ、と思ったり、ああこの顔だ、と思ったり、心が落ち着きなく揺れていた。

「久しぶり」

一方的に音信不通になったことを責められると思ったのに、彼はなんてことない様子で軽く手を挙げた。私も手を振り返しながら「久しぶり」と微笑む。

「元気?」

通行の邪魔にならないように路肩に寄り、彼はまたこちらを見上げて言う。

「うん、元気だよー。羽澄は?」

「見ての通りだよ」

「そっか、よかった」

それきり、沈黙が流れる。天使が通った、と私は心の中で呟く。

「……なんか犬が吠えてるなあと思って見てみたら、羽澄がいたからびっくりしたよ。偶然だね、ここ、私のうちなんだ」

探るように、そう言った。だって、普通に誰か知り合いがこのあたりに住んでるだけかもしれないし。私の家を捜していた保証なんかないし。

すると羽澄は、呆れたように「そんなわけないだろ」と言った。

「綾瀬に会いにきたに決まってるだろ」

息が止まりそうになる。ごくりと唾を飲み込んで、「うん」と答えた。我ながら変な返しだけれど、それしか言えなかった。

「……下りてきなよ」

羽澄が小さく手招きをしている。私は思わず後ろを振り向いて、リビングの時計を確かめた。もうすぐお母さんが帰ってくる時間だ。

どうしよう、と迷ったのは一瞬で、次の瞬間には彼に「うん」と頷き返していた。

玄関を出て、共用廊下を小走りしているときに、寝間着がわりのよれよれのTシャツにショートパンツというみっともない格好をしていることに気がついた。でも、そのまま階段を駆け下りる。

羽澄が階段の下で待っていた。

「どうして家が分かったの？」

私が訊ねると、

「分からなかったから大変だったんだよ」

と彼は顔をしかめた。

「待ち合わせ場所に来なくて、急に連絡がとれなくなって、電話しても全然つながらないし。最初は風邪でも引いたんだろうと思ったけど、三日目くらいにさすがにおかしいと思って。様子を見にいこうと思ったけどもちろん家の場所は知らないし……」

珍しく愚痴《ぐち》っぽい口調でぶつぶつ言っている。困らせておいてこう言うのもなんだけれど、見慣れない姿を見られるのはなんとなく嬉しい。

「ごめんね。ちょっと色々あって」

へへ、と笑って言うと、彼は呆れたように肩をすくめた。

「……まあ、とりあえず、無事でよかった。ほっとしたよ」

もしかして羽澄は、私の家のことを何か勘づいているのかもしれない。無事とか、ほっとしたとか、そんな言葉が出るということは。

今までなら、こういうのはすごく嫌だった。うちが普通の家と違うということ、お母さんが普通のお母さんとは全然違うということに、小学生のころには既に気がついていて、周りにばれないように必死だった。何か気づかれそうになったら、ごまかすために必死で、何かでたらめの嘘を言っていた。

でも、今はそんな気にならない。羽澄にならば知られてもいいか、と思えた。

「どうやってここまで辿り着いたの？」

私は、家の場所も住んでいる町も教えたことがない。すると彼が渋々というように答える。

「後藤に協力してもらった。あいつの家に行って、綾瀬の家を知らないかって」

「えっ」

意外だった。羽澄が自分から後藤に接触したなんて。私の知る限りでは、彼は自分から他人に働きかけることはなかったのに。

「あいつ、変人なわりに知り合いは多いみたいで、他のクラスの友達とか中学時代の同級生とかに色々連絡してくれて、綾瀬のこと知ってるやつを探してくれて。それでこのへんに住んでるらしいって分かった。それが三日前で、それから一軒ずつしらみつぶしに『綾瀬』って表札を探してたんだよ。家って意外と多くて、一日じゃ全然見て回れなくて」

そわそわするような、落ち着かない気持ちになる。

私のために、そこまでしてくれたんだ。そう思うと、どんな顔をすればいいか、なんと答えればいいか、全く分からなくなって思わず俯いた。

視線の先には、何年も買い替えてもらえなくてぼろぼろのサンダルを履いた私の足と、まるで毎日洗ってもらっているみたいにぴかぴかのスニーカーを履いた羽澄の足。

汚すぎるサンダルも、綺麗すぎるスニーカーも、きっとどこかおかしい。

足下にはもう影がなかった。あたりには夜の色が漂い始めている。どこからか、野菜を刻む包丁の音とカレーの匂い。もうそんな時間なのか。

そろそろ戻らないと、と思う。お母さんが帰ってくるかもしれない。今日は夜の仕事があるから帰りは遅いはずだけれど、たまに気まぐれに早く帰ることもあるから、油断できない。もしも羽澄と一緒にいるところを見られたら大変だ。だから早く部屋に戻らないと。

頭では分かっているのに、でも、足が動かない。私は俯いたまま固まっている。

羽澄が何も言わないことに気づいて、ふと目を上げると、じっとこちらを窺うように見ている視線に絡めとられた。心の中まで見通されてしまいそうなまっすぐな眼差し。

そのとき、スマホが震える音がした。羽澄がぴくりと反応する。電話なのか、いつまでもバイブ音は続く。それでも彼は動かない。しばらくして、その唇が薄く開いた。

「……ちょっと、歩かない？」

羽澄の言葉に、私は「うん、行く」と即答した。なんにも考えられずに、ただ頷いた。溺《おぼ》れている人が、目の前に投げ込まれたものを迷いなくつかむように。

お母さんがいつ帰ってくるか分からないから、ずっと家にいるようにしていた。この一週間、ずっとそうしていた。これ以上機嫌を損ねてしまったら、修復するのが大変だと考えたからだ。とにかく家にいさえすれば、どこにも行くつもりはないという意思表示をしておけば、今よりもこじれることはないと考えていた。

でも、ずっと閉じこもっているのがなんだか妙に息苦しく感じて、外の空気が吸いたいと思う自分がいた。

そこに羽澄が来てくれた。

彼の顔が見たい、声が聞きたいという思いは確かにあったけれど、少しでいい、と思っていたはずだった。それなのに、実際に顔を見たら、ほんの数分話したくらいでは足りない、と思ってしまった。

だから、二つ返事で誘いを受けてしまった。

それと、頭の片隅を、『これでお母さんの気持ちが分かるかもしれない』という考えもよぎった。『お母さんが帰ってきたときに、もしも私が家にいなかったら、お母さんはどうするだろう。どう思うだろう』。お母さんにとって私が、いったいどういう存在なのか。

その思いつきが、私の口を開かせた。

「ねえ羽澄。私ね、行きたいところがあるんだけど」

お母さんは本当は私のことなんてどうでもいいんじゃないか。側にいるのは私じゃなくても別にいいと思っているんじゃないか。私はお母さんに愛されていないんじゃないか。

その答えを、見つけたかったのだ。

◆世界は希望に満ち溢れて

「ナイトアクアリウムに行きたいと思ってたんだ。ほら、夏休み前に後藤が言ってた……」

綾瀬の言葉に、僕はすぐには頷けなかった。

だって、水族館までは電車で片道一時間以上はかかる。今から行って、館内を見て回って。それから帰途についたとしたら、家に帰り着くのは何時になる?

ちょっと歩かないかと彼女を誘ったとき、僕は小一時間ほどの散歩くらいのものを想定していた。

彼女がいつになく落ち込んでいるような気がして、普段通りに話しているようだけれど、どこか空元気に感じて、気晴らしに連れ出そうという程度の思いつきだったのだ。家に遅く帰るつもりは毛頭なかった。

でも、普段の僕とは違う考えが、ふと頭をもたげた。

僕はいつもいつも、母親を心配させないように必死だった。こまめに連絡して、帰りも遅くならないように高校も部活もそういう基準で選んで。

それなのに、母親はいつまで経っても僕を信用せず、がんじがらめに縛りつけてくる。

いつまで母親のために生きればいいんだ。

そんな不満が、自分でも気づかないうちに、僕の中に溜まっていた。

いつまでこんな生き方を続けなきゃいけないんだ。こんなのはおかしいじゃないか。

そんな自分の思いと、どこか元気のない様子の綾瀬への心配が絡み合って、気がついたら僕は、

「いいね、行こう」

と答えていた。

また、スマホが震えた。『今日は遠出をするから帰りが遅くなる』、そんな連絡をしておこうかと、一瞬思った。でもすぐに打ち消した。

少しくらい帰りが遅いことなんて、他の高校生だったら珍しくもない。僕が今までどれほど気を回していたか、母親に少しは理解してもらえるきっかけになるんじゃないか。

綾瀬は「じゃあ行こう！」とすでに歩き出していた。置き手紙でも書いておいたほうがいいんじゃないか、と声をかけそうになったけれど、やめた。きっと彼女にも、そうしない事情や彼女なりの考えがあるのだろう。

きっと僕も彼女も、帰宅したらひどく叱られることになるだろう。僕は別にいいけれど、

こちらから誘った手前、彼女があまりひどく怒られるのは申し訳ない。水族館から戻ったら、まずは僕も一緒に彼女の親に会って、自分が誘ったのだ、僕のせいなのだと謝ろう。土下座でもなんでもする。

きっと、ひとりではこんな考えには至らなかった。

綾瀬がいなかったら、おそらく僕はずっと鳥籠《とりかご》の中の人生に甘んじるだけだった。

でも、初めて気がついたのだ。僕の鳥籠には扉があり、それは内側から開けることができるのだと。一方的に閉じこめられているのではなく、自ら閉じこもっていただけなのだと。

ポケットの中のスマホは、さっきから断続的に何度も何度も震えている。僕は小さく息をつき、電源を落とした。これでもう煩《わずら》わされることはない。

最寄り駅に向かって歩いている途中で、唐突に綾瀬が声を上げた。

「あっ、財布持ってない！」

両頬に手を当てて「しまった」と嘆き、それから「ていうか」と照れたように笑う。

「財布があったところで、大して持ってないんだけどね。アパート見たから分かると思うけど、うちあんまり裕福じゃなくて、お小遣い少なめでして……」

僕は彼女の言葉を遮って「いいよ」と言った。

「僕が誘ったんだから僕が払うよ」

「いいの？　ごめんね、ありがとう！」

綾瀬は両手を合わせて頭を下げた。

彼女は嘘つきかもしれないけれど、とても素直に謝罪や感謝の言葉を口にする。僕はいつもうまく言えないので、そういうところは心から尊敬する。

どういたしまして、と答えながら内心では、何を偉そうに、と自分を嘲笑《あざわら》った。払うと言っても、これは僕のお金ではなく、親からもらったものだ。そのことがひどく情けない。鳥籠から出たところで、自分の力では生きていけない子どもだ。

早く大人になりたい、と思った。せめて大学生になったら、アルバイトで稼ぐこともできる。

いや、でも、あの母親はアルバイトを許してくれるだろうか。『お小遣いならたくさんあげるから、バイトなんてしないで家にいて』と言われそうだ。

大人になりたいけれど、どうしようもなく子どもだ。でも、だから今日くらいは、親に行き先も告げずに、門限も気にせずに、どこかへ行ってみたい。それくらい、いいだろう。

ふたり分の切符を買って改札を通り抜ける。

僕も彼女も交通ICカードは持っていなかった。僕は通学で電車もバスも使わないし、休みの日に友達と出かけることもないし、そして何より、母親が「そんなものいらないでしょう」と言うからだ。たぶん彼女も同じなんだろうと思う。

ホームのベンチに座り、上りの電車を待った。

郊外にあるこの駅には、普通電車しか停まらない。ふたつの急行電車を見送り、十五分ほど経ったころにやっと目的の電車がホームに滑り込んできた。

車内は、がらがらというほどではないものの乗客は少なかった。こんな時間から都心へ向かう人は少ないのだろう。僕と綾瀬は肩を並べて座り、反対側の窓の外を眺める。

低い家屋か田畑ばかりの田舎らしい風景から、徐々にマンションや大型施設が目立つ景色に変わっていくにつれて、空は薄闇から夜色へと近づいていく。まもなく終点に到着するとアナウンスが入ったときには、すでに日は落ちていた。

見上げても視界に入りきらないほど大きな高層ビルやマンションが、空を覆い尽くすようににょきにょきと林立している。都会は夜でも妙に明るい。僕らの住む町とは全く違う。

「うわーすごい、ビルばっかり。森みたいだね」

車窓をびゅうびゅうと流れていく光景に、綾瀬が感嘆の声を上げた。

と同時に、ぐるると音が聞こえる。彼女がぱっと胃のあたりに手を当てて、「あっ」と頬を赤く染めた。

「えへへ……お腹鳴っちゃった」

照れ隠しのように笑う彼女に、僕はふっと噴き出し、「僕もお腹空いてる」と言う。

どうせなら自分の腹も鳴ってくれればいいのに、と思ったけれど、そうそう思い通りにはならない。

「思ったより早く着きそうだし、おにぎりとかパンとか買って食べながら行こう」

「だね。お腹ぺこぺこのまま水族館行ってもゆっくり見れないし」

ちょうど電車が停まり、僕たちはホームに降り立った。

「どこか食べ物売ってる店ないかな」

キオスクか何かないか、と首を巡らせてみる。

「時間が時間だから、もう開いてる店ないかもね。コンビニどこにあるかな……」

「あっ、明かりついてるお店あるよ！」

綾瀬が向こうを指差して声を上げた。

「立ち食い蕎麦《そば》だって。都会って感じ。羽澄、立ち食い蕎麦って食べたことある？」

「いや、ないよ。ちょっと食べてみたい。それに短時間でさっと食べられそうでいいかも。綾瀬がよければ、あそこにする？」

「うん！」

彼女は嬉しそうに大きく頷き、それから慌てたように、

「お願いします！」

と付け足した。どうやらお金のことを気にしているらしい。どう答えるべきか分からず、うん、と頷く。もっとうまく会話できればいいのに、と自分に呆れた。

入り口に自動販売機があったので、そこで食券を購入して店内に入った。

「おいしそう……！　いただきます」

「いただきます」

ふたりとも黙々と箸を動かす。

半分くらい食べたところで、やっと彼女が口を開いた。

「おいしい！　本当おいしい」

立ち食いの店は初めてだった。立ったまま食事をするというだけで、なんだか非日常という感じがして、そんな些細《ささい》なことでもわくわくする。解放感というのだろうか。

妙に晴れやかな気持ちだった。親の許可を得ずに遠出をしていること、立ち食い蕎麦を食べていること、これから夜の水族館に行くこと。初めての経験ばかりで、その全てに胸が躍っていた。

僕は今まで変化を望んでいなかった。いつもどこか息苦しかったけれど、そのことに関して苦痛も不満も感じず、そういうものだと思っていた。先の見えない真っ暗な中でも、人は手探りで充分生きていけると思っていた。何かが変わるという可能性すら考えたことがなくて、だから変化を望むという発想がそもそもなかった。

でも、一週間ぶりに会った綾瀬が『色々あって』と頼りなげに笑ったのを見たとき、彼女が抱えるものに思いを馳《は》せたとき、『ここにいてはいけない』と思った。自分もだけれど、自分のことよりもずっと強く、彼女をここから連れ出さないといけないと思った。

彼女との出会いが僕に教えてくれたのだ。変わること、変えることはできるのだと。

そうしたら突然、変わりたい、変えたい、という強い気持ちが心の奥底から湧き上がってきて、そのことに僕はとても驚いた。そんな気持ちが自分の中に隠されていたとは思わなかった。

きっと今まですっと蓋《ふた》をして、胸に秘めて、自分でも気がつかないようにしていたのだ。

彼女の存在が僕の心の蓋を取り去って、秘めていた気持ちを外に出してくれた。

未来は明るい、という耳慣れた言葉が、初めて明確な意味を持って僕の胸に響く。

そうだ。暗いと感じたなら、カーテンを開けて光を浴びればよかったんだ。息苦しいのなら、ドアを開けて外に出ればよかったんだ。そんな当たり前のことを、どうして思いつけなかったんだろう。

「綾瀬」

気づかせてくれた人の名前を、小さく呼ぶ。

ごちそうさま、と手を合わせていた彼女は「んー?」と首を傾げてこちらを見た。

「……ありがとう」

うまく説明できる気がしなくて、ただ一言だけに全ての気持ちを込めて伝える。

「なんかよく分かんないけど、どういたしまして」

彼女がへらりと笑うと、陽が射してあたりが明るくなるように感じる。

ホームから階段を上り、二階にある改札口へ向かう。途中の窓から見える外の景色は、もう完全な夜だった。

夜闇《よやみ》に沈んだ世界は、それでも僕の目には、希望の光に満ち溢れているように映った。

改札を通り抜けるとき、駅員が妙にじろじろとこちらを見ていた。数人で顔を寄せ合って、こちらを指差しながら何か話している、ような気がした。

まあ、気のせいだろう。そう考えながらも、なんだか少し胸がざわざわする。

外に出ると、いつの間にか雨が降り出していた。そういえば、台風が発生して日本列島に近づいていると朝のニュースで言っていた気がする。

「けっこう降ってるね……傘ないけど、どうしよう」

「買うしかないね」

すぐ近くにコンビニを見つけて、小走りで駆け込む。

入ってすぐのところに雨具コーナーがあったものの、急に天気が崩れたせいで売れてしまったのか、ビニール傘が一本しか残っていなかった。折り畳み式のものすら売っていない。

「まあ、いいか。そんなに遠くないはずだし、一本あれば充分だね」

僕は別に傘がなくてもかまわないので、綾瀬が濡れずにすむのならそれでいい。

彼女は「うん」と頷き、それからなぜか照れたように笑った。

「相合い傘だね」

するつもりなのか。僕はひそかに動揺する。それは想定していなかった。

そんな簡単にしてもいいものなのか？　綾瀬は嫌じゃないのか？　感情を面《おもて》に出さないように必死で制御する。

僕は濡れるのが好きだから、とかなんとか言って傘は彼女に渡すか。そんなことを考えながら会計を済ませ、店を出る。

軒下で一度立ち止まり、傘を開こうとしたところで、左手に傘、右手に釣銭を持っていることに気がついた。財布も傘も開けない。

僕は綾瀬に「ちょっと持ってて」と小銭を渡す。そして傘を開き、どうしようかと迷った末、黙って彼女に傘を渡した。

彼女は小銭を「とりあえず持っとくよ、後で返すね」とポケットに入れ、それから「ありがと」と傘を受け取ると、当たり前のように僕と彼女にまたがる形で傘を差した。

思わず後ろに身を引き、「僕はいいよ」と告げる。彼女は心底不思議そうに「なんで？」と言って、僕の横にするりとやってきた。

僕は彼女の手から傘を奪い取り、なるべく彼女が濡れないように、でもあからさまになって気を遣わせないように、微妙な加減に苦心しながら傘を持った。

「持ってくれるの？　ありがと。私、相合い傘って初めて」

「……そう。で、水族館はどこだろう」

僕はなんとなく綾瀬の顔を見ることができず、水族館を探すふりをして首を巡らせる。彼女もあたりを見渡し、

「あ、そこの看板に、水族館はこちらって書いてあるよ」

「本当だ。徒歩五分か、近いね」

「よかったー。これならナイトイルカショーにも間に合うね」

綾瀬が嬉しさを堪《こら》えきれないように小さく跳ねた。その姿に、僕は思わず笑う。

肩を並べて水族館の方向へと歩き出したとき、向こうからスーツ姿の男がふたりやってくるのが見えた。

なんとなく異様な雰囲気を感じて、何気なく目で追っていると、なぜかどんどんこちらへ近づいてくる。

嫌な予感に捕らわれたときには、彼らはもう目の前で立ち止まっていた。

「――羽澄想くん、だよね」

なぜ僕を呼び止めたのか。なぜ僕の名前を知っているのか。

わけが分からず、驚きと困惑で頭が真っ白になる。

「え……誰？　知り合い？」

綾瀬が怪訝そうに訊ねてきたので、僕は首を横に振った。

年かさの男が、「驚かせてごめんね」と彼女にも微笑みかけた。

「我々は興信所の者です。まあ、探偵と言ったほうが分かりやすいかな」

「は……？」

その瞬間、点と点がつながった。

力が抜けて、傘を取り落としてしまった。拾わなきゃ、と頭では考えているのに、身体が動かない。

アスファルトを叩く雨の勢いが強くなった。跳ねた水飛沫《みずしぶき》が、足下を濡らす。

僕と綾瀬は、激しい雨に打たれながら、時が止まったように硬直したまま。

◇そして絶望の雨が降る

ああ、終わったんだ、と思った。

どこへも行けないまま、なんにも始まらないまま、私たちの小さな旅は終わった。あっけない。本当にあっけない。

私と羽澄は、探偵と名乗る彼らに、近くのファミレスへと連れていかれた。もちろん強制ではなかったけれど、断れる雰囲気でもなかった。

テーブル席の奥のほうに私たちは向かい合う形で座らされ、逃げ道を塞ぐように通路側の席に座った彼らから事の経緯を聞かされた。

羽澄のお母さんが夕方ごろに『息子と全く連絡がとれない。こんなことは今まで一度もなかった。事件か事故に巻き込まれたに違いない』と警察署に相談に行った。でも、『きっと夜になれば帰ってきますよ、それか家出じゃないですか、喧嘩《けんか》とかしてませんか』などと言われてしまい、まともに取り合ってもらえなかった。

そこで羽澄のお母さんは興信所に駆け込んで、『お金はいくらでも払うから今すぐ息子を捜して』と依頼したらしい。

すぐさま彼らが、電車で遠出をしたのではないかと地元の駅で聞き込みをして、ここまでの足どりを辿っていたという。

さらにこの駅の駅員さんに電話で私たちの特徴を伝えて、行方不明の学生を捜している、見かけたら連絡をくれとお願いしておいたらしい。そして改札で見かけた駅員さんから電話が入って、コンビニから出てくるのを待ち受けていたのだ。

まさかこんな形で終わりを迎えるなんてなあ。汗をかいたドリンクバーのグラスを見つめながら思う。興信所なんて、テレビドラマでしか聞いたことがない。本当にあるんだなあ、探偵って聞くと一気に胡散臭《うさんくさ》い感じがするな、なんてどうでもいいことが頭をよぎる。自分のことなのに他人事《ひとごと》のようで、全く現実味がない。

「君たち、もしかして家出？　まさか、親に交際を反対されて駆け落ちとか？」

時間稼ぎのためだろうか、若いほうの探偵が、疑問形なのにこちらの返答なんて気にしていないみたいに、勝手にぺらぺら喋りだした
私は黙ったまま、家出なんかじゃないのになあ、と思う。そんな大それたことじゃなくて、ただちょっとだけ、檻の外に出て、遠くに行ってみたいなと思っただけなのに。

「うーん、答えたくないかあ」

最初に呼び止められたときは、怒られるのかと思って少し怖かったけれど、実際には穏やかな口調で妙ににこやかに話してくる。

羽澄はどこかぼんやりと上の空な様子で、テーブルの角あたりを見ていた。

彼の心の中は、今どんなふうに動いているのだろう。もしかして、自分のお母さんのせいでこんなことになってしまったと、私に申し訳なく思っていたりするのだろうか。そんなことはないのにな、と思う。

私のお母さんは、私がいないことに気づいて警察に通報したりしただろうか。いや、そんなはずないか。まだ九時だし、帰宅してもいないかもしれない。

ああ、夜の水族館、行きたかったな。そんなことを考えていると、若い探偵がスマホを取り出して画面に目を落とし、年配の探偵に目配せをした。

「……そろそろ出ようか」

私と羽澄は言われるがままに席を立つ。会計は探偵たちがしてくれた。

店を出て、駅に向かっていたそのとき、

「想ちゃん!!」

突然、前方から悲痛な叫び声が聞こえてきて、私はぱっと顔を上げた。

「あああ、よかった! 無事でよかった……!」

駅のほうから走ってきた女の人が、羽澄に駆け寄り、ぶつかるように抱きついた。これが彼のお母さんだろうか。

羽澄は身を硬くしたまま無表情で彼女を見下ろしている。

「ママがどれほど心配したか……! もう二度と会えないんじゃないかと思ったのよ……。ああ想ちゃん、想ちゃん、本当によかった……」

涙を流しながらすがりつく姿は、心から我が子を心配している、優しく温かい母親に見える。

でも羽澄の表情は、逃げ道を断たれて絶望に沈んでいる人のように虚《うつ》ろで暗かった。その手が脱力したようにだらりと垂れる。

取り乱して息も絶え絶《だ》え《だ》に泣き続ける羽澄のお母さんに、探偵のひとりが声をかけた。

「お母さん、落ち着いて。息子さんは怪我もなくご無事ですよ、本当によかったですね」

「ああ、ああ、ありがとうございました……！　この子が家を出ていったときから、ずっと生きた心地がしなくて……！　想ちゃんがいなくなったら、私もう生きていけないんです……本当にありがとうございました……」

両手で顔を覆いながら泣き崩れる姿に、探偵たちは笑顔でよかったよかった、と何度も頷いている。

……なんだろう、これ。

私は目の前の光景をぼんやりと眺める。

まるで映画のワンシーンのように感動的な再会。これで万事解決、というように笑顔を浮かべている大人たち。

でもその中心にいる羽澄は、ただただ疲れ切っているように見えた。

こんなにお母さんから愛されて、大切にされているのに、彼はどうしてそんな顔をしているんだろう――何も知らなかったら、私もそう思っていたかもしれない。

そんなことを考えながら黙って見つめていると、羽澄のお母さんが突然こちらを見た。

「綾瀬さん」

名前を呼ばれて、反射的に「はい」と答える。

彼女が何か言おうと口を開いたとき、また駅のほうから声が聞こえてきた。

「水月！」

私は驚きに目を丸くして振り向く。

「え……お母さん？　なんでここに？」

私の呟きに、ああ、と若いほうの探偵が頷く。

「君と一緒にいるんじゃないかって羽澄さんが言うのでね、君のお母さんに電話で確認したんですよ」

「水月!!」

お母さんは険しい表情でハイヒールの音を高く鳴らしながら近づいてきた。

「何を考えてるの！　こんなところまで勝手に、私になんの報告もしないで……！」

そう言いながら、私に向かって手を上げた。

私は反射的に身体をよじらせる。お母さんの指先が軽く掠《かす》めた頬が、一瞬だけ熱くなる。

「……ごめんなさい」

頭を下げて、謝った。お母さんはぐっと唇を噛み、それから突然踵《きびす》を返す。

ぱんっ、と鋭く乾いた音が、鼓膜《こまく》に突き刺さった。

ほとんど同時に、羽澄のお母さんが「きゃああっ！」と悲鳴を上げた。

何が起こったか分からなくて、私は一瞬、思考停止してしまう。

でも、次の瞬間、片頬を押さえて下を向いた羽澄の姿を見て、私のお母さんが彼を平手打ちしたのだと理解した。

「お母さん！　何するの⁉」

私は叫びながらお母さんの手にしがみつく。

「想ちゃん、想ちゃん、大丈夫⁉」

羽澄のお母さんが、息子を庇《かば》うように守るように抱きついた。彼はすぐに「大丈夫」と答える。

お母さんは眉をきつく吊り上げて、羽澄を睨《にら》んだ。

「なんてことしてくれたの！　うちの大事な娘を勝手にこんなところまで連れ出して……！家出したいならひとりですればいいでしょ！　水月に何かあったらどうしてくれるのよ‼」

すると今度は羽澄のお母さんが彼を抱きしめながら、私のお母さんに鋭い視線を投げかけた。

「想ちゃんは家出なんてするような子じゃありません。本当に親思いの優しい子なんです！」

「やめてよ、ママ」

羽澄が顔を歪めて言った。

お母さんが彼らを睨みつけながら私の肩をつかむ。

「じゃあ、水月が悪いって言うの!?」

「お母さんやめて！　私が誘ったんだよ、羽澄は悪くない！　なんで叩いたりするの!!」

私はお母さんの手をつかんで、「羽澄に謝って！」と必死に訴える。

「そんなはずない、あの子を庇ってるんでしょ！　水月は私に黙って出かけたりしないでしょ!?」

「そういう問題じゃないでしょ……とにかく謝ってよ！」

泣きそうだった。なんでこんなことになってしまったんだろう。悔しくて、悲しくて、目の奥が熱くなる。

「まあまあ、おふたりとも、そのへんで」

「ちょっと落ち着きましょう」

探偵たちがお母さんたちを引き離すようにして止めに入った。

「家出なんて、思春期の子どもにはよくあることですよ。我々も家出人の捜索は何十人とやってきましたし。人目もありますから、あとはおうちでよく話し合ってもらって、ね」

年配のほうの人が微笑みを浮かべながら、取りなすように言った。

お母さんたちは少し落ち着きを取り戻し、しばらく押し黙った。

それから羽澄のお母さんが深々と頭を下げた。

「……ご迷惑をおかけして申し訳ありませんでした。いずれにせよ、息子の行動は私の監督不行き届きです……。母親失格ですね」

肩を震わせる彼女に、探偵たちは「そんなことありませんよ」と声をかける。

「いえ、私は本当に、だめな母親なんです。お腹を痛めて生んだ子どもなのに、何も理解できていなくて……」

ママ、と羽澄が囁いた。慰めるような、でも困り果てたような、小さな声だった。

「もう二度とこんなことがないよう、厳しく言って聞かせますから……」

「お母さん、そんなにご自分を責めないで。無事だったんだからよかったじゃありませんか」

「……うちもすみませんでした。ご迷惑おかけしました」

私のお母さんも探偵たちに頭を下げる。そんな姿を見たのは初めてで、なんだか居たたまれない気持ちになって私は俯いた。

うなじに雨が打ちつける。おかしいくらいに冷たく感じて、思わず身震いした。

ちらりと目を上げると、羽澄が暗い瞳で虚空《こくう》を見つめていた。


「いやあ、愛だなあ。おじさん感動しちゃったよ」

若いほうの探偵が、帰り際に私たちに話しかけてきた。

「こんな時間に捜し回ってくれたり、電話一本で仕事を早退して飛んできてくれたり……いいお母さんたちじゃないか。愛がないとできないことだぞー。君たち本当に愛されてるなあ。

お母さんに感謝しなきゃ、ね」

うんうん、と年配の探偵も頷いた。

「そうだよなあ。君らにとってはちょっとした冒険かもしれんがなあ、親にとっては心配で食事も喉を通らんっちゅうやつだ。今後は親に心配かけるようなことはしないようにな」

「……はい」

私と羽澄は、ただただこの場をしのぐためだけにそう答えた。

私たちが虚ろな目をしていることに、きっと大人たちは一生気づかないのだろう。

六章　人魚の夢

◆壊れたものは戻らない

「――ママはちゃんと分かってるからね」

帰りのタクシーの中で、母親は繰り返しそう言った。

「想《そう》ちゃんはあの子に唆《そそのか》されただけなんでしょう？」

「想ちゃんは優しいから断れなかったのよね」

「想ちゃんは本当はママを心配させるようなことしない子だものね」

「想ちゃんの優しさにつけ込まれちゃったのよね」

「想ちゃん大丈夫よ、ママは分かってるわ」

想ちゃん、想ちゃん、想ちゃん。ママ、ママ、ママ。

耳を塞ぎたくなる。

でも僕は、窓に映る夜の景色を見るともなく見つめながら、うん、うん、と頷くだけだった。なんだかひどく疲れていて、身体も口も思い通りに動かせなくて、反論する気力もなかった。

綾瀬《あやせ》ごめん、と心の中で謝る。

こんな親でごめん。好き放題に言わせてごめん。庇《かば》ってあげられなくてごめん。

でも、もう、疲れてしまった。母親と対話することに。

どうせ何を言ったって信じてもらえない。母親は自分のいいようにしか物事を解釈しないし、僕が自分の意志で母親に黙って遠出したなんて、いくら言っても認めないだろう。言えば言うほど、綾瀬のせいにされてしまうに違いない。

探偵に見つかったとき、まずは驚いて、混乱して、困惑して、頭が真っ白だった。

でも、彼らがこれまでの経緯を説明してくれるのを聞いている間に、どんどん感情の温度は下がっていき、そして、探偵から連絡を受けた母親が姿を現したとき、冷たい絶望のようなものが僕の胸の中に満ちていった。

ほんの少し、羽目を外すとまでもいかない、いつもと違うことをしてみたかった。わずらわしい連絡の嵐を無視して、自分たちの行きたいところに行ってみたかった。鳥籠《とりかご》の外の自由を味わってみたかった。

それなのに、高校生の息子とほんの数時間連絡がとれなくなっただけで、警察だ探偵だとたくさんの人を巻き込んで騒ぎにするなんて。どう考えてもおかしい。

こんなちっぽけな願いすら、叶えさせてくれないのか。

窓の外は、外灯もなく真っ暗闇だった。

返事をしない息子の様子から何かを悟ったのか、母親が「想ちゃん」と消え入りそうな声で言った。僕は少しだけ視線を車内に戻す。

「……もうママを困らせないでね」

視界の片隅で、母親は両手で顔を覆い、さめざめと泣いていた。

「ごめん」

また、いつもの癖でそう言った。

「ごめん、ママ。困らせるつもりじゃなかったんだ。泣かないで」

ほとんど意味を持たない、ただ形式的に口を動かしているだけの言葉。

「想ちゃんまでいなくなったら……琉《りゅう》ちゃんみたいにいなくなっちゃったら、ママはもう……」

ああ、だめだ、と思う。

母親の涙を見ると、僕はいつも透明な包帯でぐるぐる巻きにされたような気持ちになる。

身体も思考も言葉も、自由を奪われてしまう。

なんとか伝えようと必死に自分の思いを言葉にしてみても、行動に移してみても、いつだって母親の涙で僕はがんじがらめになり、口を塞がれ、手足を縛られる。振り払えばすむことだと分かっていても、動けない。

あのときの涙が、未だに僕の全身を濡らしている。

兄が死んだ翌日、昼過ぎに家を出た母親が、大きな箱と共に帰ってきた。中には兄の遺体が横たえられていた。

集まってきた親類と葬儀社の人たちが何やらばたばたと動き回る中で、僕はやっと兄と対面した。

顔には目立つ傷はなかった。でも、真っ白な着物を着せられて真っ白な布団に寝かされている兄は、死に顔についてよく聞く『眠っているような』という表現とはかけ離れていて、どう見ても血の通っていない硬質な印象を受けた。

『ああ、お兄ちゃんは本当に死んじゃったんだな』と僕は思った。

葬儀場へ行く直前、納棺をした。兄の寝ていた布団のシーツを何人もの大人で両側から引っ張って遺体を持ち上げ、棺《ひつぎ》の中に移動させた。僕もシーツの端を持って手伝った。

そのときに足の裏で触れた、兄の眠っていた場所が、まるで氷みたいに冷たかったことを妙にはっきりと覚えている。幼い僕をよく膝にのせてくれていた兄の、あの身体の温《ぬく》もりは、いったいどこへ消えたんだろう、と子ども心に不思議に思った。

母親はほとんど誰とも喋《しゃべ》らず、ずっと虚《うつ》ろな目をして兄の傍《かたわ》らに座り込んでいた。

映画やドラマでよく見る、遺体にすがりついて泣き崩れる様子は、まったくの嘘《うそ》っぱちなんだ、と僕は思った。家族が前触れもなく突然死んでしまったとき、人はその現実をすんなり受け入れることなんてできない。ただただ呆然《ぼうぜん》とする。

少なくとも母はそうだった。通夜でも葬式でも涙ひとつ流さず、ただずっと座っていた。父親や近しい親戚が声をかけて促すまで、移動さえままならなかった。

そんな中でも、僕が会ったこともなかった遠い親戚のおじさんやおばさんたちが、魂の抜けたような母親に向けて、聞くに耐えないような言葉を投げかけた。

『可哀想になあ、まだ高校生なのに自殺なんて、可哀想なことをしたもんだ』

『ずっと悩んでいたんでしょうね。誰か相談できる人はいなかったのかしら?』

『様子のおかしいところはなかったの? 声をかけてあげれば思い止《とど》まったでしょうに……』

『どうして分かってやれなかったんだ。母親なのに何も気づかなかったのか』

『母親が子どもを放って遊び回っていたせいだろう』

おそらく母の百万分の一も兄への愛情など持たない大人たちが、兄の死への悲しみややるせなさを口実に、一方的に母を責め立てた。怒りに顔を歪めながら鋭いナイフで切りつけるように、あるいは悲しげに涙ぐみながら真綿で首を絞めるように。あらゆる形で母は責められていた。

いや、本当は彼らは、兄の死を心から悲しんだり悼《いた》んだりはしていなかったと思う。本当に悲しみや絶望を感じていたら、母親のように涙も言葉も出ずにいたはずではないか。

でもどちらにせよ、若くして命を絶った人間の死に心を痛めているのなら、その死に責任の一端があると自らが勝手に判断した誰かを、責めてもいいのだろうか。怒りや悲しみは相手をいたぶってもいい理由になるのだろうか。

彼らの行為は一見、正義なのかもしれない。でも、見たこともないくらいに憔悴《しょうすい》して項垂《うなだ》れる母のうなじに、容赦《ようしゃ》なく残酷な言葉を浴びせる大人たちの姿は、僕の目にはどうしても、正しさとしては映らなかった。ただただ残酷で恐ろしく、冷たく、うすら寒い光景にしか見えなかった。

僕は幼かったので兄についてそれほど多くを覚えているわけではないが、彼は物静かで大人しく、そしてとても優しく、いつも周囲に気遣《きづか》いをしているような人だった記憶がある。ほとんど家に帰らない父の代わりを務めるように、年の離れた弟の遊び相手をよくしてくれた。母に対しても家事の手伝いや話し相手などを進んでやっていた。

そんな兄のことだから、おそらく母親に心配をかけたくないという思いで、自分の悩みや葛藤を決して面に出さないように、ひたすら隠し通してきたのだと思う。気づけなかった母親に非はないはずだ。

母親は、兄の棺が火葬炉に消えていくときに初めて、たがが外れたように泣き叫び、崩れ落ちた。あまりの剣幕に、誰ひとり近づくことすらできなかった。

火葬が終わるのを待つ間、母親は僕を強く強く抱きしめながら、延々と泣いていた。身体中の水分が流れ出して干からびてしまうのではないかと心配になるほど、嗚咽《おえつ》を洩《も》らしながら泣き続けた。僕の服は母の涙でびしょ濡れになった。

その死をこんなにも悲しんでくれる人がいるのに、どうして兄は自殺なんてしてしまったんだろう。

骨が砕けそうなほどにきつく母親に抱きしめられながら、僕はそんなことをぼんやりと考えていた。

親戚の何人かは、泣き崩れる母親を気の毒そうに見つめながら、僕にこう言った。

『想くん、お兄ちゃんの分も頑張ってしっかり生きていくんだよ』

『想くんのお父さんはお仕事で忙しいから、これからは想くんがお母さんを守って支えてあげなくちゃね。お兄ちゃんもそう願ってるよ』

幼かった僕はいちいち素直に頷いた。一見励ましや優しさに聞こえたその言葉たちが、後になって、まるで呪いのように僕にまとわりついてくるとも知らずに。

葬儀が終わってからも色々な手続きや法事などがあり、母親は毎日忙しそうにしていた。それらが終わったとき、溜まっていた疲れが出たかのように突然熱を出してしばらく寝込み、回復してからはどこかふわふわと宙に浮いているような、幽霊みたいな様子で日々を過ごした。ときどきひどく塞ぎ込んで、食事さえままならない日もあった。

僕はあえて今までと同じように話しかけ、なんでもない学校での出来事を語ったりしたけれど、帰ってくるのは気力だけで浮かべたような微笑みと生返事ばかりで、僕が口を閉じると急に泣き出したりしていた。

僕はどうすればいいのか分からなくなってしまった。母親を支えろと言われたけれど、どうやったら元気になってもらえるのか、以前のように笑ってくれるようになるのか、幼い僕には見当もつかなかった。

何度目かの法事のとき、母親が誰かと話しているのを聞いたことがある。

『あの子が死んだのは私の責任よ』

『早くあの子のところに行ってあげたい……』

『想ちゃんがいなかったら、私とっくに死んでるわ……』

僕はそのとき、言葉にならない衝撃を受けた。

母親は、本当は兄のところに行きたいのに、僕の面倒を見なければいけないから行けずにいる。

僕がいなかったら死んで楽になれたのに、僕のせいで苦しみ続けている。

知らぬ間に僕は母親の足枷《あしかせ》になっていたのだ。

一度、母親の代わりに食事を作ろうとして、鍋に触れてしまって軽い火傷《やけど》をしたことがあった。水で冷やしたらすぐに赤みが引き、痛みも一瞬だったので、大丈夫だと僕は言ったのに、それでも母親はひどく取り乱して、夜の病院に連れていかれた。申し訳程度に薬を塗られてガーゼを貼られた僕の手を胸に抱き、ぼろぼろと泣いた。

『もう二度と危ないことはしないで』

『火に近づいちゃだめ、調理実習もお休みしなさい』

『想ちゃんにまで何かあったらママはもう……』

そのときに気がついた。僕は何もしなければいいのだ、と。何もしないことが唯一、母親に心配をかけず、迷惑もかけずに済み、母親を助けることになるのだと悟った。

兄の死から半年ほどが経つと、母親は少し落ち着いてきて、今まで通りの生活ができるようになった。でもその一方で、まるで人が変わったような振る舞いをするようになった。

それまでは子どもに必要以上に構うタイプではなく、家事や育児の合間を縫って自分の趣味に勤《いそ》しむような人だったのに、個人の楽しみは全て放棄して、僕に対して過保護、過干渉に接するようになった。

僕を呼ぶときも、幼いころのように『想ちゃん』と呼ぶようになった。僕が気恥ずかしさから『ママ』と呼ぶのをやめようと決意し、初めて『母さん』と声をかけたときは、まるで世界の終わりみたいに絶望した。

『そうやってママから離れていくのね……』

何かに怯《おび》えるように震えながら泣く母親の様子が恐ろしくなって、僕はそれ以来ずっと『ママ』と呼び続けている。

母親はたぶん、僕にいつまでも子どもでいてほしいのだ。親の庇護《ひご》の下でなければ生きていられない、幼い子どもでいてほしいのだ。

僕が帰宅すると毎日学校のことを訊《たず》ねてきて、友達関係のことを聞き出そうとした。何度かは同級生に直接会って僕の学校での様子を訊ねたり、『うちの子を傷つけるようなことをしたら許さない』としつこく迫ったりした。

僕は友達と遊ぶのをやめた。新しい友人も作らなかった。だんだん誰とも話さなくなった。母親に人間関係を心配されるくらいなら、そのせいで友人に何か迷惑をかけてしまうのではないかと気を揉《も》むくらいなら、初めから誰とも親しくしないほうがずっと楽だと思った。

進路も全て母親が決めた。僕が自分なりに考えて進学先を選ぼうとすると、口には出さないものの明らかに不機嫌になった。今の高校を受験したのは、家から近く徒歩で通えて、自転車や電車を使わずにすんで安心だから、という母親の提案だった。大学も学部も、きっと母親が決めるだろう。

今母親の側にいるのは僕だけ、母親のもとに唯一残された僕は母親を支え助けなければいけない。そう考えて、僕は文句も言わずにひたすら従ってきた。

その一方で、どうして僕が、という気持ちも、心の片隅にいつも巣くっていた。

兄が死んだのは兄の事情で兄の勝手なのに、なんで僕がこんな思いをしなくちゃいけないんだ？　兄が死ななければ僕はこんなふうに重荷を背負わされなくてすんだのに。兄が生きていれば僕は普通に自分の好きなように生きられたのに。

兄が死んだことで、僕は自分の生き方を兄の死によって方向づけられなくてはいけなくなった気がして、その不条理さが僕を苦しめた。

そして何より、優しかった兄のことをそういうふうに思ってしまう自分を嫌悪した。きっと悩んで悩んで、苦しんで苦しんで苦しみ抜いて、死を選ぶしかなかった兄を、どうしようもなく恨んでしまう自分は、血も涙もない人間だと思った。

でも、そんな思いは全て呑み込んで蓋《ふた》をして、目を背《そむ》けて意識から閉め出して、とにかく波風を立てないようにしてきた。

そんな十年間を淡々と過ごして、僕もどこか気が緩んでいたのかもしれない。綾瀬と、自分でも驚くほど親しく過ごすようになった。

そして案の定、彼女を巻き込んでしまったのだ。


深夜に帰宅してすぐにベッドに入り、泥のように眠った。夢も見ないほど深い眠りだった。目が覚めたときにはすでに昼近かった。

ベッドから身を起こしてすぐ、綾瀬はどうしてるだろう、と思った。

彼女の母親は、ずいぶん怒っていた。ひどく責められたりしていないだろうか。

それもこれも僕のせい、僕の母親のせいだ。あんな大騒ぎにしてしまったからだ。

綾瀬が今ひどい目に遭っているのではないかと不安になり、まずは連絡をとろうとスマホを手にしたとき、がちゃりと部屋のドアが開いた。

「想ちゃん、起きた？」

隙間から母親が顔を出す。

「おはよう、想ちゃん。具合はどう？　痛いところはない？　気持ち悪かったりしない？」

毎朝恒例の質問。僕はスマホをベッドの脇に置き、「おはよう、ママ」といつも通り答える。

「具合は悪くないよ」

「そう、よかった。昨日は連れ回されて大変だったものね」

「いや、だから……」

さえぎるように母親が続ける。

「想ちゃん、疲れてるでしょう。今日は一日家でゆっくり休みなさいね」

僕はスマホに視線を落とした。

綾瀬に会わないと。せめて様子を少しでも見ておかないと心配だ。

「……いや、あとでちょっとだけ、外に――」

「だめよ」

言い終わらないうちに、母親に遮られた。

「今日はおうちにいなさい、想ちゃん」

母親は微笑んでいた。柔らかく優しい口調だけれど、ひどく断定的だった。僕はしばらく言葉を失い、それから自分を奮《ふる》い立たせた。

「……でも、ちょっとだけ、……行かないと」

「だめ」

母親の顔が少しずつ歪んでいく。

「あの子と会うつもりなんでしょう？　……想ちゃん、また断れなくて、あの子に付き合うことになっちゃうわ、きっと」

母親の言葉には、はっきりと非難するわけではないものの、どうしても僕の家出を綾瀬のせいにしたい思いが滲《にじ》み出ていた。昨日からずっとそうだ。うんざりする。

そういうことじゃない、と反論しようとしたとき、

「……嫌な予感がしてたのよ」

ふと、母親が俯《うつむ》きがちに小さく呟いた。

「あんなおうちの子と仲良くしたら、想ちゃんによくないことが起こるんじゃないかって……」

嫌な予感、あんなおうち。

母親の言葉にひっかかりを覚えて、僕は眉をひそめる。

「水月《みづき》さん、だっけ？　あんな恵まれない家庭で育ったんだもの、あの子も可哀想な子なのよね。逃げたくなったって仕方がないわ。想ちゃんの優しさを利用したくなるのも分かるわ」

どくどくと心臓が脈打つ。なんとか声を絞り出して、訊ねた。

「……どういう意味？　さっきから何を言ってるの？　綾瀬のこと何も知らないのに、そんな……」

「知ってるわ」

母親がゆっくりと顔を上げた。

「調べたもの」

「……は⁉」

僕は大きく目を見開いた。

「調べたって、どういうこと？　どうしてそんなこと……」

知らず、声が鋭くなってしまう。調べた、という無機質な響きが、激しい動悸《どうき》を呼ぶ。

母親は少し目を泳がせて答えた。

「夏休みになってから、想ちゃん、様子がおかしかったでしょう。今まではずっと夏休みはおうちにいたのに、いったいどこで何をしてるのか不安になったから、想ちゃんの後をつけたのよ。そしたらあの子と待ち合わせているのを見て……」

後をつけた？　なんだそれ。しかもそれでどうして調べるなんてことになるんだ。

込み上げる混乱と苛立《いらだ》ちを必死に抑え、なんとか静かな口調で説明を試みる。

「……どこで何してるって、部活が同じだから、ただ一緒に帰ってきただけだよ」

「でも、次の日も、その次の日も、一緒だったでしょう。朝からずっと……学校にも行かずに」

頭に血が上るのを自覚する。

一週間前、学校に電話して部活をやっているのか確かめたと言っていた。あれはつまり、僕の後をつけて綾瀬と会っていることを知り、部活が休みだということを裏づけるための行動だったのだ。

おかしい、と思った。いくらなんでも、いくら親でも、こんなことをするのはおかしいのではないか？

「なんで後つけたりするんだよ……」

詰《なじ》りたくなるのを必死に堪《こら》えて、声を抑える。

「だって想ちゃん、友達はいなくていいって言ってたじゃない。それなのに一緒にいるってことは、あの子は特別なんでしょう？　それならママはどんな子なのか知らないといけないもの」

「知らないといけないって……」

「それが親の役割だもの。想ちゃんが少しでもおかしなことに巻き込まれないか、危ない目に遭わないか、ちゃんと知っておくべきなのよ。そうしないと、親失格なのよ」

母親の目は、ぞっとするほど虚ろだった。

ああ、そうか、と思う。兄が自殺したとき、誰よりも周りから責められ、そして自分でも自分を責めたのは、母親だった。

だから、僕の行動を全て見張らないといけないと思っているのか。僕が兄と同じような道を辿らないように。

気持ちは分からないでもない。でも、こちらが話していないことまで何もかも把握しようとされるのは、なんとも言えない背筋の寒くなるような違和感があった。

母親が、傍らに置いていた二枚の封筒のひとつから、紙を数枚取り出した。

「これね、興信所に頼んで調べてもらっていた資料なの」

僕はまた息を呑む。

「は……？」

「そうよ。綾瀬さんについて、身辺調査をしてもらってたの」

想像を絶する言葉が次々に母親の口から飛び出してきて、僕は目眩《めまい》を覚えた。

昨日、興信所の探偵とあんなにも早く連携できたのは、もとから連絡を取り合っていたからなんだ。綾瀬の母親にすぐ連絡をとれたのも、そういうことだ。

「なんだよ、それ……！」

「だって心配だったんだもの。想ちゃんの仲良くしてる人がどんな人なのか、ママは知っておく義務があるでしょう」

「な……」

驚きと衝撃で絶句する僕をよそに、母親は資料をこちらへ見せながら、すらすらと説明を始めた。もう何度も読んで内容を暗記しているかのように。

「綾瀬さんは母子家庭なんですって。近所の人に話を聞いてもらったんだけどね、父親はどうやら不倫して妻子を捨てて出て行ったらしいって……ひどい男ね。お母様は女手ひとつで綾瀬さんを育てたようだけど、昼にも少し働いてるけど夜の仕事もしてるんですって。水商売みたいよ……いつも派手なお化粧とお洋服で……。確かにそういう雰囲気の方だったわよね。よくない男の人とお付き合いもあるみたい。それとね、子どものころ、どうやら暴力を振るわれてたらしいって。ひどい痣《あざ》があるのを近所の方が何度も見たって……。それに今も、自分でスーパーで食べ物を買ったりしてるらしいわよ、おつとめ品の半分腐ったような格安のものを買ってるって。きっと食事の世話もしてもらってないんだわ。確かにちょっとおかしいくらい痩せてるものね、育児放棄されてるんじゃないかしら」

今まで彼女について気になっていたこと、引っかかっていたことが、どんどんつながっていくような気がした。細すぎる身体、傷跡、青痣。そういうことだったのか、と思う。

でも、こんなのは、違う。おかしい。

目眩がひどくなる。これ以上は聞きたくなくて、僕は目を閉じ耳を塞ぐ。それでも母親の声は鼓膜《こまく》まで忍び込んでくる。

「あの子には申し訳ないけど、お世辞にもいい環境とは言えないわ……。そんな家じゃあ健全に育つわけないわよね。虚言癖もあるみたいね、やっぱり精神的におかしいんだわ、可哀想に。もちろん本人には責任はないでしょうけど、こんな子と仲良くしたら、想ちゃんに悪影響があるに決まってるわ。もう親しくするのはやめなさい」

「なん、で……そんな……」

呼吸が荒くなる。肩で息をしながら、僕はとうとう叫んだ。

「……勝手なことするなよ！」

母親が驚いたように目を瞠《みは》った。

「どうして勝手に友達の家のことまで調べたりするんだよ！　おかしいだろ！」

こんなどこまで本当か分からないことを、綾瀬がきっと人に知られたくなくて必死に胸に秘めてきたことを、自分から話していないことを、僕は知りたくなかった。

「だって、想ちゃんのためよ」

母親は当たり前のように答える。

「子どものためって言えばなんでもやっていいとでも思ってるのかよ!?」

こんなふうに声を荒らげて反抗したのは初めてだった。母親は驚いたような顔をしたものの、それでも自分の正当性を疑わない。

「ママは想ちゃんのことが心配なのよ。心配でしたことなのよ」

「心配なら何やってもいいのかよ。そんなに僕を思い通りにしたいのかよ。自分のお眼鏡に適《かな》う人間だけと付き合えって!?」

「思い通りだなんて……そんなふうに思ってるんじゃないのよ。ただ、変なお友達と付き合って変なことに巻き込まれたらと思うと心配で心配で……」

僕のことを心配しているような口ぶりだけれど、本当は母親の心には、兄のことしかないのだ。兄の死という呪縛から逃れられず、それを理由に僕を縛りつけようとしている。

「……いい加減にしてよ……」

僕は深く息を吸い込んで、それから告げた。

「――僕は、兄さんとは、違う……」

母親が大きく目を見開き、言葉を失ったように口をぱくぱくさせた。それから掠《かす》れた声で叫ぶように言う。

「どうしてそんなこと言うの……！」

母親は、わっと両手で顔を覆った。肩を震わせている。

「想ちゃん、おかしくなっちゃったのね。全部あの子のせいでしょう。今までとってもお利口さんだったのに、あの子のせいで、ママにそんな口をきくようになっちゃったのね……」

この世の終わりのように嘆く声。

「どうしてそんな子になっちゃったの……ママはこんなに頑張って育ててきたのに……」

『恩着せがましい言い方するなよ。誰が育ててって頼んだ？』

言いかけた言葉を、飲み込む。ぎりぎりのところで最低限の自制心が働いた。もうひとりの自分が僕の口を塞ぐ。それだけは言っちゃいけない、と頭の中で制止の声が響いた。

しばらくして、ふっと母親が顔を上げた。青ざめた顔に、ひきつったような笑みが浮かんでいる。

「やっぱり転校するしかないわね」

あまりにも唐突な単語で、すぐには意味が理解できず、僕は硬直してしまう。

「やっぱり、あの子がいる学校だと環境がよくないわ。あの子、か弱くて頼りなくて、なんだか気になってしまうものね。想ちゃんは優しいから、近くにいたら放っておけないのよね。だから、転校したほうがいいわ」

「ちょ、ちょっと待って……何言ってんだよ」

僕は混乱したまま、なんとか言葉を絞り出す。

「ね、転校しましょう。実はもう新しい学校も決めてあるのよ」

母親は妙に嬉しそうに、もうひとつの封筒の中から資料を取り出した。隣県の高校のパンフレットらしい。

「ここはね、年に二回編入試験をやってるんですって。三月と九月に。九月の試験に間に合うように、早く願書を書かなきゃね」

「そんなこと……できるわけないだろ……嫌だよ……」

僕はもはや唖然《あぜん》としていた。冗談か、そうでなければどこかおかしくなってしまったとしか思えない。

「大丈夫よ、想ちゃんなら。賢いもの、絶対に合格できるわ」

「そういうことじゃなくて!」

叫んだ僕を、今度は懇願するように見上げてくる。

「……ねえ、お願いよ、分かってちょうだい。ママは想ちゃんのためを思って言ってるのよ。

あなたが好きだから。想ちゃんは分かってくれるわよね」

次々と浴びせられる言葉が、僕の中を素通りしていく。

でも少しずつ少しずつ、心の奥底に澱《おり》のようなものが堆積《たいせき》していく。十年近くかけて積み重なってきたそれが、どんどん水面に近づき、どうしようもないくらいに僕の中から溢れ出しそうになっていることに、僕はもう気づかないふりができそうにない。

「あなたのためを思って言ってるのよ。想ちゃんはまだ子どもだから分からないでしょうけど、大人になったらママの気持ちがきっと分かるわ」

「……それは」

気がつくと、心の奥に沈澱《ちんでん》したものが内側から僕の口を押し開いていた。

「それは本当に、僕のためなの？」

とうとう言ってしまった。心の中で何度も何度も紡いできた疑問を、とうとう言葉にしてしまった。

「え……？」

母親の顔色が変わった。驚いたように目を見開いている。

「僕のためじゃなくて、自分のためなんじゃないの？」

一度堰《せき》を切って溢れた水は、もう誰にも止められない。全てが流れ出して勢いが衰えるまで、僕自身にも止められない。

「ママは……母さんは、いつもいつも僕のためだって言うけど、僕がどうしたいか聞いてくれたことはない。僕の気持ちを全部無視して決めたことは、本当に僕のためなの？」

自分でもびっくりするほど、すらすらと言葉が出てきた。

冷静に、冷静に。感情的になったら意味がない。そう自分に言い聞かせているのに、どんどん早口になり、声も大きくなってしまう。

「母さんは僕のために僕のことを考えてるんじゃなくて、僕を自分の望む通りの形にするために考えてるだけに、僕には思える」

「何を……言ってるの」

母さんは絞り出すように言った。顔は青ざめている。

「母さんは、僕を、自分の手の届く範囲に置いておきたいだけだろ」

「それは……それは、だって、近くにいないと不安だもの。想ちゃんのことが心配だから。ママは想ちゃんがいないと生きていけないから……」

ぴくりと頬が痙攣《けいれん》するのを感じた。

僕がいないと生きていけない。その言葉はもう聞き飽きた。僕を必死に縛りつけようとする、底なし沼に引き込もうとする、呪いのような言葉。

そんなふうに言われて、僕が喜ぶとでも思っているんだろうか。いや、違う。その言葉をぶつけることで、僕を思い通りに操作しようとしているだけだ。

でも、僕はもう、母さんの人形ではいられない。兄の身代わりではいられない。

やり場のない怒り、焦り、虚しさ。自分でも処理しきれない感情がどんどん膨れ上がって、内側から爆発する。

「――本当は、僕が消えたほうが、清々《せいせい》するんじゃないの」

ずっと、ずっと、胸に秘めていた言葉。それを口にした瞬間、母さんは息を呑んだ。

「え……？　どういうこと？」

唇が勝手に、ふっと笑みの形に歪むのを自覚する。

「母さんは、僕がいなければよかったって思ってるんだろ」

「そんな……そんなわけないじゃない！」

母さんが叫びとともに立ち上がった。

「ママは想ちゃんがいなかったらここまで生きてこられなかったわ……！」

「それは、僕がいなければ、こんなに苦しい思いをしてまで生きなくてもよかったってことだろ」

母さんは言葉を見失ったように口をぱくぱくさせる。その顔を見つめながら、「僕は」と囁《ささや》くように言った。

「僕は……母さんを生かすために生きてるの？　母さんを満足させるためだけに生きなきゃいけないの？」

「想ちゃん……」

「僕は母さんのために生きてるわけじゃない」

僕の言葉のナイフが母さんの心に突き刺さり、ぼたぼたと血を流している。そうなると分かっていて、僕は言ったのだ。どうにかして変えたかったから、変わりたかったから。

でも、母さんの目がじわりと滲んだ瞬間、そんなことをしても無駄だったと悟った。

「想ちゃん……どうして分かってくれないの……ママは、ママは……」

母さんは両手で顔を覆った。指の隙間から溢れ出した涙が手の甲を伝う。

僕は震える息を吐き出した。

「ずるいよ……。そうやっていつも母さんが泣くから、僕はなんにもできなくなる。我慢するしかなくなる……」

いつもそうだ。自分の思いを伝えようにも、母さんが泣くから、僕は口を閉ざすしかなくなる。

「……母さんは、僕を、苦しめたいの？」

違う、そんなわけないじゃない、と母さんは首を振る。

「ママは想ちゃんのことが大事なの。想ちゃんだけがママの生き甲斐《いがい》だから……ママは想ちゃんのためだけに生きてきたんだから……。なのに、どうしてママを悲しませるようなことを言うの……？」

涙でぐちゃぐちゃになった顔で、母さんが僕にすがりついてくる。

僕は反射的にその身体を支えようと手を伸ばし、それでも支えきれずに体勢を崩して、ソファに倒れ込んだ。

それでも母さんは、ぎゅっとしがみついてくる。

僕は脱力して天井を仰《あお》いだ。だめだ、何ひとつ伝わっていない。

ずっと頑張ってきた。母さんを不安にさせないように、泣かせないように常に気を張り、全て母さんの言う通りにやってきた。いつか安心して僕を信頼してくれるようになったら、母さんの不安もなくなるだろうと、そのために頑張ってきた。

それなのに、この人は変わらない。だから僕も変われない。永遠にこのまま、この家に縛りつけられて。

「ああ神様、私から想ちゃんまで奪わないでください……」

僕からたくさんのものを奪ったのに、綾瀬まで奪おうとしているのに、自分は奪われたくないのか。でも、

「……僕は母さんの所有物でも、母さんの付属物でもない」

「神様どうか、どうか、想ちゃんは私のたったひとつの宝物なんです、他にはもう何もいらないから、想ちゃんだけは……！」

ほら、やっぱり。

母さんは壊れてしまったんだ。兄が死んだあのときに。

だから僕のことは見えていない。僕の声が聞こえていない。

母さんには僕の気持ちは分からないし、僕も母さんの気持ちを理解することはできない。分かり合える日は、きっと来ない。

「ああ、想ちゃん！　ママの大事な想ちゃん！」

絶望に身を沈める僕を、強く強く抱きしめる。僕を抱きしめているようでいて、きっと自分自身と兄を抱きしめている。

気持ちが悪い、と思った。強烈な執着と依存、吐き気がするほど気持ちが悪い。

そして、それに抵抗できず、どこか諦めてしまっていた自分自身も、気持ちが悪い。

「……分かった」

何が、とは言わず、僕はそう言った。

母さんがはっと目を上げる。

「分かってくれた？」

「うん、分かったよ」

「よかった……！」

僕は宙を見て笑った。


僕の答えに安心したのか、母さんはやっと僕の部屋を出ていった。

外が薄暗くなってきたころ物音がしなくなったので、足音を忍ばせて一階に下りてみると、母さんはリビングのソファで眠っていた。ずいぶんとぐっすり寝ているようだ。

僕はまた自室に戻った。

スマホを起動して、メッセージや着信がないかを確かめる。綾瀬からの連絡はなかった。電話をかけようか。どんな様子か確認したいし、何より声が聞きたい。そんなことを思った自分に、少し笑う。

転校、という言葉を母さんが口にしたとき、真っ先に頭に浮かんだのは綾瀬だった。転校なんかしたら彼女と会えなくなる、という考えだった。

今の学校にはこれっぽっちも未練なんてないけれど、彼女に会えなくなるのは我慢ならないと思った。

それで初めて気がついた。僕はどうやら、綾瀬のことが好きだったらしい。離れたくない、と当然のように思うほどに。

スマホが震え始めた。

画面を見ると、『公衆電話から着信』と表示されていた。いたずら電話かもしれない。それでも僕は通話ボタンを押して、スマホを耳に当て、「はい」と応える。電話の向こうから、微《かす》かな声が届く。

「……分かった」

頷いて、通話を切る。

再び足音を忍ばせて階段を下り、母さんの寝息を確かめてから、キッチンに入った。シンク下の引き出しを開けて、果物ナイフを取り出す。

右手に持ったままリビングに行き、眠る母さんの前に立って、寝顔を見下ろした。

「……さようなら。今までありがとう」

起こさないように小さく、小さく囁いた。

◇ひとりぼっちの蛍たち

荒れ果てた家に帰るたびに、どうしようもなく荒《すさ》んだ気持ちになった。

ここが私の檻《おり》で、外に出ることはもちろん許されなくて、一生ここで生きていくしかないのだと考えると、何をどんなに頑張っても無駄だと思い知らされる。なんだか全てがどうでもよくなってくる。

お母さんとふたりきりの家。お母さんの機嫌が悪くなると、家中の雰囲気が重苦しくなって、息もうまく吸えない気持ちになるのだ。

私は青い鱗《うろこ》を抱きしめながら、夜闇《よやみ》に沈みつつある部屋の中をじっと見つめる。

小学二年生のころまでは、ここにお父さんも一緒に暮らしていた。

でも、それは別に温かく幸せな思い出なんかじゃない。今となってはむしろ思い出したくもない日々だ。

お父さんは、お酒を飲んで酔っ払っていたり、何か気に食わないことがあったりすると、鬼みたいな顔で怒り狂い、暴れる人だった。暴力も暴言もひどかった。突然怒鳴り声を上げて暴れ出すので、今でも大人の男の人の大声を聞くと、反射的に身体が震えてしまうくらいだ。

お母さんはいつも些細《ささい》なことで怒られ、物を投げつけられ、叩かれ、殴られ、蹴られ、張り倒され、罵倒されていた。

私はそれほど日常的に痛めつけられることはなかったけれど、一度も可愛がってもらえた記憶はない。私が覚えているのは、苛々したように貧乏ゆすりをしながらお酒を飲む後ろ姿ばかりだ。ほとんど目を合わせてもらえたこともなかった。

気が短くてすぐにキレる上に二日酔いばかりで、当然仕事は長続きせず、失業中は毎日昼間からだらだら寝ていた。首になって苛々しながら一日家にいるので、私もお母さんも機嫌を損ねないようにひどく気を遣った。お父さんが真面目に働かないので、お母さんはいつも仕事に出ているイメージだった。

今思えば本当にどうしようもない父親だったけれど、それでも幼い私は、お父さんに自分の存在を認めてほしくて、褒められたくて、愛されたくて、いつも必死だった。幼稚園のときに一生懸命ひらがなを覚えて、五十音図を全部埋められるようになった。学校の勉強を頑張って国語と算数で百点をとった。でも『お父さん、見て見て』と声をかけても、険しい顔で『今忙しいんだ、話しかけるな』と言われるだけだった。

小学校に入ったころから、お父さんはたびたび私にも暴力を振るうようになった。

一年生のとき、学校で習った歌を家で練習していたら、『うるさい、黙れ！』と怒鳴りつけられ、思いきり平手打ちをされた。

私の顔をすっぽり覆えるほどの巨大な手のひらが大きく振りかぶられ、迫ってくる映像がいまだに記憶にこびりついている。

吹き飛ばされそうな衝撃と同時に破裂するような音が鳴り、たぶん脳震盪《のうしんとう》のような状態になって、一瞬記憶が飛んだ。気がついたら私は床に倒れていて、頬が焼けるように熱く、鋭い耳鳴りがした。しばらく頭がくらくらして立ち上がることもできなかった。

それ以来私は、歌おうとすると声が出なくなった。お父さんが目の前にいるわけじゃないのに、あのときの恐怖が甦《よみがえ》ってきて、息が苦しくなって、どうしても歌えなくなった。

二年生のときは、お父さんが昼寝をしている間にとこっそり運動会のダンスの練習をしていたら、いつの間にか目を覚ましてしまったお父さんに後ろから背中を蹴られた。全く気づかなくて身構えることもできなかったから、無抵抗に倒れてしまって、足首を捻《ひね》り、膝も強打した。少し肉が割れた。痛くて痛くて、地面に足をつくだけで激痛が走り、しばらくは泣きながら歩いた。

でも、誰にも言うなと釘を刺されたし、いつも仕事で疲れているお母さんに迷惑をかけたくなかったので、絶対に言わなかった。病院に行かなかったせいで変な治り方をしてしまったのか、十年経った今でも足首がときどき痛むし、膝の怪我も痕が残っている上に痛みが出る。

特に走ると痛くなることが多くて、それまではかけっこが得意だったけれど、その年の運動会からずっとビリだ。それに、怪我《けが》をした足を庇うせいでうまく走れなくなり、周りからからかわれることも多かった。体育の時間になると、私はわざと転んだり、大袈裟に不格好な走り方をするようになった。

『具合悪いの？　やる気ないの？　どっち？』

一度、クラスの女子の集団に囲まれて詰め寄られたことがあった。お父さんに蹴られて怪我をした、なんて正直に答えることなどできるわけがなくて、

『……私、実は人魚なんだよね。だからうまく歩けないし、歌も歌えないの』

とっさにそんな嘘をついてごまかした。

我ながら突拍子もない、ごまかせるわけなどない嘘だけれど、それでも自分としては渾身《こんしん》の嘘だった。走れない、歌えないのは人魚だから。なかなかよくできていると思って、気に入った。だからその嘘をことあるごとに口にした。

大人の男の人の怒鳴り声を聞くと、勝手に身体が震えるようになった。特に、男の先生が生徒を叱る声が苦手だ。急に大声を上げられると、どうしようもなくびくついてしまう。それを隠すために、わざと大袈裟に驚きの声を上げ、自分から飛び上がるようになった。

私の行動にみんなが怒り、呆《あき》れ、次第に諦め、私に必要以上にかまわなくなった。『嘘つき水月』だとか『かまってちゃん』だとか呼ばれるようになり、嫌われ、疎《うと》まれ、遠ざけられた。

それでもよかった。そのほうが過ごしやすかった。

私が嘘をつき始めたのには、理由があった。自分のことを、家のことを、みんなに知られたくなかったからだ。

お父さんが暴力を振るうこと、お母さんがだんだんおかしくなってきたこと、お父さんに嫌われている自分。知られたくないことばかりだった。みんなだって、私の中身や家庭環境を知っても不愉快になるだけだろう。だから、嘘をついたほうが私も周りも気楽でいられると思ったのだ。

それからしばらくして、お父さんはある日突然、姿を消した。ちょっと出かける、と家を出て、そのまま帰ってこなかった。生きているのか死んでいるのかも分からない。

理由は忘れてしまったけれど、お父さんが私をひどく叱った翌日のことだった。

お父さんが出ていってしまったことは、もちろん驚いたしショックではあったけれど、悲しくはなかった。お母さんとふたりの生活のほうがずっと楽しそうだと思った。

でも、お母さんは違った。世界の終わりみたいに悲しんで、絶望に暮れ、『お父さんがいないと寂しい、どうやって生きていけばいいの』と泣いた。お母さんもあんなに殴られていたのに、それでもお父さんのことが好きだったんだ、とそのとき初めて知った。

毎日夜遅くまでお酒を飲むようになったお母さんが、泥酔して半分寝ながら、一度だけ言ったことがあった。

『お父さんは水月のせいで出ていったんだよ。水月がおりこうにしてないから、お父さんは呆れて、嫌になって出ていっちゃったんだよ。水月が私からお父さんを奪った……』

お父さんがいなくなったときの、数百倍の衝撃だった。自分のせいだなんて想像もしていなかったから、お母さんがそんなふうに思っているのだと知って、ものすごくショックだった。

お母さんにまで嫌われてしまうかもしれない、どうやったら許してもらえるだろう、と。

翌朝になると、お母さんは前夜のことなどすっかり忘れたように私を抱きしめて、『水月、私をひとりにしないで。どこにも行かないで』と泣いた。あんなに弱々しい姿は初めて見た。そのとき、お母さんの背中を撫でながら、私は思ったのだ。私がお母さんからお父さんを奪ったのなら、せめて私はお母さんの側にい続ける義務がある。私は絶対にお母さんから離れない。

それから私は、お母さんを不安にさせないことを第一目標に生きてきた。学校が終わったらすぐに帰り、休みの日も遊びには行ったりしなかった。中学校は部活が強制だったから、少しでも帰りが早く、休日に活動のない部を選んだ。

幼かった私は、たぶん使命感のようなものに燃えていたんだと思う。そうすることで、自分がお父さんに好かれなかったせいでお母さんを悲しませてしまった、という罪悪感を軽くすることができるような気がしていたのだ。

でも、私がお母さんの近くにいようとすればするほど、お母さんの様子は少しずつおかしくなった。少し帰りが遅くなるだけで泣きわめいて怒り狂い、手当たり次第に物を投げつけてくる。卒業後の進路の話なんてしようものなら、大変なことになる。お父さんが乗り移ったみたいな怒り方だった。

尋常《じんじょう》ではないくらいに依存されているような気がした。そして底なし沼に取り込まれていくような気分だった。だけど、お父さんは私のせいでいなくなったんだから、私がお母さんと一緒にいてあげないと、と思った。

でも、それがどんどん重荷に感じられるようになって、家にいるのが息苦しくなった。

私のそんな思いを、たぶんお母さんは察知していたのだと思う。きっと私の心が離れかけているのを感じ取って、そのころから頻繁に救急車を呼ぶようになった。私を心配させて、自分のもとに繋《つな》ぎ止めておこうとしているのだと、なんとなく分かった。

そんなころに羽澄《はすみ》と出会って、彼といるときだけは存分に空気を吸えるような気がして、ますます家に帰るのが憂鬱《ゆううつ》になっていったのだ。

「こんなのがあるからいけないのよ！」

そう叫んで、お母さんが私のスマホをひっつかみ、思い切り壁に投げつけた。

ぶつかると同時に鈍い音と鋭い音が両方聞こえて、ゴツッと床に落ちる。

画面が割れてぐちゃぐちゃになっていた。たぶんもう壊れてしまって使えないだろう。

お母さんの許可も得ずに家を脱け出し、羽澄とふたりで遠出したことに、お母さんはひどく怒っていた。今まででいちばん激しい怒りだった。

「どうしてあんなことしたの⁉」

「私がどう思うかも分からなかったの⁉」

「私のことなんてどうでもよかったの⁉」

「私から離れるつもり⁉」

「あんたなんか自立できるわけないでしょ‼」

家に戻ってからずっと、お母さんは浴びるほどにお酒を飲みながら私を責め続けている。

運悪く今日はお母さんの仕事が休みで、夜通し怒られていた。

同じ言葉の繰り返しばかりで、ごめんなさいごめんなさいと謝りながらも、私は粘っこい眠気に襲われて、正座したまま うとうとしてしまった。すぐに激しく肩を揺すられて目が覚める。

はっと顔を上げると、お酒のせいか怒りのせいか、真っ赤な顔をしたお母さんがきつく私を睨《にら》んでいた。

「ごめんなさい！」

反射的に謝って、背筋を正した。

「謝ればいいいと思ってるんでしょ！」

謝るしかないのに、謝ることさえ責められたら、どうすればいいか分からない。

また溜め息が出そうになって、必死に呑み込んだ。

「水月は私の気持ちを何も分かってない」

お母さんが苛立ちをぶつけるように缶ビールを力いっぱいにテーブルに置いた。飲み口から飛び出した黄色い液体が、畳に染みを作る。

「どうしてなの？　私はずっと水月を育てるためにひとりで頑張ってきたのに、どうして離れようとするの？」

ぎりぎりと締めつけるように、強く手首をつかまれる。痛い。私は唇を噛んで痛みに耐える。

「お父さんがいなくなっちゃって、この世にたったふたりだけの家族なのに、どうして水月は……」

お母さんの言葉は、潮が満ちるように私の中に少しずつ浸食してきて、私を身動きできなくさせる。

どこにも逃げられない。

お母さんの前だと身体が硬直して、言いたいことも言えないし、どうしたって言うことを聞いてしまう。

「ねえ、どうして分かってくれないの？」

「分かってるよ……ごめんって」

「口先だけ謝るのはやめてよ！　どうせ私のこと馬鹿にしてるんでしょ！」

どんなに穏やかに、理解を示している顔をしたって、謝ったって、無駄だ。

そもそもお母さんは私の言葉を聞き入れるつもりも信じるつもりもないのだ。自分の考え方だけが正しいと思い込んでいる。

だから私は俯いたまま、この嵐が去るのを待つ。

「水月！　聞いてるの!?」

酔っ払っていて力の加減ができないのか、つかまれている手首がさらに血が止まりそうなほど強く握りしめられる。また痣になりそうだ。

「ねえ、まさかまた遠くの学校に進学しようなんて思ってないよね？　高校受験のときみたいに……」

「……そんな、こと、ないって」

間が空いた上に、声が少し詰まってしまった。

「じゃあ、これはなんなのよ!!」

お母さんがいきなりテーブルの下に手を突っ込み、何かを取り出して天板にバシッと叩きつけた。

あ、と声が出た。終業式の日に学校で配布された進路の本と、夏休み明けに提出の新しい進路希望調査票だった。この本を使って休みの間に自分の進路希望をある程度固めておくように、と指導された。

学習机の引き出しのいちばん奥に隠しておいたはずだったのに、どうしてお母さんが持っているのだろう。

と同時に、どうせ後で書き直すのだから今だけ……と進学希望にチェックを入れたことと、大学一覧のいくつかのページに付箋《ふせん》を貼っていたことを思い出し、一気に血の気が引いた。

「え……と、それは……」

震える声で言葉を探す。でも、うまい言い訳を考えつく前に、お母さんが低く訊ねてきた。

「……ねえ、水月。就職するって言ったよね？　なんで進学希望になってるの？」

私は混乱して真っ白な頭をぶんぶん振る。

「いや、あの、間違って書いちゃったのかも……」

でも、お母さんの顔はどんどん険しくなった。

「それならなんで大学のページに付箋が貼ってあるの？　行く気もないのに付箋なんか貼らないでしょ。ねえ、水月！　どういうことなの⁉」

「ちが……違う、ただ適当に……」

そんなその場しのぎの言い訳が通用するわけもない。いつもは自分でも呆れるくらいにいくらでも嘘をつけるこの口が、今は全く役に立たない。

お母さんが「嘘つくな！」と叫び、付箋のついていたページをびりびりと千切りとった。それから、東京の大学名を書いて消した跡の残る調査票も、裂くように破った。

「ねえ、東京に行くつもりなの⁉　逃げるの、私から逃げるの⁉」

お母さんが本を投げ捨て、私の両肩をつかんだ。ぎりぎりと締めつけるように強く、強く。

爪が食い込んで鋭い痛みが走る。

痛い、と思わず声を上げたけれど、お母さんにはたぶん聞こえていない。力が緩むことはなかった。

「あんたのせいであの人はいなくなったのに、あんたも私を捨てるの⁉」

お母さんは激しく私を揺さぶった。金切り声が耳をつんざく。

「どうしてよ！　なんで分かってくれないの⁉　私は水月がいなくなったらどうすればいいの⁉　倒れて死んじゃうかもしれないのに、出ていくつもりなの⁉」

私は目を閉じて、再び嵐が去るのを待つ。

しばらくするとお母さんは、涙をぼろぼろ流しながら私を睨みつけて呟いた。

「この親不孝者……。水月のために頑張って働いて必死に育ててきたのに、私を裏切るんだね……」

そして、苦い笑みを浮かべながらひきつった顔で言った。

「――あんたなんか、生まなきゃよかった……」

鋭いナイフで心臓をずたずたに引き裂かれたような気がした。

そう思っているんじゃないかと薄々気がついてはいたけれど、実際に口に出されたのは初めてだった。

ぼたぼたと血を流す心臓から、突き刺さったナイフを抜き取り、まっすぐにお母さんに向ける。

心のどこかに、この人が傷ついたってかまわないと、私と同じ痛みを味わってほしいと、そんな酷いことを思っている自分がいた。

「――生んでなんて、頼んでないよ。私だって、生まれてこなきゃよかったって、いつも思ってるよ……」

自分からナイフを向けたくせに、お母さんは私の言葉に息を呑み、大きく目を見開いた。

次の瞬間、お母さんが立ち上がり、その勢いのまま平手打ちをされた。よける間もなかった。あまりの衝撃にバランスを崩して倒れ込む。

お母さんが、私を打った右手を左手で押さえ、それから急に両手をこちらへ伸ばしてきた。条件反射で目を閉じ、肩をすくめる。

でも、お母さんの手は私を抱きしめた。

「ああ、ごめんね水月……痛かったよね」

耳許で囁く声。労《いたわ》るように、慰めるように、許しを乞うように。

こうされるといつも私は何も言えなくなる。ただ黙ってされるがままに抱きしめられる。

でも、だからと言って痛みが消えるわけでも、傷が癒えるわけでもない。

「でも、水月が悪いんだよ。私から離れようとするから……私にはもう水月しかいないのに。あの人みたいに私を置いていったりしないよね、水月は優しい子だもんね……」

優しくなんてない。ただ我慢してるだけ。思っても、もちろん口には出さない。

「……うん。どこにも行かないし、ずっとここにいるよ」

唇からするすると言葉が流れ出す。

心が軋《きし》む音は、きっとお母さんには聞こえない。

お母さんは嗚咽を洩らしながら子どもみたいに泣きじゃくって、それからしばらくして眠りに落ちた。

ほとんど同時に、私も電池が切れたように布団に横になった。


ふと目を覚ますと、部屋の中は薄暗かった。

また、あの夢を見ていた。人魚になって、広い海を自由に泳ぐ夢。

ぼんやりと天井を見つめ、それからポケットの中に手を差し入れて、宝物を取り出した。

人魚の鱗。まだお父さんがいたころ、お母さんが私にくれたものだ。

窓から微かに射し込む外灯の光に透かしてみる。丸っこい形をした、青みがかった透明な欠片《かけら》。明るいところでは縁《ふち》のあたりが虹色に煌《きら》めく。たぶんガラスの破片か何かなのだと思う。

まだ幼稚園のころだったと思う。ふたりで砂浜を散歩しているときに、突然お母さんがしゃがみ込んで、半分砂に埋もれていたこれを掘り出した。指先で優しく砂を払い落とし、太陽の光に透かした。

『わー！　きれーだねえ』

『綺麗だねえ』

私たちは顔を見合わせて笑った。

『これ、なあに?』と訊ねると、お母さんは少し考えてからにっこり笑って答えた。

『もしかしたら、人魚姫の鱗かもね』

『えっ! にんぎょひめのうろこ!?』

そのころ私は、人魚姫の絵本がお気に入りだった。毎晩眠る前にお母さんにねだって読んでもらっていた。きらきらしていて、少し切なくて、そんな人魚姫の世界が大好きだったのだ。海の泡になるというラストも、当時の私にとってはとても美しい夢のように感じられて、悲しいけれど大好きだった。

海辺に落ちていた小さなごみの欠片を、お母さんが人魚の鱗だと言ってくれたのは、私への思いやりだったのだと思う。

この鱗を見るたびに、あのころの幸せな思い出に包まれるような気がして、私は肌身離さず持ち歩いていた。

でも、なんの意味もなかったな、と思う。

こんなものを持っていたって、現実は何も変わらなかった。それどころか、坂道を転がるみたいにどんどん悪くなっていった気がする。

お母さんは、ビールの空き缶に囲まれて眠っている。つかまれた私の手首には、赤い指の跡と青い小さな内出血。頬はじんじんとまだ熱い。

これが私の、変わらない日常。永遠に続く。

「……なんかもう、無理だな……」

気がついたら、小さく呟いていた。

「なんか……疲れちゃった……」

また呟きが唇から洩れ出す。

檻から飛び出したって何も変わらないし、檻の中に戻ってくるしか生きる術《すべ》はない。分かっているけれど、ここにいるのはあまりにも苦しかった。

だって、繰り返しになる。きっとここにいる限り、ずっとこういうことの繰り返しだ。

私が消えない限り、私もお母さんもずっと変われない。

この毎日から抜け出す方法は、楽になる方法は、もうひとつしかない。

私はのろのろと立ち上がり、玄関のドアを開けた。


夕闇の中を海に向かって歩きながら、大丈夫、あと少しの辛抱《しんぼう》だから、と自分に言い聞かせる。私はもうすぐ、海の泡になって消えるのだ。

だけど、どうしてだろう。消えてしまいたい、という思いと、なんで消えなくちゃいけないの、という思いが、どちらも私の心の中にあって、苦しくて、うまく息ができない。

私だって消えたいわけじゃない。海の泡になりたいわけじゃない。

でも、このまま生き続けるよりは、海に溶けてしまったほうがずっと楽だと思うのだ。

もう覚悟を決めたはずなのに、どうしてこんなに生に対して未練を捨てきれないんだろう。

「苦しいなあ……」

思わず呟いた声が涙で潤《うる》んでいて、自分が今、泣いているのだと気がついた。

頬に手をやると、涙に濡れていた。

どんなに嫌なことを言われても、お母さんは私にとってたったひとりの家族だし、誰にも代えられない大事な存在だ。お母さんがいなかったら、私はひとりぼっちだ。

お母さんにとっても多分それは同じで、大変な思いをしながらも私を育ててくれたのは、きっと私を大切に思ってくれているからなんだろう。

それなのに、どうしてあんなふうに、お互いを傷つける言葉を吐き合ってしまうんだろう。

相手の心から血が流れると分かっているのに、あえてそんな言葉を口にしてしまうんだろう。

生きるのは、苦しい。

死ぬのもきっと苦しいんだろうけど、私には生き続けることのほうがずっとずっと苦しいと思える。

波音と蟬《せみ》の声にまじって、どこからか太鼓の音が聞こえてくる。

ああ、そうか。今日は夏祭りだ。

そう思った瞬間、羽澄の顔が浮かんだ。

一緒に行こうと、彼と約束した。嫌そうな顔をしていたけれど、彼はきっと来てくれる。

近くの公園に駆け込んで、隅っこにひっそりと立っている公衆電話ボックスのドアを開けた。

昨日のコンビニで羽澄から預かり、探偵が来たせいで返しそびれていた小銭がポケットに入っていた。

彼の電話番号は、覚えている。教えてもらったときすごく嬉しくて、何度もアドレス帳を見ていたら、いつの間にか覚えていた。

慎重にボタンを押して、受話器を耳に押し当てる。コール音、三回。

『はい』

羽澄の声だ。

ほうっと息を吐き出す。

ずっと待っていた救いの手が差し伸べられたような。熱く乾いた砂漠の中を歩き続けて、倒れかけたときに突然オアシスが現れたような。海で溺《おぼ》れて必死に足掻いていたら、ふいに誰かが水面に引き上げてくれたような。そんな思いに心が震えた。

「羽澄……」

唇を笑いの形にして、なんでもないような声を装ったけれど、震えているし、掠れているし、ごまかせるわけがなかった。

「……苦しい。助けて」

だから、どうせ隠せないのならと、正直に言ってしまった。

電話の向こうが一瞬、沈黙する。

それからすうっと息を吸い込む音がして、

『……分かった』

確かな声が返ってきた。

『今どこ？　すぐ行くから、そこで待ってて』

うん、と囁くように答えて、私は受話器をそっと胸に抱いた。


近くのベンチに座ってぼんやりと夜空を見ていると、突然、目の前に小さな光の線が走った。

なんだろう、と目を凝らすと、蛍だった。近くに森と川があるので、そこから飛んできたのだろう。

よく見ると、公園の中には数匹の蛍が飛んでいる。

でも、いくつもの蛍の光は、近づきすれ違うことはあっても寄り添うことはなく、どれも一匹ですいすいと飛んでいった。周りに仲間がいても、たった一匹で。

人間も同じだ。たくさんの人がいても、みんな結局ひとりぼっち。

近づいたり、すれ違ったりしながら、それぞれひとりで生きている。

綾瀬は海浜公園のベンチに腰かけていた。

長い髪が、まるで海の中を漂っているようにゆらゆらと風に揺れている。

あの、と呼びかけたあと、言葉に詰まる。

「……ごめん」

どう声をかければいいいか分からず、そう言った。

「なんで謝るの？」

ゆっくりと顔を上げた彼女は微笑んでいたけれど、その目は薄暗い中でも分かるくらい、泣《な》き腫《は》らしたように赤かった。

「ごめん」

僕はただ謝ることしかできない。彼女について知ってしまったことを、彼女には知られたくなかった。

「だからなんで謝るの」

綾瀬はおかしそうに肩を揺らした。それからついと視線を海に投げて、小さく呟く。

「……ありがとね、来てくれて」

いや、と僕は首を振った。

それでどうしたの、何があったの。そう訊《き》くべきシチュエーションだと思ったけれど、容易に言葉にすることはできなかった。彼女が事情を話したいと思っているのか、話したくないと思っているのか、僕には判断がつかなかった。

僕は綾瀬の隣に腰を落とした。

ふたり肩を並べて、海を眺める。相変わらず波打ち際には無数のごみが寄せ集められ、何かが腐ったような饐《す》えたにおいが、どこからともなく漂ってくる。

どれくらい経っただろうか。ふいに綾瀬がこちらを見た。

「……ねえ、羽澄」

何かを打ち明けようとするような、決意を窺《うかが》わせる表情に、僕はやはり訊ねるべきだったのだな、と思いつつ居ずまいを正した。

彼女は少し口をつぐんでから、ふふっと笑って言った。

「今、何考えてる？」

僕は拍子抜けして肩の力を抜いた。それから、どう答えるべきなのか考えて、ゆっくりと口を開く。

「……海の底に沈んだら、どんな感じかなって、想像してる」

そう、と頷きながら、綾瀬が小さく笑った。

「ねえ、羽澄」

また呼びかけてくる。僕は「なに」と返した。

「生まれ変わるなら、何がいい？」

何回目だよ、と小さく笑ってから答えた。

「生まれ変わりたくないな。生きるのは疲れるよ」

そっか、と彼女は頷く。

空はすっかり夜だ。空を映す海も、青黒く染まっている。

「ねえ、羽澄」

うん、と答える。

「私も、疲れちゃった……」

僕は一瞬息を止め、それを悟られないように、また「うん」と言う。

「逃げようと思えば逃げられると思ってた。でも無理だった。……なんかもう、疲れちゃった」

綾瀬はぼんやりと虚空《こくう》を見つめながら呟いた。

「一緒にいたい人といることさえ、許されない……」

僕はゆっくりと瞬《まばた》きをしてから、なんでもないことのように、言った。

「じゃあ、一緒に死のうか」

彼女もなんでもないことのように、軽く答えた。

「いいね。名案だ」

潤んだ瞳が海を見ている。

「ふたりなら、きっと、怖くない」

噛みしめるように彼女が言って、僕は崖の向こうを指差した。

「涙岬《なみだみさき》に行こう」


海沿いの道は、夏祭りの会場に向かう人々で溢れていた。

浴衣《ゆかた》や甚平《じんべい》を着込み、ペットボトルやうちわを持ち、タオルを首にかけ、誰もが笑みを浮かべている。本当にみんな、笑っている。

僕と綾瀬は、人波を掻き分けるように流れに逆行した。これから始まる楽しみに浮かれた様子の彼らは、誰も僕らに注意など払わない。

「……ねえ、私たち、地獄に堕《お》ちちゃうのかな」

ふと綾瀬が言った。僕は「そうかもね」と答えてから、少し考えて続ける。

「……でもまあ、綾瀬となら、地獄でもそれなりに楽しめるかもしれない」

彼女は一瞬、意表を突かれたように押し黙り、それからふふっと笑った。

「本当？」

「本当だよ」

「……っていう嘘？」

「どうかな」

僕はごまかすように笑った。

涙岩が見えてきたとき、後藤《ごとう》が助けたあの女の人はどうなったんだろう、とふいに思った。また死のうとしただろうか。もしかしたらもう既にこの世にはいないかもしれない。

それとも、後藤に助けられたことで考え直したりしただろうか。

そうだったらいいな、と他人事《ひとごと》ながら僕は思う。

死にたくなるほど絶望していたときに、まるっきりの他人なのに、見返りも求めずにただひたすら無我夢中で助けようとした人間がいたという事実。

そのことが、彼女の心に小さいながらも温かい火を灯し、生きることへの希望や勇気を与えてくれていたら、いいなと思う。

彼女には、彼女の死を悲しむ人はいるだろうか。答えは分からない。どんなに深く愛されていても、兄のように死を選ぶ人もいる。

たとえば僕が死んでしまったとして、母さんはきっと、僕を思って泣いたりはしないだろう。いちばん愛していた、今でも愛している兄のことを思い出して、彼が死んだときに味わった後悔を消せないことに絶望して泣くだけだろう。

今の母さんにとって僕は、兄の身代わり、兄にしてあげられなかったことを僕に対してすることで、自分の後悔を昇華《しょうか》して罪悪感を薄めるためだけの存在だから。

途中で道端に打ち捨てられたロープを拾った。ひどく色褪《いろあ》せて表面もぼろぼろになっているけれど、引っ張ってみると強度は十分にありそうだった。

涙岬に着くと僕らは、手ごろな石を探した。五分ほどで、両手でも持ちきれないほど大きくずっしりと重い石を見つけた。

「これ、よさそうだ」

「いいね、それにしよう」

綾瀬は小さく笑って頷く。

彼女も僕と同じように、死ぬことで呪縛から解き放たれるような気持ちでいるのだろうか。

涙岩《なみだいわ》の傍らで、僕たちは準備をした。

まずは拾った石にロープを結びつける。そしてその両端を、ふたりそれぞれの足首にくくりつける。

僕は右手をそっとポケットに差し入れ、中を確認した。よし、ある。これがあれば、うまくいく。

僕たちは重石《おもし》をつけたまま岬の先端までゆっくりと歩いた。

目の前には、果てしない夜の海が広がっている。打ち寄せる波の音と、向こうの砂浜から聞こえる夏祭りの喧騒《けんそう》。

「生まれ変わったら……」

綾瀬が僕の手をとり、独り言のように呟いた。

繋いだ手は、小さく震えていた。自分の震えなのか、彼女の震えなのか、分からない。ふたりとも震えているのかもしれない。

「自由な人生になりたいなあ」

空いたほうの手で涙岩をそっと撫でる。

「神様、お願いします。人間じゃなくてもいいの。人魚でも、鳥でも、なんでもいいから、檻の中に閉じ込められない、誰にも束縛されない人生がいいです……」

僕は返事をする代わりに、彼女の手を握る手にぎゅっと力を込めた。

僕は何になりたいだろう。思い浮かばない。

『僕』じゃなければ、なんでもいい。『僕』よりもうまくやれて、『僕』よりも苦しまなくてすむ生き物に、神様どうか、生まれ変わらせてください。

自然とそんなことを考えてから、おかしくなって小さく笑った。神頼みなんて、柄じゃない。生まれ変わりなんて信じていなかったのに、神様だってもちろん信じていないのに、綾瀬につられて当然のように願ってしまった。

なりたいものに生まれ変わるなんて高望みはしない。

ただ、どうか、これから僕のやろうとしていることがつつがなくうまくいきますように。

絶対に失敗しませんように。

それだけは神様にお願いしたかった。

「……行こうか」

綾瀬がちらりとこちらを見る。

「ねえ、羽澄」

「ん？」

一度口を閉じて、ゆっくりと瞬きをしてから、彼女は頼りなげな瞳を潤ませて囁いた。

「私のこと、忘れないでね……」

いつものように笑っているその顔に、一筋の涙が流れた。

「忘れるわけないだろ」

僕が答えると、彼女は「よかった」と小首を傾げた。

「じゃあ、またね、羽澄」

軽く手を振られて、僕は頷く。

「綾瀬、また」

ふたりで前に向き直る。ゆっくりと深呼吸をして、僕は声を上げる。

「せえの……」

大きく息を吸い込んで地面を蹴り、崖から飛び出す。

一気に圧《の》しかかる重力。海に向かって叩きつけられるように、急速に落下していく。

息を呑む間もなく、水面が近づいてきたと思った瞬間、衝撃とともに全身が海水と泡に包まれた。その拍子に、繋いでいた手が離れた。

重石をつけているので、身体はそのまま海の底に引きずり込まれるように沈んでいく。

肺いっぱいに取り込んだ空気が出ていかないよう、必死に口を閉じた。

もちろん、生き延びたいからではない。

まだやるべきことが残っているからだ。

僕は右手にポケットから出した果物ナイフをつかみ、左手を綾瀬のほうへ伸ばした。

死ぬのは、僕だけで充分だ。

僕は、綾瀬を生かすために、これまで生きてきたのだと、不思議なほどに強く確信できるから。

自分は死へ逃げるくせに、彼女には生き延びてほしいなんて、独り善がりにも程があると自覚している。でも、どうしても、彼女を死なせたくなかった。

彼女の足首にまとわりついているロープを——つかもうとしたそのとき、僕は気がついた。

彼女が僕に向かって手を伸ばしている。そしてもう片方の手には、いつから持っていたのか、割れたガラスの破片のようなものが握られていた。

驚きのあまり、僕はごぼっと空気を吐き出した。

一瞬、視線が絡み合う。深海のような青を湛《たた》えた瞳が、僕を静かに見つめている。

互いに伸ばした指先が触れた瞬間、ふたり同時にぐっと手を握り、引き寄せ合った。

互いのロープを引きつかみ、それぞれの切っ先を押し当てて、力いっぱいに擦りつける。

ほとんど同時にロープが切れて、重石だけがゆっくりと沈んでいった。

息が苦しい。酸素が足りない。

死ぬ覚悟はできていたはずなのに、本能が空気を求めている。

急いで水面へ向かって泳ぐものの、水を吸った服が重くて、なかなか身体の自由がきかない。ぎりぎりのところで海上に顔を出し、はあっと大きく息を吸った。肺に空気が染み渡るのが分かる。

隣を見ると、綾瀬がいない。すぐに潜って、水深二メートルほどのところでばたばたしていた彼女の手をつかみ、引き上げた。

息も絶え絶えに呼吸している。かなり苦しそうだ。

「あ、あし、が……っ」

綾瀬が顔を歪めて言った。以前言っていた古傷が痛むのだろうか。

彼女を背負うような形で、必死に陸へ向かう。

なんとか綾瀬だけは助けないと。

人を背負って泳ぐのはひどく苦しく、身動きがうまくとれない中、がむしゃらに手足を動かした。

砂浜まで泳ぐ余力はなさそうだった。近くに防波堤があるのを見つけて、そちらへ向かう。

なんとか辿り着いたものの、真下から見ると防波堤はひどく高かった。登るのは厳しい。

「おい、大丈夫か！」

上から声が降ってきて、見ると釣竿を持った人が慌てたように手を伸ばしてくれていた。

身体がどんどん動かなくなっていて、返事をする余裕がない。

僕は一度水中に潜って、綾瀬を肩に担ぎ上げた。波消しブロックに足をかけ、思い切り蹴って、水面から飛び出す。

届かない。もう一度。

これが最後だと、自分で分かった。これで届かなければ、もう動けなくなる。

渾身の力でブロックを蹴った。

彼女が空へ伸ばした手が、しっかりとつかみとられるのが見えた。

よかった。なんとかやり遂げた。

そう思った瞬間、力尽きた。

僕の身体は、もう自分のものとは思えないくらい全く動かなくて、ただの物体みたいに呆《あっ》気《け》なく沈んでいく。浮かび上がるのはこんなに大変だったのに、沈むのは一瞬だ。

海底へと沈んでいく鯨の死骸のイメージが、ふいに頭に浮かんだ。

意識が途切れる直前、水面の向こうに綾瀬の泣き顔が見えた。やけにはっきりと見えた。

何か叫んでいる。泣きながら叫んでいる。

彼女の笑顔を守りたかったはずなのに、どうして泣かせてしまっているんだろう。

僕は馬鹿だ。

SAYONARA USOTSUKI
NINGYO HIME

七章　人魚の涙

◇贖罪の涙の味

十七の夏が終わる前に死のうと、ずっと前から決めていた。

なぜ十七の夏だったのかというと、特に意味はなかった。

ただなんとなく、『十七歳』と『夏』という組み合わせは、とても『死』に似合う気がしたのだ。十六だとまだ子どもで早すぎて、十八だともう大人で遅すぎて、大人と子どもの狭間《はざま》の十七こそが死ぬにはぴったりだと思った。

死ぬことについては、無意識だったけれど、昔から考えていたように思う。自分には生きる価値も意味もないから、死ぬのが当然だと、どこかでずっと感じていた。

きっと私が死んでも、誰も私のために泣いたりはしないと思った。親しい友達なんていないから、誰も悲しまない。お母さんは、きっと、自分のためには泣くだろう。でも、それは私のためではなく、夫も娘も失った『可哀想な自分』のために泣くだけ。

でも、そんなのは、あまりに寂しい。

そんなふうに思うようになったきっかけは、中学生のときに読んだアンデルセンの『人魚姫』の原作だった。何百年も生きられる人魚姫は、数十年しか生きられない人間に憧れた。それは、たとえ短い生涯でも人間には魂があって、死んだあとに生まれ変わることができるから。

このまま死んだら、私は本当に誰の心にも残らず、身体が死ぬと同時にこの世界から消え失せてしまうだろうと思った。海の泡がぱちんと弾《はじ》けて、その瞬間に跡形もなくなり、泡があったことさえ分からなくなってしまうのと同じように。

しょうもない人生だったけれど、死ぬ前にせめて誰かの記憶に残りたい。もう少しましな人生に生まれ変わって、ちゃんと生き直したい。

私は、生まれ変わりたかった。どうすれば生まれ変われるだろうと考えていたとき、ある本の中に答えを見つけた。死んだあと、誰かが悲しみ、覚えていてくれれば、その思いが魂の力になって生まれ変わることができるのだと。

それなら、私の死を悲しみ、死んだあとも覚えていてくれる人を見つけなければならない。

そんなときに、前の席の無口で無愛想な男の子、羽澄想《はすみそう》が、とても優しい人なのだと発見した。

教室にムカデが出て、みんなが「どこに行った?」「殺せ殺せ」と騒いでいる中で、彼は自分のノートにムカデをのせて、ひっそりと教室を出ていった。私は思わず後を追い、そして彼が校舎の裏庭にムカデを逃がしたのを見た。ムカデの姿が見えなくなるまでじっと佇《たたず》み、それから教室に戻っていった。

その数日後、今度は帰り道でたまたま、路肩にしゃがみ込む羽澄を見かけた。蟻《あり》の行列でも見ているのかと思ったら、彼の前には、車に轢《ひ》かれたのかぼろぼろになってぴくりとも動かない子猫が横たわっていた。しばらく黙って見つめていた彼は、そっと子猫を抱き上げ、ゆっくりと歩き出した。また追いかけて見ていると、彼は少し離れた空き地の草むらに子猫を埋めて、目を閉じて手を合わせた。

翌朝、その空き地に行ってみると、猫缶と水と小さな花が供えられていた。

真っ白な可憐《かれん》な花だった。

風にそよぐ丸い花びらを見たときに、私は「この人だ」と思った。

羽澄は優しい。関わりのないどんな生き物にでも、当たり前のように優しさを注いであげられる人だ。

優しい彼ならきっと、私が死んだら、少しくらいは悲しんでくれるかもしれない。そして覚えていてくれるかもしれない。そうしたら私は生まれ変われる。

だから、羽澄に近づいた。彼と親しくなっておけば、私が死んだあと、その記憶の片隅にでも置いておいてくれるんじゃないかと思ったのだ。ほんの欠片《かけら》ほどでもいいから、私のことを覚えていてほしかった。

私は羽澄を利用したのだ。自分の希望を叶えるために。

でも、その結末が、こんなことになってしまうなんて。

全ては私が引き起こしたことだ。取り返しのつかないことをしてしまった。

「羽澄、ごめんね……」

薄暗い待合室の片隅で膝を抱え、呻くように呟いた。

泣いたってどうにもならない。起きてしまったことは変わらない。過去は変えられない。

分かっているけれど、涙は止めどなく流れ続けた。

唇を濡らす涙は、びっくりするほど苦かった。

どれくらい時間が経ったか分からない。

もう涙も涸れ始めたとき、やっと少し落ち着いて考えられるようになった。

一方的に、勝手に利用した私を、羽澄は必死に助けてくれた。全ての力を注いで、自分の命を犠牲にしてでも、私を助けようとしてくれた。

海の中に沈んでいくときの彼の顔が、まだ瞼《まぶた》の裏に灼《や》きついているような気がする。

静かな瞳だった。死を覚悟し、運命を受け入れているように見えた。

そして、その穏やかに澄んだ眼差しから、彼が私に『生きろ』と言ってくれているのが伝わってきた。

羽澄は、私が思っていたよりもずっと優しい人だった。

きっと他の人は知らない。みんなは彼のことを、無愛想で無表情な冷たい人と思っているかもしれないけれど、もしかしたら彼自身も気づいていないかもしれないけれど、私は知っている。

羽澄はたぶん、人には見せない深い傷を抱えながら生きてきたのだと思う。私とふたりでいるときには、ほんの少しだけれど、いつも冷静な顔の下に隠されている弱さや脆《もろ》さを覗かせることもあった。

でも、きっとたくさんの悲しみや苦しみを経験してきたからこそ、全てを包み込むくらいの純粋な優しさを持っている。

彼が自分の命を懸けて与えてくれた優しさを、私はまだひと欠片も返せていない。

もう一度、羽澄に会いたい。

でも、今の私じゃ彼に会えない。会っちゃいけない。

それなら、どうすればいいだろう。

まずは、変わらなきゃ。自分ひとりで立っていられるくらい、強くならなきゃ。

きっと、そうして初めて、誰かに優しさを返すことができる。

私は立ち上がり、真っ白な床を踏みしめた。

そして、羽澄が眠る部屋の前にいる警察官の前に立った。

「どうかしたかい？　話せるようになったかな？」

私はこくりと頷く。

さっき警察の人たちに「何があったか事情を聞かせて」と言われたときには、私は泣いてばかりで何も話せなかった。こんな大事《おおごと》になってしまって驚いていたのと、何も知られたくないという気持ちがあったからだ。自分の内側を知られるのは怖かった。

でも、それではいつまで経っても何も変わらない。

私は手の甲で涙を拭い、深呼吸をする。しっかりと前を見据えて、はっきりと声を出して言った。

「助けてください」

警察官が目を見開いた。

「お母さんのいる家には、もう、帰りたくありません……」

頬をひとすじ伝った涙は、もう苦くはなかった。ただただ塩からいだけ。

あの海の水の味を思い出した。

久しぶりの学校は、なんだか妙に小ぢんまりとしているように感じた。

でも、前よりも明るく、清潔感がある気がするのが不思議だ。

窓からの陽射しをいっぱいに受けた白い廊下を歩く。夏休み最後の休日なのでどこの部活も休みになっているそうで、生徒の姿はなく静かだった。

突き当たりの生物室のドアを開けて中に入ると、準備室から顔を出した沼田《ぬまた》先生が軽く手を挙げて声をかけてきた。

「おう、羽澄。大変だったなあ」

「いえ、全然。大したことないですよ」

先生はじっと僕を見て、なぜか微《かす》かに苦い笑みを浮かべた。

「体調はもう大丈夫か？」

「はい、問題ありません。お気遣《きづか》いありがとうございます。……先生もあのときずいぶん泣いてましたけど大丈夫でしたか？」

「……大人をからかうなよ」

先生は今度は呆《あき》れたように笑った。

先生が淹《い》れてくれたコーヒーを飲みながら、あの日のことを思い出す。

綾瀬《あやせ》と一緒に涙岬《なみだみさき》から海へ飛び込み、なんとか彼女を助けたあと、そこで力尽きた僕は意識を手放した。

時間の感覚も失った中で、ふと目を開けたら、真っ白な世界が広がっていた。

地獄ってこんな感じなのか、意外と綺麗だな、と思っていたら、泣き叫ぶ声が聞こえてきて、はっきりと目が覚めた。

僕は病室にいて、天井を見上げていた。

ベッドの傍《かたわ》らには、床に崩れ落ちて泣く母さんがいた。しゃくり上げながら、「想ちゃん、よかった」と何度も言っていた。

そうか、僕は死ななかったのか。そう驚いてから、死ななくてよかった、と思った。込み上げるように、強く思った。

兄も僕も失ってしまったら、きっと母さんは壊れてしまっただろう。そうならなくてよかった。今更ながらにそう思った。

てっきり死んだと思っていたのに、運よく助かった。海に飛び込む僕らの姿をたまたま目撃した人が通報してくれていたので、すでにパトカーや救急車が到着していて、釣り人たちに引き上げられた僕と綾瀬はすぐに病院に運ばれたらしい。

ベッドにすがりついて泣きじゃくる母さんを見つめながらぼんやりしていたとき、突然沼田先生がやってきた。職員室で仕事をしていた先生は、母さんが学校にかけた電話をたまたま取り、慌てて病院に来てくれたのだという。そして、僕の顔を見てずるずると床にへたりこんだ。なぜか先生まで泣いていた。

僕自身はもう全然平気だと言ったのに、「酸欠状態が長かったから、脳にダメージがないか慎重に診ないといけない」と医者に言われて三日間入院し、退院してからも安静にするようにと言われて、丸三日家にこもっていた。

そうして今、来週から始まる新学期に向けて近況報告もかねて話をしておきたいと担任に呼び出され、久々に学校に来ている。母さんは心配だから付き添いたいと言ってきたけれど、「お願いだからそういうのはもうやめてほしい」と真剣に頼んだら、ショックを受けたような顔をしていたものの引き下がってくれた。

会議室のようなところで担任、学年主任、校長、教頭、養護教諭に囲まれて、これまでのことや今後の対応についてあれこれ訊《き》かれたり、学校にしてほしいことはないかなど気を遣われたりして、やっと終わって気の抜けたところで生物室にやって来た。

「……昔な」

コーヒーを飲み終えた沼田先生が、独り言のようにぽつりと言った。

はい、と答えると、先生が力なく笑った。

「昔、担任してた生徒が、自殺未遂をしたことがあった」

僕は息を呑み、先生の顔を凝視する。

「情けないことに、何も気づかなかった。相談もしてもらえなかった。突然の連絡で、大量の睡眠薬を飲んで病院に運ばれたと聞いたとき、気を失うほどショックだった。幸い無事だったけどな」

「……よかったです」

「もう二度と同じ過ちを犯したくないと思って、生徒の様子には常に気をつけるようにしてきた。もしも少しでもいつもと違うところがあったら、何かおかしいと思うことがあったら、すぐに声をかけるようにしてきた」

先生が深く息をついて、何かを思い出すように宙を見てから、またこちらを見る。

「また同じような電話が来て、受話器を持つ手ががたがた震えたよ」

なんかすみません、と小さく言うと、先生はふっと笑って、羽澄が悪いわけじゃない、と答えた。

「まさか羽澄と綾瀬が……全然気づかなかったよ」

おそらく先生は、僕たちが自殺を試みるほどの苦しみを抱えていたことを察知できず止められなかったと、自分を責めて後悔しているのだろう。

でも、と僕は首を横に振った。

「気づかなくて当然です。僕も綾瀬も、全力で気づかれないようにしていたので。先生に非はありません」

僕たちのような人間は、周囲に悟られないようにすることに最も力を注ぐ。知られないように固い鱗をまとっている。

それでもな、と先生がゆっくりと言う。

「相談してほしかったなあ……と思うよ」

兄のことが頭に浮かぶ。もうあまりはっきりとは覚えていなくて、僕の思い浮かべる兄の顔といえば遺影の顔だった。

自ら死を選ぶほどの苦悩を抱えていたのなら、相談してくれればよかったのに。自分は何かのサインを見逃してしまっていたのではないか。それは、自殺を選んだ人間の周囲にいた誰もが思うことだろう。きっと母さんも、あれからずっとそれを考えているのだと思う。

「溺《おぼ》れてしまったらもう間に合わないから、溺れそうになったら迷わず助けを求めてほしい。逃げるためには力がいる。完全に力がなくなったら、もう逃げられない。だから、力尽きる前に、走る力が残ってるうちに逃げないと。逃げられるうちに逃げる。溺れる前に、泳ぐ。もう動けなくなってしまってたら、周りの人間も、助けたくても助けられない」

はい、と僕は小さく答えた。

本当にそうだと思った。逃げるのにも力がいる。それすらできないほどにぎりぎりまでひとりであがいてしまったら、もう身体は動かなくなっていて、倒れるしかなくなるのだ。

「若者たちに、もっと大人を信じて、大人を頼ってほしいなあ。信じられる、頼れるって思わせられない俺たちも力不足なんだけど……教師っていうのは、生徒が何か問題を抱えてるなら絶対に相談してほしいと思ってるし、頼られたいし、信じてもらいたいと思ってるんだからな。そうじゃなきゃ教師なんてやってないよ」

「……先生が悪いというよりは、大人に頼るって発想がまるでなかったです。なので先生が悪いとか責任があるとかいうわけじゃありません」

「そうは言っても色々考えちゃうのが人間ってもんだろ」

先生がふうっと息を吐いた。

「……あの母ちゃんたちじゃ、羽澄も綾瀬もこれから大変そうだな」

先生が病院に見舞いに来てくれたとき、母さんのこと、これまでのことを少し話した。綾瀬にも話を聞いていたらしく、ふたりとも大変だったんだな、とまた少し泣きそうな顔をしていた。

母さんは僕が自分の意志で海に飛び込んだと知ったとき、半狂乱になっていた。

『こうならないように頑張ってきたのに、どうして』と嘆く背中に、僕は思わず『だからだよ』と告げた。

『兄さんのことが理由だっていうのは分かってるけど、必要以上に何もかも心配して、干渉して、思い通りにならないと泣いて……。それが僕を縛りつけて、苦しめてるって、気がついてた？　自由を奪われ続けるのが、僕にはもう我慢できなかったんだ……』

初めて素直な思いを口にした。

母さんはひどく驚いて、黙り込んで、しばらくして小さく言った。

『……あなたのために、よかれと思って……』

『その言葉が、僕はいちばん苦しかった』

母さんは顔を歪めて、『ママのせいだって言うの？』と泣き叫んだ。

そのとき妙に頭がクリアになって、この人は可哀想な人だ、と思った。

愛する我が子を自殺で亡くして、同じ過ちを繰り返したくないと躍起《やっき》になっていた。兄さんが死んだのは母さんのせいじゃないのに。兄さん自身の選択なのに。そして自分を責めるあまり、どうすればいいのかも分からないまま、僕が兄さんと同じ道を辿らないように異常なほど過保護に育てるしかなかったのだろう。

何年もかけて凝り固まった母さんの思い込みを解くのは、簡単にはいかないだろう。きっと僕だけではもうどうにもならない。大人の力を借りないといけなかったのだ。

これから、やらなくてはいけないことが山ほどある。

「……だと思います」

僕が深く息を吐いて頷くと、先生が眉を下げて笑った。

「まあ、家のことは言いにくいってのは分かるけど、いつでも、なんでも相談してくれ。そのために教師がいるんだから、俺たちの存在を忘れないでくれよ」

はい、と頷いてから、ずっと気になっていたことを僕は訊《たず》ねた。

「……綾瀬は、どうしてますか。家のことは、大丈夫そうですか」

あの日以来、彼女には会えていなかった。彼女は病室には来なかったし、僕のスマホは水没して故障したので使えず、連絡もとれない。母さんに訊いても何も教えてくれなかった。

あの人は未だに、綾瀬のせいで僕が死にかけたと思っているらしかった。

入院中に担当医師から「君が助けた女の子は無事だったよ」と聞かされ、沼田先生からも

「綾瀬のことは心配いらないから羽澄はとりあえず安心して休め」と言われていたので、とにかく命だけは助かったと分かって少し安心した。そして家のことも、警察や学校に事情が知られて少なからず大人の手が入ったことで、今以上に状況が悪化することはないだろうと考えてはいた。

でも、本当に体調に問題はないのか、母親のことは大丈夫なのか、やはり心配だった。

今日、「もう少し家で休んだら」と引き留める母さんを振りきって学校に来たのは、綾瀬の様子を少しでも聞いておきたかったからだった。

先生が頷いて口を開く。

「病院に警察が来て、羽澄はまだ喋《しゃべ》れる状態じゃなかったから、綾瀬が事情を聞かれたらしい。最初は泣いてて話にならなかったらしいんだが、しばらくして綾瀬が突然やってきて言ったんだと。『助けてください』って」

僕は驚きに目を瞠《みは》った。

「『このままじゃ、私もお母さんもだめになっちゃう』って、ぼろぼろ泣きながら」

「そうですか……」

「今はスクールカウンセラーとかソーシャルワーカーも間に入ってもらって、これからのことを話し合ってるみたいだ」

僕は頷きながら、考えていた。

この、胸がそわそわするような、でも温かいような感情は、なんだろう。

しばらく考えて、気がついた。ああ、嬉しい、だ。僕は今、嬉しいのだ。

きっと彼女は初めて、自分から手を差し伸べた。しかるべき大人に、きちんと助けてもらうために、今までずっと隠していた自分のことを話して、助けてほしいと訴えた。

よかった、と思う。平気なふりをして、実は死を思うほど苦しんでいた彼女が、やっと自分の苦しみを認めて、救われたいと思えるようになったのだ。

きっともう大丈夫だ。

「綾瀬、教室にいるらしいぞ」

先生が言った。

僕は目を丸くして「えっ」と声を上げる。

「でも、今日は部活なかったんじゃ……」

「うん、でも、羽澄とゆっくり話したいから来るって。教室で待ってるから、羽澄と話が終わったら教えてくださいって言ってたぞ」

「そう、なんですか……」

まさか今日会えるとは思っていなかったので、妙に落ち着かない気分になる。

「ここを使ってもいいんだが、誰もいないところでふたりで会ったほうがゆっくり話せるだろ。ほら、早く行け。きっと今か今かと待ってるぞ」

僕は慌てて立ち上がって先生に頭を下げ、生物室を出た。

自分でも不思議になるほど、心臓が妙な動きをしている。

急ぎ足で階段を下り、廊下を歩いて、教室に辿り着いた。

ドアの前に立って中を見る。あの長く綺麗な黒髪が、窓辺で陽射しを受けて輝いていた。

「綾瀬」

深呼吸をしてから、彼女の名を小さく呼んで中に入る。

髪が揺れて、小さな頭が振り向いた。

「羽澄」

綾瀬はこんな顔だっただろうか、とどきりとするような澄んだ笑顔が、こちらを見ている。

一週間ぶりだった。でも、ずっと会えていなかったような懐かしさが込み上げてくる。

「久しぶり」

「うん、久しぶりだね」

少し照れたように言う彼女の表情に、胸の奥が軋《きし》む。

「大丈夫?」

「大丈夫だよ。綾瀬は?」

「うん、元気だよ」

「よかった」

僕は彼女のもとへ足を運び、隣の席に腰を下ろした。

しばらく無言で見つめ合う。視線を外すタイミングを見失ってしまい、動揺を隠すために

「それにしても」と口を開いた。

「あのときは本当に驚いたよ。まさか綾瀬が僕のロープを切ろうとするとはね」

綾瀬が「それはこっちのセリフだよ」と唇を微かに尖らせた。

「まさかナイフまで持っていたとは。準備よすぎでしょ」

「僕は家を出るときからそのつもりだったから。綾瀬はなんかよく分からないガラスの破片を持ってたね」

彼女はえへへと笑う。

「重石《おもし》を探してるときに、割れた瓶の欠片が落ちてたから、とっといたんだ」

「ずいぶん行き当たりばったりだね」

「だって急に羽澄が一緒に死のうとか言い出すから、焦っちゃって」

僕は小さく頷きながら窓の外へ目を向けた。淡い水色の空に、薄い雲が流れている。

「まさかふたりして同じことを考えてたとはね……」

「びっくりだよね」

おかしそうに笑ったあと、

「……なんで、一緒に死のうって言ったのに、私を助けようとしたの？」

綾瀬が静かに問いかけてきた。

「自分にできることが、それしか思いつかなかったから」

僕は呟くように答える。

「死んで何もかも終わりにしたいって気持ちは、僕も痛いほどよく分かる。だからそれを止めることはできない。そのときだけ止めたところで、いつかまた同じ気持ちになるだろうから」

でも、と続けた。

「……綾瀬には死んでほしくなかったんだ」

彼女が死を望んでいるのだと気づいたとき、生きていてほしいと思った。

苦しみながら生きるつらさは分かっているけれど、彼女には死んでほしくなかった。生きていてほしかった。

「でも、死にたい気持ちが簡単には消えないのは分かってるから、一緒に海に飛び込んで、そして綾瀬だけは助けようと思った」

一度行動にうつせば、彼女の死への思いが消えてくれるかもしれない、と考えたのだ。

「僕が代わりに死ぬから、君には生きていてほしかった」

「……私、そんなふうに思ってもらえるほど、生きてる価値のある人間かな？」

綾瀬は心底不思議そうに言った。

「生きてる価値って、社会の役に立つとかそういうこと？」

「うん、まあ、そんな感じかな。私なんて、迷惑かけることはあっても役に立つことなんてないもん」

「僕は別に、綾瀬が社会にとって有益な人間だから生きていてほしいって思ったわけじゃないよ」

彼女がぱちりと瞬《まばた》きをした。

「ただ、僕にとっては綾瀬は特別で、他の誰とも違う、かけがえのない存在だから。だから死んでほしくないってだけ。僕は利己的な人間だから、社会的な価値とかどうでもよくて、ただ自分のために綾瀬に生きててほしかった。……勝手でごめん」

ずいぶんと柄にもないことを言っている。自分がこんなことを恥ずかしげもなく言えるなんて驚きだ。もしかして、一度死にかけたせいだろうか？　今は自分の羞恥心よりも、綾瀬に気持ちを伝えることのほうがずっと大事だと思えた。

僕は彼女の笑顔が好きだ。ずっと笑っていてほしい。その笑顔を曇らせるものがあるなら、僕がそれを消す。

「だから、僕が君の分まで死のうと思った」

そう告げると、綾瀬はくすりと笑って小首を傾げた。

「君の分まで生きる、じゃなくて？　誰かの分まで生きるっていうのは聞いたことあるけど、誰かの分も死ぬって、なんか斬新だね。羽澄はやっぱり優しいね」

「優しい？　どこが」

「だって羽澄、前に言ってたでしょ。生まれ変わったら鯨の死骸になりたいって」

話の流れが読めず、僕は目を瞠って綾瀬を見た。

「それ聞いたときにね、羽澄は優しいんだなって思ったの。だって、みんなの栄養になりたいってことでしょ」

「……違うよ。生きるのは疲れるから、生きていないものになりたいって思っただけだ」

「でも、ただ死ぬんじゃなくて、誰かの役に立って、誰かの糧《かて》になって死んでいきたいってことでしょ。私は自分が死んだあとのことなんてどうでもいいって思うけど、羽澄は死んだあとの世界のことも考えてるってことだから、優しいってことだよ、それは」

「……よく分からない」

肩をすくめて、話の矛先《ほこさき》を変えることにする。

「ところで今はどうしてるの？　児童相談所？」

綾瀬の家の状況を考えれば、もちろんそうなっているのだろうと思っていた。でも彼女は「ううん」と首を振った。

「なんかね、児童相談所って基本的に十八歳までらしくてね、しかも高校生は保護してもらえないことが多いんだって」

僕は目を見開いて絶句する。

「そんな……だって」

「うん。でも、分かるよ。親とうまくいってなかったり、親からひどいことされてる子ってたぶん何十万人もいて、でも保護できる人数には限りがあるし、それなら小さい子が優先だよ、やっぱり。児童相談所って二歳とか三歳とかの子がたくさんいるんだって。私よりもっと大変な、命に関わる状況の小さい子がいっぱいいるんだよ……」

綾瀬は眉を寄せて呟いた。

「だから、高校生にもなれば頭も身体も成長してて親に反抗できるし、アルバイトとかで働けるから自立もできるし、親の支配から逃れられるはずってことみたい」

確かに世間の人から見たらそうなのかもしれない。大人の入り口にいる高校生なら、もう自力でなんとかできるだろう、なんとかしろと思われるのかもしれない。

「でも、ずっと支配されて束縛されて抑圧されて、子どものころから何年もそうやって生きてきた人間が、自力で逃げるってどんなに難しいか……」

僕の言葉に彼女はこくりと頷いた。僕も彼女も、自分の力では逃げ出すことができなくて、だから自ら命を絶って苦しみから解放されることを選んだのだ。

「そうだよね。高校生だって、親から逃げるのはすごく難しい。このままにしてていいことじゃないよね。変えていかないと……」

僕ははっと息を呑んだ。

綾瀬の目が、他人に、社会に向いている。これからのことを考えている。

それはたぶん、自分以外のことを考える余裕ができたからだ。

「それじゃ綾瀬は今、どうしてるの？　家からは出られた？」

「うん、おかげさまで。子どもシェルターっていうところがあってね、そこは高校生も入れるの。今はそこに緊急避難してて、これからのこと、家に戻ってお母さんと暮らすか、他の家に預かってもらうか、どっちもだめなら自分で稼いで生きていくために自立援助ホームに入るか、独り暮らしか、どれがいいか担当の人たちと話し合って決めていくんだって」

「そうか……これから色々大変になるだろうけど、頑張って。話ならいくらでも聞くから、何か話したいことがあったらいつでも電話して」

彼女はうん、と微笑んだ。自分の感情を隠すための鱗《うろこ》をまとっていない、素の笑顔だと思った。

「綾瀬はさ、どうして僕を助けたの？」

訊ねると、彼女は黙ってじっと僕の目を見て、

「それは秘密」

くすっと笑って答えた。

「え、そんなのあり？」

僕は肩をすくめてみせる。綾瀬は「ありだよ」と笑って頬杖をつき、窓の外を見た。

「もう夏も終わるね」

色の薄い青空にも、刷毛《はけ》で塗ったような雲にも、もう秋の気配が漂い始めていた。

「最後の夏になるはずだったのに、生き延びたね」

少し微笑んで言ってから、彼女は思いついたように言った。

「あ、そういえば、夏祭りに行く約束してたのに行けなかったね」

僕は黙って鞄の中からファイルを取り出す。今朝、新聞と一緒にポストの中に入っていたチラシを指先でつまみ、彼女に向けて見せた。

「まだ間に合うよ。今日、花火があるんだって。あの日は夜から天気が崩れて延期になってたから」

綾瀬の瞳がぱっと輝いた。

「行きたい！」

僕は笑って「行こう」と答えた。


「ナイトアクアリウムも行けなかったから、今度ちゃんと行きたいな」

校門を出て自転車を押しながら綾瀬が言った。

「それがさ、この前ちゃんとホームページ見てみたら、十八歳未満は保護者の同伴が必要だって書いてあったんだ」

僕の言葉に、彼女は目をまんまるに見開く。

「えっ、じゃあ、あのときもし探偵さんに見つからなくても、どっちにしろ見られなかったってこと？」

僕は笑って「だろうね」と答えた。彼女も「マジかー」とけらけら笑う。

「じゃあ、十八歳になったら行こう」

「そうだね」

そのときまで一緒にいるかどうかも分からないのに、当たり前のように約束を交わした。

花火の会場に向かって、のんびりと足を進めた。

途中、弁当屋の窓ガラスに貼ってあるポスターの、『死なないで』という文字にふたりとも目を引かれた。

『死なないで。死にたくなったら電話して。あなたはひとりじゃない』

自殺を防止するための機関の名前と、その電話番号が書かれていた。

「羽澄はどうして死んでもいいって思ったの？」

足を止めた綾瀬が、ポスターを見つめながら訊ねる。

僕は静かに口を開いた。

「僕の兄が、高校一年のときに自殺したんだ」

彼女は驚いたように振り向き、目を大きく見開いて僕を見た。

「本当に、ある日突然。変わった様子なんて何ひとつなかった。なんの前触れもなく、突然死んでしまった。すごく、すごく驚いたよ。本当にびっくりしたし、ショックだった……」

不思議なほどに、言葉がするすると出てくる。今まで胸に秘め続けて、誰にも話さなかった、話せなかったのに。

でも、本当は話したかった。誰かに聞いてほしかった。

やっと聞いてほしい相手を見つけることができて、たがが外れたように僕の内側から言葉が溢れ出してくる。

憑《つ》き物《もの》が落ちたように、という表現が頭に浮かんだ。海に飛び込んだせいで家のことを大人たちに知られることになって、でもそれで逆に、『もう隠しておかなくていいんだ』と靄《もや》が晴れたような気がした。

そうしたら急に、綾瀬に何もかも話したくなった。いちばん聞いてほしいのは、本当は、綾瀬だった。

今思えば、飛び込んだりしてしまう前に、初めから彼女とたくさん話しておけばよかったのだ。

「あとになって、学校の人間関係で問題を抱えてたことが分かって……。母さんは何も気づかなかった自分をすごく責めて、それからどんどん様子がおかしくなって……僕に対してものすごく、異常なほど心配性で過保護になって、友達関係にまで干渉して、束縛もひどかった。兄の二の舞にならないように、自分がずっと目を光らせておかないとって思ってるみたい」

「そっか……そうなるのも分からなくはないけど、羽澄は大変だね」

「うん……。小さいときは必死に、母さんに心配をかけないようにって頑張ってたけど、だんだん息苦しくなってきて、でも母さんが泣いてるのを見ると反論も反抗もできなくて。そのうち、死んだら楽になれるかなって思うようになった」

綾瀬について勝手に調べていたということは、黙っておくことにした。嫌な思いをさせてしまうかもしれない。

「……綾瀬は、どうして、死のうと思ったの」

眉を寄せて話を聞いていた彼女に、今度は訊ね返す。

彼女が右手で喉を、左手で脚をゆっくりとさすりながら答えた。

「私ね、人魚だからうまく歩けないとか、人魚だから歌を歌えないとか、いつも言ってるんだけど、これね、本当は、お父さんにやられたんだ」

「……え？」

予想もしなかった答えに、僕は言葉を失った。

それから綾瀬が話してくれたことは、僕にとってはあまりにも重くて、痛くて、苦しいものだった。

「……そういう自分の嫌な部分を知られないように、とにかくずっと喋って喋って、隙間ができないようにして。もし気づかれそうになったらとにかく嘘《うそ》でもなんでもついてごまかして、そうやって誰にも内側を覗かれないようにしてたの」

彼女もまた、今まで決して見せないようにしてきた、騙《だま》すつもりもなさそうな出任せの嘘をついてまでひた隠しにしてきたであろうことを、淀《よど》みなく話す。

彼女も同じなのだろうか。僕に聞いてほしいと思ってくれているのだろうか。

綾瀬は自分から警察に救いを求めることができた。それが彼女の憑き物を落としたのかもしれない。そして、僕に話をしたいと思ってくれたのかもしれない。

「でも、なんか、すごく疲れちゃって。お母さんはアル中だし、ヒステリーだし、ご飯も気が向いたときしか用意してくれない。それなのに、私が大学進学で外に出ようとしたら、ものすごく怒って。なんか、どこにも行けない、一生この部屋にいなきゃいけないって思うと、ああもう生きてなくていいなと思ったの」

「……そうか」

僕と綾瀬は全く似ていないはずなのに、なぜか、どこか似通ったものを感じることがあった。その答えを、やっと今見つけた。

僕はひたすら口をつぐむことで自分を守り、彼女はひたすら口を開くことで自分を守っていた。そうやって僕らは、見られたくない、知られたくない自分を必死に隠して生きてきた。だから彼女の気持ちが少し分かるような、彼女には僕の気持ちを少し分かってもらえるような気がしていたのだ。

でも、僕は少なくとも、彼女のように親から暴力を振るわれたことはない。

「僕の苦しみなんて、綾瀬に比べたら、全然苦しみなんかじゃないな……」

父さんは無関心で、母さんは過干渉で、それは僕にとっては本当につらいことだったけれど、後遺症やトラウマが残るような目に遭った彼女とは比べものにならない。

でも、綾瀬は僕の言葉に首を振った。

「それは違うよ」

きっぱりと彼女が言った。

「私の苦しみは私の苦しみで、羽澄の苦しみは羽澄の苦しみだもん。比べられないし、比べても意味がない。……亡くなったお兄さんのことも、お母さんのために頑張り続けてきたことも、羽澄は本当につらかっただろうなって私は思うよ」

目の奥がじんわりと熱くなって、慌てて目をこすった。

「でもさあ」

綾瀬が『死にたくなったら』という文字を見つめながらぽつりと言う。

「死にたいんじゃないんだよね……生きるのに疲れちゃっただけなんだよね」

僕は頷く。

「死ぬのはもちろん怖いけど、でもそれ以上に、本当に本当に生きることに疲れちゃって、解放されるためには死ぬしかない、死ぬ以外に逃げ道がない、って気持ちなんだよ。死にたいわけじゃないのに、生きるのに疲れただけで死んじゃうなんて悲しいし、寂しいね」

僕は綾瀬の言葉に、黙って瞬きをした。

「もしも今の自分じゃなかったら、きっと死にたいなんて思わなかったよね。でも、今の自分なのは、自分のせいだけじゃなくて、周りの状況で今の自分なんだよ。周りのせいで死ぬなんて、そんなに悲しいことはないよ……」

彼女が僕を見る。

「羽澄が救急車で運ばれて、意識がなかったとき、すごくそう思った。周りのせいで死に引き寄せられただけで、羽澄は本当は死ななくていいはずなのに、もし死んじゃったらどうしようって……」

大きな瞳から、涙がぽろぽろと零《こぼ》れ落ちる。

いつも笑顔の綾瀬が、泣いている。

僕は思わず手を伸ばして涙をすくった。

「ありがとう」

気がついたらそう言っていた。

「僕が死んでも、誰も泣いたりしないと思ってた」

母さんは泣くだろうけど、それは自分のために流す涙だろうと思っていた。僕の世界には母さんしかいなかったから、僕が死んでも誰も僕のために泣くことはないと思っていた。

でも、綾瀬は泣いてくれるのだ。

「羽澄、ごめんね」

彼女は泣きながら謝る。

「なんで謝るの？」

「だって、羽澄は私のせいで死にかけたんだもん。苦しかったよね、ごめんね……」

その言葉にはっとした。

僕はあのとき、自分のことしか考えていなかった。自分の死にたい気持ちと、彼女に生きてほしい気持ちの両方を叶えられるちょうどいい機会だと思って、彼女と一緒に飛び込み、彼女だけを助けることにした。

その行為がまさか綾瀬にそんな思いをさせることになるなんて、考えもつかなかった。

「……ごめん」

謝ると、彼女もまた「ごめん」と言った。

しばらく「ごめん」の応酬をして、ふたり同時に噴き出した。

「変わりたいなあ……」

再び会場に向かって歩きながら、ぼんやりと呟く。

こんな自分は嫌だと、心から思う。自分のことばかりで、他人の気持ちが分からずに無意識に傷つけてしまう。今のまま生きていくのは嫌だ。

だからって僕は死にたいわけじゃない。綾瀬が言った通りだ。生きるのが嫌になったということと、死にたいということは、同義ではない。

それなら、生きていくためには、変わるしかない。

「変わりたいねえ」

隣で綾瀬が言った。

「よくさあ、漫画とかドラマとかで、誰かに運命的に出会って、それで日常が一変して、それで色々あって、最終的に生まれ変わったみたいに成長する……みたいな話あるじゃん」

うん、と僕は頷く。

海が見えてきた。海面のさざ波に陽射しが反射して、きらきらと光が散っている。

「誰かに出会って変わる、誰かのおかげで変わる……そんなの、嘘っぱちの夢物語だよね。そんな都合いいこと、現実には起こらない」

全くだ、と思う。

よくあるありふれたストーリー。それは見た人に希望を与える物語で、感動に涙を流す人もいるだろう。でも、リアルではない。ほとんどの人は、運命的な出会いなんて経験せず、奇跡なんて起こらない、何も変わらない、平坦で平凡な人生を送るのだ。

「だから、本気で変わりたいなら、自分で変わらなきゃ。何か変えたいなら自分で変えなきゃ。よし変わろうって気合いを入れて、自分の足で踏ん張って、自分で歩き出さなきゃいけないんだよね」

「そうだな……そうだね」

変わりたいなら、気合いを入れて、踏ん張って、自分の足で歩き出すしかない。

僕は今まで、それができなかった。苦しい、つらい、と不満を抱くだけで、本気で変わろうと行動を起こすことはなかった。中途半端に家出をしたり、海に飛び込んでみたりしたけれど、それはどれも、立ち向かうべきものに背を向けて、耳を塞いで、ただ逃げ出しただけだったのだ。変われなくて当然だ。

そんな僕が、今もこうして生きて、呼吸をして、必死に足を動かしているのは、綾瀬のおかげだ。

「でも、綾瀬との出会いは、変わろう、変えようって思うきっかけにはなったよ」

前を歩く細い背中に、そう声をかけた。

彼女は足を止めて振り向き、満面の笑みで答えた。

「違うよ。羽澄は自分で変わろうと思ったんだよ」

それから少し悪戯《いたずら》っぽく笑って、「私もね」と自分を指差す。

「家に帰ったら、母さんと話をする」

決心が揺らがないように、声に出してみる。

「綾瀬は自分で頑張って、鳥籠《とりかご》の中から飛び出したんだ。僕も見習わないと。母さんに分かってもらえるまで、何度でも話す」

今まで思ったこと、感じたこと、考えたこと、我慢してきたこと、耐えきれないこと、全てを洗いざらい打ち明ける。

『どうか僕に僕の人生を歩ませてください』

そう、ちゃんと言えるだろうか。

言うしかない。僕自身のためにも、母さんのためにも。

あの家は、兄が死んでからずっと時間が止まっている。淀んだ時間の残骸が澱《おり》になって、家中に沈んだままになっている。だからいつだって薄暗いし、息苦しいし、母さんも何年経っても苦悩を抱えたままだ。

窓を開けて、光を浴びて、新しい風を招き入れて、空気を入れ換えて、そうすればきっと時間は流れ出すはずだ。母さんも少しは笑えるようになるかもしれない。

「うん。変わろう。一緒に変わろう」

綾瀬が首を傾げて笑った。

露店で食べたり遊んだりして時間を潰し、花火が始まる午後七時になると砂浜に並んで座った。

爆発音と共に、夜空に光の花が開き始める。

次々に花火が打ち上げられて、白、黄、赤、青、緑、色とりどりの花が咲き乱れ、夜を埋め尽くす。

「うわー、綺麗……」

隣で綾瀬がうっとりしたように呟く。真っ黒な髪に花火の色が映っていた。

彼女が、ポケットから何かを取り出し、指先でつまんで花火の光にかざした。

「それ、何？」

「人魚の鱗」

綾瀬は嬉しそうに答えた。

僕は彼女に少し身を寄せて、鱗とやらを見つめる。透明な欠片の中で、色とりどりの花が光っていた。

どん、と大きな音が鳴り、光の塊が尾を引きながらひゅるひゅると音を立てて、勢いよく海から空へ昇っていく。

全身を突き抜けるような爆音とともに、遥か頭上で、ひときわ大きな花火が開いた。

おおー、とどよめきが上がる。

空いっぱいに青い花が咲き、数えきれないほどの光の筋が放射状に広がった。そして花が開ききったところで、中央で白と紫の光がぱちぱち弾け始め、ぱんぱんと音を立てながら無数の小さな花火が咲く。

それから名残《なごり》の光たちがぱらぱらと地上に降り注いできた。

まるで光の花吹雪を浴びているような気分だった。

「あのとき死んでたら、この花火は見られなかったんだよね……」

感慨深げに綾瀬が言った。

何かを答えようとしたとき、ふいにあたりが暗闇と静寂に包まれた。

僕らはじっと空を見る。でも、そこにはうっすらと煙が立ち込めているだけだった。

「え……もしかして、終わった?」

彼女が唖然《あぜん》としたように呟く。最初の花火から五分も経っていない。あまりの呆気《あっけ》なさに、急激に笑いが込み上げてきた。

「えー、うっそ、しょぼ! しょぼすぎでしょ!」

「短かったね、さすが田舎の花火だ」

僕たちはお腹を抱えてけらけらと笑った。

こんなに笑ったのも、こんなに楽しいのも、初めてだった。

終章　人魚の嘘

◇君は優しくて悲しい嘘つき

今年の春、私たちは大学生になった。

高校を卒業したあと、私は東京で独り暮らしをはじめて、羽澄《はすみ》は地元に残った。

あのときの私は、とにかく地元から離れてお母さんと距離を置きたかった。

高二のころはあの家から離れられるなんて思いもしなかったけれど、シェルターから高校に通って受験して、今は新しい土地に引っ越して自分ひとりで生活できている。

お母さんは地元を離れるならお金は出さないと言ったので、家賃や生活費をアルバイトで稼がないといけないのは大変だけれど、授業料の免除や奨学金を利用して、なんとかやっていけるようになった。救いを求めて手を伸ばせば、ちゃんとつかんでくれる人がいるのだと、あの日知ることができたおかげだ。

羽澄は受験のときかなり悩んだようだけれど、結局お母さんが心配だから家に残ることにしたと言っていた。羽澄のお母さんはあれからずっと心療内科に通院しているという。彼が『病院に行ってほしい』と必死に訴えて、やっと行く気になってくれたそうだ。

子どもを自殺で失ったことによって心に大きなダメージを負っていて、日常生活を送るのが困難になっていると医者からはっきり言われたことで、しっかり治そうという気持ちになってくれたらしい。定期的にカウンセリングを受けて、薬も飲んで、ずいぶん落ち着いてきたと言っていた。たぶん羽澄が近くでサポートしているからだと思う。

私はお母さんを捨てたような形になってしまったのに、羽澄は家に残ってお母さんを支えていて、自分がひどく恩知らずで薄情な人間に思えた。

そのことを、少し前に電話したときに冗談めかして話してみたら、羽澄はしばらく黙り込んで、それから『綾瀬《あやせ》はちょっと我慢強すぎると思う』と言った。

『綾瀬が親からされていたことは、僕とは比べものにならないくらいひどいことだと思うし、お母さんから離れたいと思ったのは当然のことで、正しい判断だったと思う。綾瀬は東京でひとりで頑張って生活してて本当に偉いよ。僕のほうがずっと環境に甘えてる』

羽澄の言葉が隅々まで染み渡って、穴だらけになっていた心が息を吹き返したような気がした。

『つらいって言っていい。悲しんでいい。怒っていい。それだけの仕打ちを綾瀬は受けてきたんだから、我慢しなくたっていいよ』

そう言われて、まさに目から鱗《うろこ》が落ちたというような感覚になった。

家から離れた今になって思い返してみると、私は親に何を言われても何をされても、そういうものだと思うようにしていたし、どうせ泣いても怒っても無駄だから、そういう感情は捨てていた。

不機嫌な顔をしていたら相手に不快に思われるから、いつも笑顔を貼りつけていた。それが自分を守るための最大の策だった。自分の気持ちに嘘をつくこと。揺れ動く感情には蓋《ふた》をして、いつも笑っていること。よく『へらへらするな』と言われていたのはそういうことだったのか、と今さら納得している。

私と羽澄がお互いに心を許したのは家庭環境が似ているからだと思っていたけれど、この『自分への嘘』というのも大きな共通点だったのだと思う。

彼のお兄さんのこと、その後のお母さんとの関係について詳しく話を聞いたとき、そうか、羽澄も嘘つきなんだ、と思った。

それは私みたいな自分本位な嘘ではなくて、お兄さんを亡くした悲しみを乗り越えるための、お母さんを悲しませないための、切ない嘘。

でも、その嘘をつくためには、彼は自分の心を押しつぶさないといけなかったのだろう。

彼が頑《かたく》なに人と関係を結ぼうとしなかった理由は、人嫌いなんかではなかったはずだ。だって彼は、私の一方的なお願いにも突然の誘いにも、呆《あき》れたような、面倒くさそうな顔をしながらも結局いつも付き合ってくれた。本当に人付き合いが嫌いなら、絶対に無視して終わりだと思う。

羽澄は優しくて、本当は人が好きで、人と話すのも好きなのだ。それなのに自分の気持ちに嘘をついて、周りと関わらないようにしてきた。

そして彼は悲しいことに、嘘をつくのがとても上手なのだ。私の嘘は下手くそだけれど、彼の嘘は本当にうまい。それで誰も彼の苦しみに気づかなかった。

だから羽澄は死にたいと思ったのかもしれない。嘘をつき続けるのに疲れて、でも嘘をつかずにはいられなくて、どこにも逃げられなくて。

きっと今は、嘘をつかずに過ごしていられるのだろう。

本心を隠す必要がなくなって、好きに振る舞えるようになって、だから印象が明るくなったのかな、と思う。大学でもバイト先でも友達ができたと言っていた。高校の同級生が知ったら飛び上がるほど驚くだろう。

「もうそろそろ時間だ。急がなくちゃ」

羽澄に会うのは、半年ぶりだ。いつも電話で話しているけれど、会うとなると少し恥ずかしい。玄関の鏡を見て、髪を整える。

アパートの部屋の鍵を閉めて、駅に向かった。

私たちは今日、二年越しの約束を果たす。

待ち合わせの駅に現れた羽澄は、なんだかすごく雰囲気が変わっていた。

「久しぶり、綾瀬」

以前は長く重たい前髪に隠れて目がよく見えなかったのに、今は少しさっぱりしていて、羽澄ってこんな目だったんだ、と思う。切れ長で涼しげで、綺麗な二重瞼《ふたえまぶた》だ。

それに服も、制服やかちっとした私服しか見たことがなかったけれど、Tシャツにジーンズというラフな格好で、ほっそりとした身体によく似合っていた。というか、スタイルけっこういいのね、なんてこっそり驚いている。

そして何より表情が違った。溌剌《はつらつ》としている、とまではいかないけれど、なんだか明るい。騒がしさとは違う、穏やかで清潔な明るさというか。

無愛想で無表情というイメージがなくなり、落ち着いた好青年という感じに見える。

「……何じろじろ見てるの」

でも、ちょっと引いたような、呆れたような表情と口調は昔のままで、なんだか安心した。

私は「なんでもない」と笑ってごまかす。

「ずいぶん雰囲気変わったね」

「えっ⁉」

自分が言おうと思った言葉を先に言われて、思わず変な声を上げてしまった。

「え、私がってこと?」

「それ以外に誰がいるんだよ……何、具合悪い? 大丈夫?」

羽澄が少し心配そうに覗き込んでくる。「大丈夫大丈夫」と私はまた笑って手をひらひら振った。

「綾瀬、髪型が変わったし、表情も自然な感じになったし、すごく変わった。元気そうでよかった」

彼はこんなに喋《しゃべ》る人だっただろうか。

私も変わったと思うけれど、彼も変わった。

それはきっと、新しい環境に飛び込んだからだろう。

「行こうか」

羽澄が改札に向かって歩き出した。

電車に乗って五分ほど経ったころ、隣に座った羽澄が窓にもたれて寝息を立て始めた。

昨日は夜遅くまでバイトをしていたと言っていたから、寝不足で疲れているのだろう。

寝顔が新鮮で、眠っているのをいいことにまじまじと眺めてしまう。綺麗な横顔をしている。鼻筋が通っていて、睫毛《まつげ》が長くて、輪郭《りんかく》がすっきりしていて。

ふいに羽澄が身動ぎをしたので、慌てて前に向き直った。

「ん……」

微かに声を洩《も》らして、羽澄が目を覚ました。

でもやっぱり眠気が強いようで、ぼんやりとしている。窓の外を見たり、たまにこちらを見て小さく微笑んだりするけれど、言葉はない。

静かだ。でも、全然嫌じゃない。

二年前まで私は、沈黙が大嫌いだった。

誰かといるときにふいに沈黙が訪れると、決して知られたくない自分の心の内に気づかれてしまいそうな気がした。

だから、静かになるとにかく喋る癖がついた。喋っていれば、適当な嘘を垂れ流していれば、誰も私の内側には気づかないだろうと思ったからだ。

でも、羽澄は違った。私がどんなに口から出任せに話していても、彼はその静かに澄んだ瞳で私をじっと見つめていた。どうせ見抜かれてしまうのだから、無理に喋っても無駄だと思った。

いつの間にか私は、羽澄といるときだけは、つまらない嘘を口にしなくなった。それはとても心地のいい時間になった。

「……天使が通った」

小さく呟くと、隣で小さく笑う声が聞こえた。

羽澄と出会ってから、私はふいに訪れる沈黙を、前ほど苦には感じなくなった。

そうしたら意味のない嘘をつく必要もなくなった。

羽澄と同じように私も、大学やバイト先での人間関係をうまくやれているような気がする。自分に嘘をついていないというだけでひどく気持ちが軽くなって、変に我慢せずに問題があれば口に出せるようになったし、たとえそのせいで小さないさかいが生まれたとしても、結果的にそのほうが相手との信頼関係は深くなるのだと知った。

目的の駅に電車が止まった。ホームに降りてＩＣカードで改札を通り抜け、駅舎を出る。

「わあ、なんか懐かしい」

忘れもしない二年前の記憶通りの光景が広がっていて、思わず声を上げた。

「あそこ、探偵に捕まったところだ」

羽澄が悪戯っぽく笑って言った。

「本当だ。私たちが身柄確保された現場だね」

神妙な面持ちをしつつ私も冗談で返すと、すぐ横をすれ違った女の人がぎょっとしたようにこちらを見た。

「やばい、犯罪者と思われたかな？」

「かもね」

顔を見合わせて笑う。

「それはさておき。たしか道はこっちだったよね？」

「そうそう。案内の看板が……あったあった、あそこだ」

私たちはこれから、水族館に行く。

大学一年の夏休みになったら、あのとき行けなかったナイトアクアリウムに行こうと、高校の卒業式の日に約束していたのだ。

まだ夜の開館まで時間があったので、駅前商店街のほうに足を伸ばし、カフェに入って軽く食事をして、ぶらぶらとウィンドーショッピングをした。

「なんだかデートって感じだね」

私の言葉に、羽澄は「そう?」とそっけなく答える。

その反応を見て、急に不安が込み上げてきた。

地元と東京で離れてからも毎日のように連絡をとっていたし、今はこうしてふたりで会っているけれど、私たちは付き合っているわけではない。限りなくそれに近いつもりでいたけれど、それは私の勝手な思い込みで、もしかして羽澄には全くそんなつもりはないのかもしれない。だからこれがデートだなんて思っていなくて、ただ高校の同級生と出かけているだけという感覚でいる可能性もある。

というか、今まで考えもしなかったけれど、大学で可愛い彼女ができている可能性だってある。羽澄はけっこう整った顔をしているし、髪型もすっきりして雰囲気も明るくなって話しかけやすい感じになっているし、そもそも穏やかで優しいし、けっこうモテるのでは。いや、モテそうだ。

不安はどんどん膨れ上がって、堪《こら》えきれなくなった私は思わず素直な疑問を彼に投げかけた。

「もしかして羽澄、付き合ってる人がいるとか……？」

その瞬間、彼は思い切り眉をひそめて私を見た。

まさか、予感が当たってしまったのか。

うわ、私、めちゃくちゃ恥ずかしい勘違いしてたんだ、と後悔と羞恥に押し潰されそうになったとき、羽澄が「は？」と低く言った。

「君それどういうつもりで言ってるの？」

「え……っ」

彼の問いの意図がつかめなくて、私は返答に詰まる。

「そんなわけないだろ……」

彼は呆れたように言った。雷に打たれたように震えが来て、心臓が暴れ出す。

「えっ、と、それはつまり、もちろん彼女がいて、だから私なんかとデートするつもりはない……ってこと？　でしょうか？」

「はあ？」

羽澄はさっきの何倍も呆れた声を上げた。

「馬鹿なの？　それとも僕に言わせようとしてるの？」

「え、言わせるって、何を……」

「だから……」

彼が軽く頭を振って大きく息を吐き、それから吸って、じとりと私を睨《にら》むようにして続けた。

「……綾瀬以外と付き合ったりするわけないだろ、って」

私は声を失い、硬直した。と同時に、かあっと顔が熱くなる。

羽澄も心なしか目許を赤くさせて呟いた。

「それともまさか、そんな思考回路になるってことは、君のほうこそ誰かと付き合ってるの?」

「ええっ、ないないない！　そんなわけないじゃん！」

慌てて首と両手を振ると、

「……なら、いいけど」

ぽつりと彼が言った。

「あっ、うん……」

私もぽつりと答える。

「……何、この空気」

ふっと眉を下げて羽澄が笑った。私もつられて笑う。

「何を呑気《のんき》に笑ってるんだよ。綾瀬が急にわけの分からないこと言い出したせいだろ」

「えへへ、ごめんごめん」

謝っているのに、口許がだらしなく緩んだ。

照れくさくて、でも嬉しくて、ふわふわした気持ちで水族館に向かった。

館内は昼の営業とは違って照明が落とされていて、全体に大人っぽく落ち着いた雰囲気になっていた。

薄暗い中で、水槽の中を泳ぐ魚たちが控えめなライトでカラフルに照らし出されている。とても幻想的な光景だ。

マイワシのトルネードやミズクラゲの水槽が特に綺麗で、それぞれ十五分くらいたっぷり眺めた。

そして今日いちばんの目的、夜のイルカショーのために、開始時間に合わせてイルカプールに向かった。

プールは屋外になっていて、上には夜空が広がっている。水面全体が青い照明でライトアップされていて、月明かりに照らされた夜の海のようだった。

ショーが始まり、飼育員の指示に合わせて、三頭のイルカが大きくジャンプする。水の中にダイブすると、大きな水飛沫《みずしぶき》が上がった。水滴のひとつひとつが青く輝いて、息を呑むほど綺麗だった。

「こんな日が来るなんて、想像もできなかったな……」

思わず呟いた。

あのころの私は、顔では笑っていても、いつも目に見えないどろどろした膜のようなものに全身を覆われていて、どんなに息苦しくても身動きがとれなかった。それが一生、永遠に続くのだと思っていた。

それはきっと彼も同じで、私たちが一緒にいるとき、いつもそこには重苦しい諦めと絶望が漂っていた。

隣で羽澄が「そうだね」と頷いた。

「あのころは、自分の人生を生きるなんて言葉は、夢物語にしか聞こえなかった。でも今は、自分の行きたいところに、自分の行きたいときに、自分の意志で行ける自由がある。まさか自分がそんなものを手に入れられると思わなかった」

うん、と私は頷く。目の奥が熱くなった。

「……あのとき死ななくてよかった。羽澄が助けてくれてよかった。……生きててよかった」

今度は羽澄が、うん、と頷いた。

ベンチに置いた私の手に、彼の手が重なった。

思わず見上げると、照明のせいか、少し赤い顔をしている。いや、違う。ライトの色は青だ。私はふふっと笑った。たぶん私の顔も、内側からの光で赤くなっているだろう。

彼が照れ隠しのように言った。

「……人魚姫はこうやって人間の魂を分けてもらうんだっけ」

「そうだよ。重なった手から魂が流れ込んでくるの」

そう答えて、私は「あ」と声を上げる。

「人間が人魚のことを、『たったひとりの特別に大切な存在』だと思ってるなら、っていう条件つきだけど。……羽澄は私のこと、そう思ってくれてるの？」

彼が嫌そうに顔をしかめた。

「今さらそんなこと訊《き》くなよ……」

ごめん、と私は噴き出した。

我ながら浮かれている、と思う。答えが分かっているのに、言葉にして聞きたくなるなんて。

「綾瀬のほうこそどうなの。そう思ってくれてないと、僕は魂を分けてもらえないんだけど」

羽澄が仕返しのように言った。その顔は悪戯っぽく笑っている。

私はけっこう、彼のこういう表情が好きだ。素直な笑顔もいいなと思うけれど、皮肉っぽい笑い方にもどきりとしてしまう。

「いやあ、そんなの訊かなくても分かるでしょ？　ほら、こうやると、私の魂がどんどん流れ込んでくるの、感じない？」

素直に答えるのが気恥ずかしくて、私は空いた手を彼の手の甲にのせながら、そんな冗談めいた返しをしてしまった。

彼は「どうかな」と小さく笑って、肩をすくめる。

それからふと表情を変えて、静かに言った。

「でも、僕たちはどっちもまだ人間見習いだ。魂を渡し合っても、結局半分のままかもしれない」

「……うん」

頷きながら、考える。確かにそうだ。やっと自分の意志で少しずつ動けるようになってきたけれど、まだまだ半人前だ。

でもね、と私は続けた。彼の手の中で自分の手を反転させて、手のひらと手のひらを合わせる。

「人魚姫が人間の魂を分けてもらっても、分けてあげた人間のほうの魂は減らないって書いてあったよ」

羽澄が軽く目を見開いた。少し考え込むような顔をして、「ということは」と口を開く。

「僕の魂を全部綾瀬にあげても、僕の魂は減らない」

「そう。私の魂を全部羽澄にあげても、私の魂は減らない」

「じゃあ、お互いに自分の魂を全部あげて、相手からもらったら、合わせてひとり分になれるってことか」

「そういうことだね」

「……なんだか、ご都合主義すぎて容易には納得できないな」

ひねくれ者の羽澄が久々に顔を出した。私は思わず声を上げて笑う。

「そこは遠慮せず都合よく受け取っとこうよ」

半月と半月が合わさって満月になる。なんだかとても心強い。一緒にいれば、半月の私たちでも満月になれるのだ。

「まあ、そうだね。そういうことにしておこう」

羽澄も笑ってそう言った。

高校生のときの皮肉っぽい笑い方とは違う、とても素直で綺麗な微笑みだった。

「羽澄の魂、全部くれるの？」

「いいよ。綾瀬もくれるんだろ」

「もちろん」

お互いの手に力がこもって、気がついたら手を繋《つな》いでいた。

一緒に死ぬために繋いだあのときの、冷たい手とは違う。

一緒に生きていくために繋ぐ、温かい手。

ありがとう、と言うと、ありがとう、と返ってきた。

とうとう涙が溢れた。


生きるのは苦しい。

本当につらくて苦しいとき、人は逃げ道さえ目に入らなくなる。引き返せばいいことにも気づかない。視野が狭くなって、真っ暗でも進むしかなくなる。たとえ一歩先が崖でも、見えないので気づかずに足を踏み出してしまう。

落ち着いて横を見たら他の道があるのに。後ろには来た道があって、一方通行じゃないから戻れるのに。

でも、死にたくなったら、ちょっとだけ足を止めてみればいい。別に進み続ける必要はないのだから。

他の道があること、前に進まなくてもいいことに気づけるように、ゆっくりと深呼吸をしよう。

◆嘘はもういらない

ある日突然、予想もしなかった出来事が起こって、劇的に何かが変わる。つまらない日々から救われて、灰色だった世界がきらきらと輝き出す。

そんな奇跡のような出会いを、心のどこかでずっと待ち焦がれていた。

でも、そんな奇跡をまっすぐに信じられるほどに幼くは、もういられない。

自分を変えられるのは自分だけだと、誰かに変えてもらうことなんてできないのだと、もう僕は知っている。

変わりたいのなら、自分の力で変わるしかないのだ。きっかけを与えてくれたのは彼女だけれど、変わるのは自分だ。それは彼女も同じ。

僕たちはもうずっと、自分を守るために嘘をついていた。

嘘をつくことで、少しずつ自分の心を蝕《むしば》んでいることにも気づかずに。

でも、自分の本心から目を背《そむ》けていたら、いつまで経っても変わらない。変われない。

これから僕らは、本当の自分を解き放ち、自分の足で、自分のために、自分の人生を歩んでいく。

嘘つきな自分は、これで終わりにする。もう嘘はいらない。

自分を覆う鱗は、全て剥ぎ取ってしまおう。人魚姫は、もう、おしまい。


――さよなら、嘘つき人魚姫。

あとがき

この度は、数ある書籍の中から『さよなら嘘《うそ》つき人魚姫《にんぎょひめ》』を手にとってくださり、誠にありがとうございます。

本作は、自分の中では「新境地となる作品を書こう」という意気込みで書き始めたもので、テーマもキャラクター設定も構成も、これまでには挑戦したことのない形で執筆しました。だからこそ非常に悩む部分も多く、担当編集様にも多大なるご迷惑をおかけしつつ、構想から一年をかけてなんとか息も絶え絶えで仕上げげた、思い入れの強い作品になりました。

主人公である羽澄《はすみ》と綾瀬《あやせ》は、ふたりとも大きな苦悩を抱えていて、でもそれを周囲の誰にも打ち明けることはありません。ただひたすら自分の中に抱え込み、ひとりで耐え続けています。きっとこの本を手にとってくださった方の中にも、同じような境遇の方がいるのではないかと思います。苦悩を抱えきれなくなったふたりがとった行動を知って、教師の沼田《ぬまた》が「もっと大人を信じて、大人を頼ってほしいな」と言いますが、それに対する羽澄の答えは「大人に頼るって発想がまるでなかったです」でした。これは「大人」を「周囲」に置き換えてもいいと思います。

私事で恐縮なのですが、高校で教鞭をとっていたとき、ある日突然に生徒が重大な決断をして、でもそれはもう相談ではなく報告で、いくら話してもその決意を揺るがすことは全くできず、自分が何も気づいてあげられなかったことを強く後悔したことがありました。

沼田の台詞はそのまま、あの後悔を経験した『大人になった私』の心情でもあります。でも『学生時代の私』を思い返してみると、まさに羽澄と同じようなことを考えていました。自分の心の内側を他人に話して助けを乞うというのは想像以上に難しいことで、取り返しのつかない事態になって初めてその苦悩を周囲が知るということも多いと思います。

このあとがきを書いているのは二〇二〇年十二月なのですが、この一年を振り返ってみると、「本当に大変なことになってしまったな……」という深い感慨が込み上げてきます。自ら極端な選択をされた方々の悲しいニュースがいくつも流れてきて、忘れられない一年になってしまいました。どれほどの絶望の底で自らの人生の幕を引いたのかと考えると、言葉にならない思いで胸がいっぱいになります。

どうかこれ以上悲しいニュースが流れてきませんようにという願いを込めて、そして物語の力というものを信じて、この作品を書き上げました。

苦しみのあまり何もかも終わりにしたくなってしまったとき、別に足を止めてもいいのだということ、その道を進み続ける必要はないということ、他にも道があるのだということ、深呼吸をして周りを見てみれば何かが変わるかもしれないということに、誰かひとりでもいいからこの物語を通して気づいてもらえたら幸いです。

本作の出版に携わってくださった皆様、拙作に推薦コメントやイラストを寄せてくださった皆様、そしていつも応援してくださる読者の皆様に、心より感謝を申し上げます。

汐見夏衛《しおみなつえ》

さよなら嘘《うそ》つき人魚姫《にんぎょひめ》

2021年2月5日　初版発行
2024年4月2日　第7刷発行

著　者　汐見夏衛《しおみなつえ》

発行者　野内雅宏

発行所　株式会社一迅社
〒160-0022　東京都新宿区新宿3-1-13　京王新宿追分ビル5F
電話　03-5312-7432（編集）
電話　03-5312-6150（販売）
発売元：株式会社講談社（講談社・一迅社）

印刷・製本　大日本印刷株式会社

DTP　株式会社三協美術

装　丁　AFTERGLOW

ISBN 978-4-7580-9330-9

・本書は書き下ろしです。
・この物語はフィクションです。実際の人物・団体・事件などには関係ありません。

おたよりの宛先

〒160-0022　東京都新宿区新宿3-1-13　京王新宿追分ビル5F
株式会社一迅社　文芸・ノベル編集部
汐見夏衛先生